Klaus Wanninger
Schwaben-Gier

Vom Autor bisher erschienene Bücher bei KBV:

»Schwaben-Rache«
»Schwaben-Messe«
»Schwaben-Wut«
»Schwaben-Hass«
»Schwaben-Angst«
»Schwaben-Zorn«
»Schwaben-Wahn«

Klaus Wanninger, Jahrgang 1953, evangelischer Theologe, lebt mit seiner Frau Olivera und dem schwäbischen Kater Mogli in der Nähe von Stuttgart. Er veröffentlichte fünfundzwanzig Bücher. Seine erfolgreiche Schwaben-Krimi-Reihe mit den Kommissaren Steffen Braig und Katrin Neundorf umfasst nun schon acht Romane mit einer Gesamtauflage von über einer Viertelmillion Exemplaren.

Klaus Wanninger

Schwaben-Gier

KBV KRIMI

1. Auflage 2005
2. Auflage 2007

www.kbv-verlag.de
E-Mail: info@kbv-verlag.de
Telefon: 0 65 93 - 99 86 68
Fax: 0 65 93 - 99 87 01
Umschlagillustration: Ralf Kramp
Druck: Grenz-Echo AG, Eupen
www.grenzecho.be
Printed in Belgium
ISBN 3-937001-60-3

Ich danke
Heimo Schulreich
für die detaillierte Einführung in schwäbische Kultur und Geschichte, die er mir auf unzähligen gemeinsamen Wegen zuteil werden ließ.

Die Personen, Namen und Handlungen dieses Romans sind frei erfunden. Jede Ähnlichkeit mit lebenden Personen oder tatsächlichen Ereignissen wäre rein zufällig. Leider beruhen die Hintergründe jedoch auf Tatsachen.

1. Kapitel

Endlich tauchte der Mann aus dem Nebel. Langsam nur, unendlich langsam, wie in Zeitlupe. Zuerst die Füße, dann die Waden, Sekunden später die Knie. Um die Oberschenkel waberte noch die undurchsichtige Nässe, zögernd nur lösten sie sich aus den grauen Schwaden. Die Hüften, der Leib, die Brust folgten, schließlich, mehrere Ewigkeiten später, der Hals, das Gesicht, die Stirn.

Seit fast einer halben Stunde hatten sie auf diesen Moment gewartet, hatten ihn herbeigesehnt, erfleht, erbeten. Frierend, zitternd vor Kälte, mit immer klammeren, zuletzt kaum mehr beweglichen Fingern. Die Körper weit weg vom Wasser an die Wand gedrückt, ganz in den Schatten der Böschung tauchend, um vom anderen Ufer in den wenigen aufklarenden Minuten nicht gesehen zu werden, hatten sie gespannt in den grau verschleierten Himmel gestarrt.

Es war vollkommen windstill an diesem frühen Morgen, kein Ast, der sich bewegte, kein Halm, der sich zur Seite bog, nicht einmal auf der Oberfläche des Flusses gab es Ansätze sanfter Wellen. Die dichten Nebelbänke rings um das breite Bett des Neckars hüllten alles und jeden in ihren schützenden Mantel, dämpften auch alle Geräusche, die selbst zu dieser frühmorgendlichen Stunde das Zentrum der Stadt durchpulsten. Drang dennoch ein überraschender Laut zu ihnen hin, fuhren sie erschrocken zusammen, starrten nach allen Seiten, versuchten, dessen Ursache zu ermitteln.

Jetzt aber war der Mann zu erkennen. Sie spürten die Aufregung, wussten sich nahe am Ziel. Wie eine gewaltige Welle rauschte das Adrenalin durch ihre Körper. Endlich war es soweit. Lange genug hatten sie sich darauf vorbereitet, hatten

Ideen geprüft, Pläne geschmiedet, Strategien entwickelt, hin und her überlegt. Es handelte sich um ein riskantes Unterfangen, dessen waren sie sich von Anfang an bewusst. Skrupel konnten sie sich in diesem Zusammenhang nicht leisten.

Nein, immer Kurs halten – so wie sie es geplant hatten. Sich jetzt so kurz vor der endgültigen Tat noch Gedanken über ein Verlieren zu machen, wäre dämlich. Unverzeihbar dämlich. Gewissensbisse und Emotionen hatten jetzt keinen Platz mehr. Der Plan war genau ausgearbeitet, ihr Vorgehen bis ins letzte Detail überlegt. Endlich hatten sie eine Lösung für ihr Problem gefunden. Eine geniale Lösung. Den anderen würde keine Chance bleiben, nicht der Hauch einer Chance, dessen waren sie sich sicher. Sie konnten nichts mehr ausrichten gegen ihre akribisch geplanten Vorbereitungen. Sie würden die Gelegenheit, die sich ihnen jetzt endlich bot, beim Schopf packen und für klare Verhältnisse sorgen. Glasklare Verhältnisse.

Dann konnte es also losgehen. Endlich. Die Zeit war reif.

Er nahm das Gewehr hoch, entsicherte es, hielt den Lauf in die Höhe. Es dauerte nur wenige Sekunden, bis das Zielfernrohr den Kopf des Mannes fixierte. Ein Nebelschleier raubte ihm für einen Augenblick die Sicht. Er starrte nach oben, fluchte leise. Plötzlich hatte er die schmale Stirn wieder vor Augen. Er überprüfte seine Haltung ein letztes Mal, konzentrierte sich auf sein Ziel. Dann war es soweit. Er krümmte den Finger, hörte das Auto, das unmittelbar über ihnen bremste. Zwei, drei Meter entfernt. Erschrocken hielt er inne, lauschte. Die Tür wurde geöffnet, Schritte kamen auf ihn zu. Entsetzt starrte er nach oben.

2. Kapitel

Wenige Minuten vor sechs läutete das Telefon. Steffen Braig schreckte aus dem Schlaf, drehte sich stöhnend zur Seite. Er hörte das gleichmäßige Atmen seiner Freundin, tastete nach dem Apparat. Seine Finger griffen ins Leere; er richtete sich auf, bekam den Hörer mühsam zu fassen. Leise vor sich hin schimpfend hielt er ihn ans Ohr. Obwohl er jetzt seit fast fünfzehn Jahren als Kommissar für das Stuttgarter Landeskriminalamt tätig war, hatte er sich immer noch nicht an die jede Rücksicht auf ein geregeltes Privatleben missachtenden dienstlichen Zugriffe gewöhnt. Die Stimme des Kollegen ließ ihn endgültig aus seinem Halbschlaf erwachen.

»Stöhr, guten Morgen. Entschuldigen Sie meine frühe Störung, aber ich muss Sie leider...«

»Ja ja. Was ist passiert?« Er spürte schon bei den ersten Worten des Mannes einen Anflug von Ärger über dessen umständliche Formulierungen, verlangte eine konkrete Auskunft.

»Wir haben eine unbekannte Leiche.«

»Wo?«

»In Heilbronn. Beim Götzenturm.«

Er wunderte sich über die ungewohnt knappe und präzise Antwort, ließ sich den Fundort genauer erklären. »Götzenturm? Wo steht der?«

»Am Rand der Innenstadt direkt am Neckar. Nicht weit vom Bahnhof. Höchstens fünfhundert Meter. Die Kollegen holen Sie ab, wenn Sie ihnen die Ankunft Ihres Zuges mitteilen.«

»Die Spurensicherung weiß Bescheid?«

»Herr Rössle und Herr Rauleder sind verständigt, ja.«

»Haben wir genauere Informationen über die Leiche?«

Stöhr zögerte. »Tut mir Leid. Es war nur ein kurzes Fax. Identität unbekannt. Gegen fünf Uhr dreißig heute Morgen entdeckt.«

»Von wem?«

»Von zwei jungen Männern, die am Neckar joggten. Mehr steht nicht hier.«

»Danke. Ich kümmere mich darum.« Braig legte den Hörer zurück. Eine unbekannte Leiche. Keine genaueren Informationen, nichts über den Zustand ihres Körpers. Was würde ihn erwarten? Ein alter, von einer Bande jugendlicher Drogensüchtiger ausgeraubter Mann? Ein junges, von einem eifersüchtigen Verehrer im Affekt übel zugerichtetes Mädchen? Eine unbescholtene, treu sorgende Familienmutter, die aus irgendeinem Grund noch spät in der Nacht unterwegs und dabei ihrem Mörder in die Hände gefallen war?

Er seufzte leise, riss sich aus seinen halbgaren Spekulationen, schälte sich vollends aus dem Bett. Was immer ihn erwartete, der Tag hatte keinen guten Anfang genommen. Gleichgültig, was in Heilbronn geschehen war. Braig hätte sich ein freundlicheres guten Morgen gewünscht. Er sah, wie sich Ann-Katrin zur Seite drehte, schlich sich auf Zehenspitzen zur Tür.

»Du musst weg?«, flüsterte sie im Halbschlaf.

»Nach Heilbronn«, antwortete er, »schlaf weiter, ich melde mich.« Er ärgerte sich, dass sie wach geworden war, hoffte, sie würde schnell wieder einschlafen. Sie hatte einen freien Tag, benötigte ihn dringend nach den Strapazen des Wochenendes.

Er suchte seine Kleidungsstücke zusammen, duschte, zog sich an. Robuste Thermojeans, ein dunkelblaues Baumwollhemd, dazu einen samtroten Pullover, um gegen die feuchte Märzkälte gewappnet zu sein. Er aß zwei Brote mit Käse und trank eine Tasse Kaffee. Als er die dicke Jacke übergezogen hatte und vorsichtig einen Blick ins Schlafzimmer warf, sah er, dass Ann-Katrin wieder eingeschlafen war. Er steckte sein Handy in die Tasche, spurtete aus dem Haus, nahm die nächste S-Bahn zum Hauptbahnhof, wechselte dort in den Zug nach Heilbronn.

Nebel versperrte die Sicht beidseits der Schienen, die Lichtkegel der Straßenlampen waren nur schemenhaft auszumachen. Braig gab die Nummer der Heilbronner Kollegen in sein Handy ein, teilte den Termin seiner Ankunft mit. Die Stimme war nur schwer zu verstehen, es knackte und rauschte, als befände sich sein Gesprächspartner am anderen Ende der Welt. Er wusste nicht, ob der Mann seine Mitteilung richtig verstanden hatte, wiederholte die Ankunftszeit mehrmals, um ganz sicherzugehen. Der Kollege äußerte irgendwelche vollkommen unverständlichen Worte, war dann endgültig aus der Leitung verschwunden. Braig steckte das Handy weg, starrte nach draußen, sah die Menschenansammlungen auf den Bahnsteigen der Gegenrichtung. Die Hauptmasse des Verkehrs spielte sich zu dieser frühen Stunde stadteinwärts ab. Er dachte an die nervenaufreibenden Tage in Tübingen zurück, überlegte, wie er Ann-Katrin helfen könne, alles seelisch zu verarbeiten, ohne dass sie allzu lange an ihren Folgen leiden musste. Dass die Zeit in der Universitätsstadt bei ihr nicht ohne Folgen bleiben würde, hatte er in der Nacht mehrfach bemerkt: Drei- oder viermal war er aus dem Schlaf geschreckt, weil sie lauthals stöhnte. Er hatte sich zur Seite gedreht, vorsichtig ihre Stirn und ihre Wangen berührt, damit sie sich beruhigte, war dann nur halbwegs wieder ins Reich der Träume abgetaucht.

Mehrere Monate war es her, seit Ann-Katrins Mutter an einem jener fast unerträglich heißen Frühlingstage des vergangenen Jahres einen Herzstillstand erlitten hatte, der sie trotz aller Bemühungen der Ärzte in einen Zustand weithin unbeteiligten Dahindämmerns gestürzt hatte. Stunden, ja halbe Tage hatten sie gemeinsam mit Ann-Katrins Schwester Theresa am Bett der Mutter verbracht, auf jede noch so bescheidene Reaktion wartend, die endlich die Rückkunft der geistig Entschlummerten anzukündigen schien, vergeblich, denn außer einem ruckartigen Hin- und Herwerfen des Kopfes, sobald sie eine vertraute Stimme hörte, hatte sie keine Zeichen einer Verbesserung ihrer Situation erkennen lassen.

»So sehr ich es uns allen wünsche, dass Ihre Mutter wieder zu uns findet«, hatte Dr. Johannes Kammerer, der behandelnde Arzt im Stuttgarter Katharinenhospital nach etwa drei Monaten bangen Wartens erklärt, »ich fürchte, die Gehirnregionen, die für den Zugang zum bewussten Leben und Kommunizieren verantwortlich zeichnen, wurden durch den minutenlangen Mangel an frischer Blutzufuhr so stark geschädigt, dass sie nie mehr volle Funktionen übernehmen können. Natürlich dürfen wir die Hoffnung nicht aufgeben, dass sich zumindest Teile dieser Gehirnpartien doch noch regenerieren, aber dass dies wirklich geschieht, scheint mehr und mehr ein Warten auf ein Wunder.«

Das Wunder war nicht eingetroffen, Irene Räubers auf die physischen Funktionen reduzierter Körper nicht mehr zu bewusstem Leben erwacht. Tag um Tag lag sie fast unmerklich atmend in einem eigens für diesen Zustand konstruierten, aus mehreren Teilen zusammengesetzten Bett, dessen einzelne Partien sich von einem Rechner gesteuert in genau bemessenen Abständen abwechselnd hoben und senkten.

»Es handelt sich um eine spezielle Konstruktion, die dem Wundliegen ihrer Haut vorbeugt«, hatte Dr. Kammerer erklärt, »durch die ständigen Veränderungen werden jeweils andere Partien ihres Körpers belastet.«

»Mehr können Sie nicht für sie tun?« Die unverhohlene Bitternis in Theresa Räubers Frage war nicht zu überhören gewesen.

Der Arzt hatte nach einem Moment hilflosen Schweigens den Kopf geschüttelt. »Ich will Ihnen nichts vormachen. Wir haben es jetzt wochenlang mit blutverdünnenden Medikamenten und Infusionen versucht. Natürlich werden sie ihr weiter verabreicht. Aber sonst...«

»Dann kann ich meine Mutter genau so gut zu mir nach Hause nehmen.«

Er hatte Theresa Räuber überrascht gemustert, war dann nicht weiter auf ihre Bemerkung eingegangen. Erst drei, vier Tage später hatte er auf den Vorschlag reagiert.

»Sie haben ernsthaft darüber nachgedacht, Ihre Mutter zu sich zu holen?«

»Gibt es medizinische Einwände dagegen?«

»Sofern Sie einen Facharzt damit beauftragen, sie regelmäßig zu untersuchen, nein. Im Gegenteil: Das Wichtigste, das Ihre Mutter benötigt, ist persönliche Zuwendung. Und die können Sie ihr zuhause sicher weitaus intensiver vermitteln als hier bei uns.«

Ann-Katrin und Braig hatten Theresas Vorhaben verblüfft zur Kenntnis genommen. »Du willst Mama bei dir aufnehmen? In eurer WG?«

»Marion und Ragna sind einverstanden. Sie wollen sich, soweit es ihre Zeit zulässt, sogar um sie kümmern. Wir stellen das Bett in mein Zimmer. Ich habe es ausgemessen, es gibt keine Probleme mit dem Platz.«

Theresa Räuber wohnte seit Beginn ihres Theologie-Studiums mit zwei Kommilitoninnen zusammen in einem älteren Haus in der Nähe des Tübinger Westbahnhofs.

»Die Krankenkasse hat keine Einwände. Im Gegenteil: Die freuen sich darüber, weil sie eine Menge Geld sparen. Sie finanzieren eine Krankenschwester, die zweimal am Tag vorbeischaut und Mama füttert und wäscht, dazu ambulante ärztliche Versorgung in regelmäßigen Abständen. Sie sorgen für denselben Typ von Bett wie im Krankenhaus.«

Zwei Wochen später war Irene Räuber nach Tübingen transportiert worden. Theresa hatte ihr Zimmer umgeräumt, einen Schrank mit dem Einverständnis ihrer Mitbewohnerinnen in den Flur gestellt, um Platz für das breite Bett zu schaffen. Das seltsame Gurgeln der die verschiedenen Luftpolster aufblasenden und entlüftenden Pumpen erfüllte seither Tag und Nacht den Raum.

»Kannst du dabei schlafen?« Braig hatte unverhohlene Bewunderung für Theresa Räubers Verhalten erkennen lassen.

»Die ersten Nächte kam ich kaum dazu. Aber jetzt habe ich mich an die Geräusche gewöhnt.«

Sie hatten die vor sich hindämmernde Frau seither alle paar Tage besucht, Stunden an ihrem Bett verbracht. So sehr die Begegnungen mit der kranken Mutter zur Routine wurden, die Zeit danach offenbarte fast jedes Mal aufs Neue, wie sehr sie Ann-Katrins Psyche belasteten: Depressive Anfälle, Schlafstörungen, ein Hautausschlag im Gesicht waren stets die Folge. Braig hatte der Bitte Theresa Räubers, die Mutter an ihrer Stelle drei Tage und Nächte zu behüten, weil sie im Rahmen ihres Studiums eine Exkursion nach Bielefeld-Bethel realisieren wollte und ihre Mitbewohnerinnen ebenfalls unabkömmlich wären, deshalb nur zögernd nachgegeben. Vom Freitagmittag bis zum späten Montagabend hatten sie in Theresas Zimmer campiert, sich die meiste Zeit auf die Kranke konzentriert. Mit viel Mühe und mehreren Anläufen war es ihm gelungen, Ann-Katrin am Nachmittag des Sonntags zu einem Kinobesuch mit anschließendem Essen zu überreden, doch ihre angespannte Körperhaltung während dieser Stunden zeigte deutlich, wie es in ihrem Inneren aussah. Erst spät am Montagabend waren sie nach Stuttgart zurückgekehrt.

Er hörte die laute Ermahnung des Zugführers, das in Kürze erreichte Heilbronn als Endbahnhof zu verstehen, schrak aus seinen Gedanken. Wie es auch immer weitergehen mochte, Braig hoffte inständig, seiner Freundin würde es bald gelingen, sich von der seelischen Belastung der vergangenen Tage zu erholen.

Er verließ den Zug, drängte sich durch die Menschenmenge, die auf dem Bahnsteig wartete, lief zur Unterführung. Der uniformierte Beamte war schon von Weitem zu sehen. Braig freute sich, dass er ihn trotz der schlechten Verbindung verstanden hatte, lief auf ihn zu, stellte sich vor.

»Das Jahr fängt nicht gut an«, erklärte der Kollege. Er war groß, zeigte blonde, streng gescheitelte Haare, als er seine Mütze absetzte, wies sich als Hauptwachtmeister Harsch vom örtlichen Polizeirevier aus.

Braig überlegte, was er damit andeuten wollte, wartete auf die Erklärung.

»Gerade mal zwölf Tage im März und schon haben wir den zweiten Toten.«

»Den zweiten? Wann gab es den ersten?«, fragte Braig.

»Vorgestern. Ein zehn Jahre alter Junge. Beim Überqueren der Südstraße von einem PKW erfasst. Er war sofort tot.«

»Und heute Nacht?«

»Eine weibliche Leiche. Unterhalb vom Götzenturm.«

»Eine Frau? Wie alt?«

»Keine Ahnung. Ihre Identität wurde noch nicht ermittelt, soweit ich weiß.«

Er führte Braig zum Dienstwagen, der wenige Meter vom Bahnhof entfernt geparkt war.

»Der Fundort der Leiche wurde abgesperrt?«

»Und ob! Wir haben alle Hände voll zu tun. Die Leute gaffen von allen Seiten.«

Braig stieg in den Wagen, wartete, dass der Kollege das Fahrzeug startete. »Die Stelle, wo die Frau gefunden wurde, ist gut einzusehen?«

Harsch ließ ein kurzes, sarkastisches Lachen hören, fuhr los. »Allerdings. Sie liegt direkt am Neckar. An den Treppen, die zum Ufer hinunterführen. Die Schaulustigen stehen auf der Brücke und am anderen Ufer. Zum Glück war es heute Morgen sehr dunstig.«

Braig konnte nicht viel von der Umgebung erkennen, weil immer noch einzelne Nebelschwaden in der Luft hingen, merkte nur, dass der Mann das Auto auf der gegenüber liegenden Seite des Bahnhofs in eine stille Seitenstraße einfädelte, dann kurz nach rechts abbog und langsam einen kleinen Park umrundete.

»Der Kaiser-Friedrich-Platz«, erklärte Harsch, fuhr noch wenige Meter weiter, stellte das Fahrzeug dann am Straßenrand ab. »Über die Brücke gehen wir zu Fuß; Sie werden gleich sehen, weshalb.«

Braig schälte sich aus dem Wagen, sah die Menschenmenge vor sich. Männer, Frauen und Kinder neben- und hintereinander aufgereiht, alle in den Dunst starrend. Er sah, wie sich der uniformierte Kollege einen Weg mitten durch die Menge hindurch bahnte, schloss sich ihm an. Bäume und Büsche mit ersten Frühlingsblüten tauchten aus dem Nebel auf, blieben links und rechts hinter ihnen zurück. Braig kämpfte sich langsam vorwärts, stellte plötzlich fest, dass er mitten auf einer schmalen Brücke stand. Für einen Moment war die Nebelwand zerrissen, das breite, geradlinig verlaufende Bett des Neckars öffnete sich vor seinem Blick. Er blieb stehen, musterte die idyllisch anmutende Szenerie, den auf beiden Seiten von blühenden Bäumen eingefassten Fluss, die sanfte Strömung des Wassers mit einem am Ufer vertäuten, ruhig dümpelnden Passagierschiff, den hoch in den Himmel strebenden viereckigen Turm, unübersehbar ein Relikt der mittelalterlichen Stadtmauer. Er starrte in die Höhe, sah eine Skulptur an der nördlichen Spitze des Turms in atemberaubender Entfernung vom Boden weit in die Luft hinausragen: Ein lebensgroßer Mann auf einer langen Stange über dem Abgrund balancierend.

Braig befand sich in einer traumhaft schönen Umgebung, spürte die Ellbogen an seiner Seite. Er schaute sich um, hörte eine weibliche Stimme, die um Entschuldigung bat, fand sich erneut von einer Nebelfahne verschlungen. Der idyllische Anblick war verschwunden. Wenige Meter weiter stand er plötzlich vor einem rotweißen Kunststoffband, das von mehreren uniformierten Beamten bewacht wurde. Ein Polizeiauto und ein dunkelgrauer Kombi parkten dahinter, von gleißend hellen Strahlern in grelles Licht getaucht. Braig stieg über das Band hinweg, erkannte Harsch, der auf ihn zu schoss.

»Sie müssen entschuldigen, ich habe Sie aus den Augen verloren.«

»Kein Wunder bei den vielen Leuten.«

Er schob sich an den beiden Fahrzeugen vorbei, hatte mit einem Mal wieder eine einzigartig anmutige Szenerie vor sich: Rechts der wuchtige Turm, in der Mitte die von blühenden Bäumen eingefassten Tische und Bänke eines Lokals samt dem dazu gehörigen Gebäude, links das von Bäumen gesäumte Bett des Neckars. Nebelfetzen stiegen vom Flussbett hoch, waberten über die Promenade, verdeckten das Eingangsportal der Gaststätte. Braig glaubte nicht richtig zu sehen, als ein Windstoß das feuchte Grau auseinander riss und er für einen kurzen Moment einen Blick auf den Namen des Lokals erhaschte: *Hans im Glück*. Er rieb sich seine Augen, starrte noch einmal nach vorne. Wirklich *Hans im Glück*?

»Die Leiche liegt dort vorne. Direkt an der Treppe.«

Die Stimme des uniformierten Beamten holte ihn in die Wirklichkeit zurück.

Er trat an die Uferbefestigung, erreichte die Treppe, die gleich neben der Brücke zum Fluss hinunterführte. Die Luft war frisch, der Nebel schob sich unangenehm unter die Kleidung. Braig hüllte sich in seine Jacke, drückte sich an dem hier geparkten Kombi vorbei, sah den toten Körper auf dem Boden liegen. Das Licht war so grell, dass es in den Augen schmerzte. Er kniff sie zusammen, überlegte, wie oft er dem, was jetzt auf ihn wartete, in den letzten Jahren schon ausgesetzt gewesen war. Zwei-, drei-, vierhundertmal? Er wusste es nicht, wurde von vertrauten Stimmen in die Gegenwart zurückgeholt.

»Hier, das ist der Abdruck.«

Braig sah Lars Rauleder am Rand des Platzes knien. Er zeigte auf einen dunklen Fleck auf dem Boden, machte Helmut Rössle Platz, der die Partie aufmerksam musterte. Die Spurensicherer waren vollkommen in ihre Arbeit vertieft, hatten seine Ankunft nicht wahrgenommen.

»Was für ein Abdruck?«, fragte er laut.

Die beiden Männer sahen auf, warfen ihm einen kurzen Gruß zu. »Die Tote«, erklärte Rauleder, »sie wurde mit einem Auto hierher transportiert und am oberen Ende der Treppe abgelegt. Der Fahrer raste mit hohem Tempo wieder los. Hier sind die Reifenspuren. Vielleicht können wir was damit anfangen.«

»Mit hohem Tempo? Woher willst du das wissen?«

»Weil ihn die Kerle, die uf die Leiche gstoße sind, wahrscheinlich überrascht hent«, knurrte Helmut Rössle.

»Den Täter?«

Rauleder streckte seine Arme von sich, legte die Stirn in Falten. »Wenn wir das wüssten! Du musst mit ihnen reden, vielleicht hilft es weiter.«

Braig hatte Schwierigkeiten, die Zusammenhänge zu verstehen, verzichtete vorerst aber auf weitere Fragen, weil er die Blicke zweier ihm unbekannter Leute auf sich gerichtet sah. Eine etwa vierzigjährige, mit einem dicken, roten Anorak bekleidete Frau und ein kaum älterer, uniformierter Beamter standen unmittelbar vor der Leiche.

Er stellte sich vor und erfuhr, dass es sich um die Ärztin, Frau Dr. Ulmer und den Kollegen Bauer vom örtlichen Revier handelte. »Sie haben die Tote bereits untersucht?«, fragte Braig.

Dr. Ulmer nickte. »Sie war längst tot, als sie hier abgelegt wurde, das lässt sich ohne Zweifel sagen. Sieben, acht Stunden, schätze ich. Es gibt keinerlei Blutspuren. Aber es muss ein schrecklicher Tod gewesen sein. Unfassbar, was der Täter ihr alles angetan hat. Das habe ich in all meinen Jahren als Ärztin noch nie gesehen.« Sie klang verschnupft, zog mehrfach die Nase hoch, bevor sie weitersprach, drehte sich schließlich zur Seite, um in ein Taschentuch zu schnäuzen.

Braig sah, dass sie am ganzen Leib zitterte. »Warum tun Sie sich das an?«, fragte er. »Sie gehören ins Bett.«

Die Ärztin winkte mit der rechten Hand ab, wies auf die Leiche. »Dagegen sind meine Beschwerden harmlos.«

Er wunderte sich über die Absurdität des Vergleichs, wandte sich der toten Frau zu. Der Anblick traf ihn ins Mark. So viele Ermordete er schon gesehen hatte, diesen Anblick würde er nicht so schnell aus seinem Gedächtnis löschen können. Die Frau war vor ihrem Tod übel zugerichtet worden. Hämatome auf Stirn und Wangen, Hautabschürfungen am Kinn und auf der Nase und über alldem verzerrte Gesichtszüge voller Pein und Qual. Ein Alter zu schätzen, war fast unmöglich, irgendwo zwischen dreißig und sechzig, er wagte es nicht zu beurteilen. Sie war mit einer leichten hellen Bluse bekleidet, viel zu dünn für diese niedrigen Temperaturen, aber Probleme dieser Art waren für sie endgültig passé.

»Ihr Körper sieht genauso aus wie ihr Gesicht.«

Die Worte der Ärztin rissen Braig aus seinen Überlegungen. Seine fragende Miene zeigte, dass er ihren Sinn noch nicht erfasst hatte. »Sie meinen...«

Dr. Ulmer schnäuzte sich wieder, bückte sich dann nieder. »Wir können sie umdrehen, Ihre Kollegen haben alles fotografiert.« Sie drehte die Tote auf die Seite, schob die Bluse und das Shirt darunter hoch.

Braig warf nur einen kurzen Blick auf den Rücken der Frau, hatte augenblicklich genug. »Mein Gott, wer war da am Werk?«

»Das frage ich mich auch«, pflichtete ihm die Ärztin bei.

Der Rücken war genau wie das Gesicht übersät von Hämatomen, aufgeplatzten Wunden, blutverkrusteten Hautpartien, dazu seltsam verformt, als sei die Frau zwischen zwei Mühlsteine geraten.

»Woran ist sie gestorben?«, fragte Braig. »Wagen Sie einen Befund?«

Die Ärztin reagierte erst nach einigen Sekunden, ein frisches Taschentuch vor ihre Nase gepresst. »Sie meinen, weil die Auswahl so groß ist...«

Braig nickte, tastete die Haut der Leiche vorsichtig ab. Sie war kalt.

»Drehen Sie sie um, dann können Sie es erkennen.« Dr. Ulmer griff der Toten unter die Schulter, wandte den Körper auf den Rücken.

Braig schrak zusammen. Der Bauch der Frau war völlig deformiert, die Hüfte abnormal verzogen, auf der Linken deutlich verrenkt.

»Sie wurde mehrfach überfahren. Das war wohl das endgültige Ende«, erklärte die Ärztin.

»Mehrfach? Von verschiedenen Fahrzeugen?«

»Ich weiß es nicht. Das ist Ihre Sache, das herauszufinden.«

Braig nickte, seufzte laut auf. »Dann wurde die Frau also mit unzähligen Schlägen auf den Leib und ins Gesicht malträtiert, anschließend mehrfach überrollt, vielleicht auf einer stark befahrenen Straße und schließlich – Stunden später erst, wenn ich das richtig verstehe – hier abgelegt.« Er schaute fragend zu der Ärztin, sah ihr vorsichtiges Kopfnicken.

»So könnte ich mir das vorstellen, ja. Aber natürlich muss ich Sie darum bitten, die Analysen der Gerichtsmedizin abzuwarten. Sie wissen, mein Urteil ist nur vorläufiger Natur.«

»Das ist mir klar.« Braig betrachtete den zerschundenen Körper der Toten, war noch nicht am Ende seiner Überlegungen. »Sie ist seit mehreren Stunden tot, richtig?«

Dr. Ulmer nickte.

»Gegen Mitternacht?«

»Eher noch ein paar Stunden früher.«

»Vergewaltigt?«

»Sie ist dermaßen von Hämatomen und Wunden übersät, auch im Schambereich, dass ich Ihnen darauf keine befriedigende Antwort geben kann. Warten Sie den Befund der Kollegen ab.«

»Womit wurden ihr die Verletzungen zugefügt? Mit der Hand?«

Die Ärztin schüttelte den Kopf. »Eher nein. Sie sind dermaßen ausgeprägt, dass ich auf härtere Gegenstände schließen würde. Holz, Werkzeuge, irgendwelche massiven Stücke, die sich gut zum Schlagen eignen.«

»Und anschließend mehrfach überfahren, um von den schrecklichen Verletzungen abzulenken?«

»Ich weiß es nicht. Vielleicht. Ein außer Kontrolle geratener Liebhaber, keine Ahnung.«

»Aber warum hat er sie dann nicht einfach auf der Straße liegen lassen, sondern hierher transportiert?« Braig sah ihre ratlose Miene, spürte die feuchte Kälte in seine Kleidung kriechen. Er zog seinen Schal zurecht, hüllte sich fester in seine Jacke. »Wissen wir etwas über ihre Identität?«

»Nur das hier.« Dr. Ulmer machte sich an der Bluse und der Hose der Verstorbenen zu schaffen, brachte zwei schmale, keine fünf Zentimeter langen Stoffanhängsel zum Vorschein. »Ich habe sie vorhin entdeckt.«

Er beugte sich nieder, las auf beiden Teilen denselben aufgedruckten Namen. *Marianne Kindler.* »Eine Modemarke?«

»Mir ist sie unbekannt.«

»Sie glauben, die Frau ließ ihren Namen in ihre Kleidung einsticken?«

»Wieso nicht? Ich kenne Leute mit ganz anderen Marotten. Vielleicht war sie im Krankenhaus oder zur Kur. Dann empfiehlt es sich doch, gekennzeichnete Kleider zu tragen, damit sie nicht verwechselt werden können.«

Braig fand das Argument stichhaltig, nickte. »Sonst haben wir keine Hinweise auf ihre Identität?«

Die Ärztin schüttelte den Kopf. »Ich habe schon mit Ihren Kollegen darüber diskutiert. Sie haben nichts gefunden.« Sie wies auf Rauleder und Rössle, die immer noch mit dem Abdruck auf dem Asphalt beschäftigt waren.

»Dann muss ich es mit *Marianne Kindler* versuchen.« Braig gab die Nummer des LKA in sein Handy ein, hatte die Stimme Stöhrs in der Leitung. Ungewohnt leise, gerade noch zu verstehen.

Er buchstabierte den vermeintlichen Namen der Toten, bat den Kollegen, ihn zu überprüfen.

Die Antwort ließ nicht lange auf sich warten. Er spitzte die Ohren, versuchte, sich auf die Stimme seines Gesprächspartners zu konzentrieren.

»Eine *Marianne Kindler* haben wir zweimal. In Korb in der Rosenstraße, Geburtsjahr 1958...«

»1958«, überlegte Braig, »das könnte hinkommen. Kann ich bitte die Telefonnummer haben?« Er wartete auf die Angaben Stöhrs, notierte sich die Ziffern. »Wo lebt die zweite Frau dieses Namens?«

»In Oettingen im Klaus-Röder-Weg. Sie wurde 1960 geboren. Hier ist die Telefonnummer.«

Braig hatte angesichts der Kälte Schwierigkeiten, seine Hände zu bewegen, benötigte mehrere Anläufe, bis er auch die zweite Ziffernfolge deutlich lesbar auf seinem Notizblock festgehalten hatte. Er bedankte sich bei dem Kollegen, steckte sein Mobiltelefon zurück.

»Es gibt zwei Frauen dieses Namens in der Nähe?«, fragte Rauleder von der Straße her.

»Noch dazu im passenden Alter. Hoffentlich kann ich telefonisch abklären, um welche der beiden Frauen es sich handelt. Falls sich der Aufdruck auf der Wäsche wirklich auf die Tote hier bezieht.«

Er sah, dass die Ärztin ihren Koffer packte, mühsam mit der Rechten ihre Utensilien zusammensuchend, die Linke mit einem Papiertaschentuch vor die Nase gepresst, bedankte sich für ihre Auskunft.

Dr. Ulmer verzichtete darauf, ihm die Hand zu geben, winkte ihm zu. »Nicht, dass ich Sie noch anstecke...«

Er wartete, bis sie im Nebel verschwunden war, wandte sich an den uniformierten Kollegen. »Wo finde ich die Männer, die die Leiche entdeckt haben?«

Bauer zeigte auf das Gelände hinter dem Götzenturm. »Die sitzen bei einem Kollegen im Wagen.«

Braig trat aus dem grellen Licht, passierte die Tische und Stühle des Lokals, kam am Turm vorbei. Er sah die beiden Tafeln, die im Mauerwerk befestigt waren, überflog den Text. *Götzenturm. Südwestecke der alten Stadtbefestigung von 1392. Name nach Götz von Berlichingen, der aber nie hier gefangen saß.* Etwa zwei Meter weiter prangte ein weiteres Schild: *Hubertus von Goltz: »Über dem Abgrund«(1985).*

Er starrte in die Höhe, sah die Skulptur weit in die Luft hinaus ragen, begriff, wie zutreffend ihre Bezeichnung war.

»Darf ich wissen, was Sie hier suchen?«

Braig schrak zusammen, sah einen uniformierten Beamten vor sich stehen. Er zog seine Karte vor, wies sich aus.

»Sie müssen entschuldigen, aber hier sind dermaßen viele Neugierige. Wir haben alles abgesperrt.« Der Kollege machte einen erschöpften Eindruck. Er hatte in den vergangenen Stunden offensichtlich kaum Ruhe gefunden.

»Ich suche die Männer, die die Leiche gefunden haben. Ich möchte sie befragen.«

Der Beamte nickte mit dem Kopf. »Kommen Sie. Es ist nicht weit. Wir haben sie gebeten, auf Sie zu warten.«

Sie stiegen über das Absperrband, das vom Turm zur Gaststätte gespannt war, bogen in die Götzenturmstraße ein, in der ein kleiner Polizeibus parkte. Der Mann klopfte an die

Scheibe, öffnete die Schiebetür. »Darf ich vorstellen, ein Kollege vom LKA.«

Zwei junge Männer in Jeans und dicken Jacken schauten ihn aus müden Augen an. »Sind Sie endlich der Kommissar, auf den wir warten müssen?«, polterte der Ältere. Er hatte einen muskulösen Körperbau, schien Mitte zwanzig, hatte kurze rote Haare.

Braig stieg in den Bus, schloss die Tür. »Ich will sie nicht lange aufhalten«, antwortete er, die gereizte Stimmung der Männer vor Augen, »aber Sie haben die Leiche der Frau vorne an der Treppe gefunden, wenn ich richtig informiert bin, ja?«

»Aber das haben wir doch mehrfach erzählt!«, schimpfte der Rothaarige. »Wie oft sollen wir es noch wiederholen? Wir müssen zur Arbeit, glauben Sie, wir werden fürs Rumgammeln bezahlt?«

Braig hatte keine Lust, sich so abkanzeln zu lassen. So berechtigt der Ärger des Mannes sein mochte, auch er hatte seine berufliche Pflicht zu erfüllen. »Da draußen auf der Straße liegt eine tote Frau«, sagte er. »Sie wurde ermordet. Mit unzähligen brutalen Schlägen. Ihr Gesicht und ihr Körper sind völlig entstellt. Ich will wissen, wer das getan hat. Dazu benötige ich Ihre Hilfe. Vielleicht können Sie mir ein paar Minuten schenken, auch wenn Sie jetzt lieber woanders wären. Ich könnte mir auch eine angenehmere Beschäftigung vorstellen.« Er hatte den Ton seiner Stimme verschärft, sah die Reaktion der Männer, die abwehrend ihre Hände emporstreckten, sich dann einer nach dem anderen in ihrem Sitz zurückschoben.

»Ist ja schon gut«, erklärte der Rothaarige, »was wollen Sie wissen?«

Braig fragte nach den Namen, notierte sie samt Anschrift und Beruf. Roland Bergel und Norbert Reusch, beide aus

Heilbronn, siebenundzwanzig und achtundzwanzig Jahre alt, Lagerarbeiter bei einer Spedition.

»Was haben Sie gesehen, als Sie heute Morgen hierher kamen? Erzählen Sie es mir bitte so genau wie möglich.«

Bergel, der bisher das Wort geführt hatte, wies auf seinen Kollegen. »Sag du es ihm, du hast mehr mitbekommen.«

Reusch nickte, wischte die Hände an seiner Hose ab. Er hatte eine untersetzte Gestalt, trug eine Brille mit auffallend dicken Gläsern. »Wir sahen ein Auto. Genau dort, wo die Frau liegt. Jemand machte sich am Kofferraum zu schaffen.« Er wusste nicht weiter, sah Hilfe suchend zu Braig.

»Wann war das?«

»Kurz nach halb sechs heute Morgen.«

»Sie sahen auf Ihre Uhr?«

»Nein, das nicht.« Reusch schüttelte den Kopf, deutete auf seinen Kollegen. »Erst später, als wir vor der Frau standen und darüber nachdachten, ob sie noch lebt. Da holte Roland seine Uhr vor. Sie zeigte fünf Minuten nach halb sechs.«

»Was sahen Sie genau? Ich meine, was machte der Mann am Kofferraum des Wagens?«

»Ich weiß es nicht. Es war völlig dunkel, alles voller Nebel. Und es war verteufelt früh. Wir waren beide noch sehr müde, als wir die Treppe hoch kamen.«

Bergel nickte zur Bestätigung der Worte seines Kollegen mit dem Kopf.

»Die Treppe, an deren oberem Ende die Leiche abgelegt wurde?«

»Nein. Die andere Treppe. Ungefähr zehn Meter davon entfernt.«

Braig erinnerte sich an die Szenerie, konnte sich genau vorstellen, wovon der Mann sprach. »Trotzdem. Holte der Mann etwas aus dem Kofferraum? Die Leiche der Frau etwa?«

Reusch ließ sich Zeit mit seiner Antwort. »Ich weiß es nicht. Es sah aus ...« Er zögerte.

»Ja?«

»Er machte einen Schwenk vom Auto Richtung Treppe, bückte sich. Mehr kann ich nicht sagen.«

»Das heißt, er kann die Leiche dabei abgelegt haben.«

Reusch zuckte nur mit der Schulter.

»Was meinen Sie?« Braig drehte sich zur Seite, richtete die Frage an den Kollegen des Mannes. »Kann es sein, dass der Mann die Leiche gerade auf die Straße warf, als Sie hier ankamen?«

»Mich dürfen Sie nicht fragen«, antwortete Bergel, »ich lief mehrere Meter hinter Norbert und war schon ziemlich fertig. Vom Laufen, meine ich.« Er fuhr sich durch seine roten Haare, hob bedauernd seine Hände. »Tut mir Leid. Ich sah erst genau zu dem Kerl hin, als Norbert laut schimpfte. Was ist denn mit dem los, oder so ähnlich. Aber da war von dem nichts mehr zu sehen. Nur noch der Umriss eines Autos, das mit irrsinnigem Tempo auf die Brücke raste und im Nebel verschwand.«

»Der Mann sprang in seinen Wagen, als Sie sich ihm näherten?«

Reusch nickte. »Er muss uns gehört haben. Genau in dem Moment, als er sich zur Treppe hin beugte. Plötzlich drehte er sich um und starrte zu uns her. Dann rannte er auch schon zu seinem Auto und jagte davon.«

»Und der Kofferraum?«

»Der stand offen. Deswegen schimpfte ich doch so. Was ist mit dem los, habe ich wohl gesagt, wieso schließt der nicht seinen Kofferraum?«

»Wie sah er aus?«

»Der Kerl?« Reusch schaute ratlos zu Braig. »Um Gottes Willen, das dürfen Sie nicht fragen, ich sah nur seine Umrisse. Wie ein Gespenst im Nebel, mehr nicht.«

»Groß, klein, dick, dünn, jung, alt?« Braig betrachtete seine Gesprächspartner, einen nach dem anderen. »Irgendwie müssen Sie ihn doch beschreiben können!«

»Ich nahm nur die Umrisse wahr, sage ich Ihnen, sonst nichts. Ich weiß nicht, wie der Kerl aussah.«

»Aber es handelte sich um einen Mann. Oder könnte es auch eine Frau gewesen sein?«

Reusch starrte Braig mit großen Augen an. »Eine Frau?«

Der Kommissar gab keine Antwort, ließ ihn überlegen.

»Ich weiß es nicht.« Der Mann setzte seine Brille ab, hob ratlos seine Hände. Die Brille baumelte in seiner Rechten hin und her. »Wirklich. Ich weiß es nicht.«

Braig atmete tief durch, fuhr sich überlegend durch die Haare. »Okay, lassen wir das. Es war dunkel und neblig und sehr früh am Tag. Niemand kann Ihnen einen Vorwurf machen, dass Sie die Person nicht beschreiben können. Wir wissen ja nicht einmal, ob es sich wirklich um den Mörder der Frau handelt.«

»Aber warum soll er sonst mit offenem Kofferraum davon gerast sein – wie ein Verrückter?«

»Vielleicht war er nur zufällig hier vorbeigekommen und hatte die Frau auf dem Gehweg entdeckt. Um nicht in Verdacht zu geraten, raste er davon, als er Sie kommen hörte.«

»Ohne Licht? Wieso hatte er die Beleuchtung seines Autos abgeschaltet?«

»Er hatte kein Licht?«

»Natürlich nicht«, sagte Reusch, »das Fahrzeug stand vollkommen dunkel, ohne jede Beleuchtung da.« Er setzte seine Brille wieder auf, rückte sie zurecht.

»Und er fuhr ohne Licht davon? In diesem Nebel?«

»Na, sage ich doch!«, erklärte der Mann mit unüberhörbarem Triumph in der Stimme. »Ohne Licht. Und mit offenem Kofferraum!«

Braig massierte seine rechte Schläfe, hinter der er ein heftiges Pochen spürte. So wie Reusch den Vorgang beschrieben hatte, deutete in der Tat vieles darauf hin, dass es sich um die Person handelte, die die Frau wenn nicht getötet, so doch zumindest hier auf dem Gehweg abgelegt hatte. Wer anders als der Mörder aber sollte dies getan haben? »Das Auto«, sagte er, »konnten Sie erkennen, um welches Modell es sich handelte?«

Die Reaktion der Männer erfolgte fast synchron. Beide hoben ihre Hände, starrten Braig mit angestrengter Miene an. »Wir versuchen es den ganzen Morgen schon«, antwortete Bergel, »aber...« Er verstummte, streckte ratlos seine Hände von sich weg.

»Ein großer Wagen?«, versuchte Braig zu helfen, »oder eher ein kleiner? Ein weit verbreitetes Modell oder ein selteneres?«

»Es hat keinen Sinn«, erwiderte der Mann, »es geht wirklich nicht, es war zu dunkel. Zu dunkel und zu neblig. Und zu früh. Wir waren beide noch nicht richtig wach. Tut mir Leid, aber so ist es nun mal.«

»Dann können Sie auch zur Farbe des Autos nichts sagen? Oder zu seinem Kennzeichen?«

Reusch schaute Braig durch seine dicke, die Größe seiner Augen abnormal verzerrende Brille an. »Dunkel«, sagte er, »ein dunkles Auto. Aber das heißt nicht viel. Heute Morgen war alles dunkel. Die Straße und die Häuser. Und das Auto auch.« Er schüttelte bedauernd den Kopf.

Braig spürte, dass das Gespräch keine nennenswerten Erkenntnisse mehr brachte, wollte nur noch einen Punkt zur Sprache bringen, der ihm immer stärker auf den Nägeln brannte. »Es war neblig und noch ziemlich dunkel heute Morgen«, sagte er, »keine angenehmen Bedingungen also.

Können Sie mir sagen, warum Sie dann so früh unterwegs waren?«

»Wir?« Bergels Stimme drohte sich zu überschlagen. »Verdächtigen Sie jetzt etwa uns?«

»Wessen sollte ich Sie verdächtigen?«

»Die Leiche hier abgelegt zu haben, was denn sonst?« Die Aufregung war beiden Männern ins Gesicht geschrieben.

»Und? Haben Sie es getan?«, fragte Braig.

Bergel sprang in die Höhe, stieß mit dem Kopf an die Decke des Wagens. »Sind Sie verrückt? Glauben Sie, wir hätten dann die Polizei gerufen?« Er fuhr sich mit der Hand über den Schädel, starrte Braig wütend an. »Ist das der Dank, dass wir so lange auf Sie gewartet haben?«

Der Kommissar schüttelte den Kopf. »Ich weiß nicht, weshalb Sie sich so aufregen. Ich habe keinerlei Verdacht geäußert. Obwohl wir das schon erlebt haben, dass Täter als vermeintliche Zeugen auftreten. Aber bei Ihnen wundert mich nur, dass Sie so früh unterwegs waren. Zum Joggen?«

Bergel beruhigte sich wieder, nahm erneut Platz. »Natürlich. Was denn sonst?«

»Also, mich bekämen Sie freiwillig nicht so früh aus den Federn.«

»Wir machen das auch nicht oft«, gab der Mann zu, »aber unsere Kondition...« Er zögerte, überlegte, wie er fortfahren solle, setzte dann erneut an: »Wir spielen Fußball. Beide. Na ja, in letzter Zeit waren wir einfach nicht mehr so fit und deshalb beschlossen wir, von jetzt an morgens ... Fitnesstraining, verstehen Sie?«

Braig kam die Antwort etwas zu stockend, irgendwie auch krampfhaft bemüht. Er glaubte zwar nicht, dass die Männer etwas mit dem Tod der Frau zu tun hatten, konnte sich trotzdem nicht vorstellen, dass sie freiwillig so früh unterwegs gewesen waren, nur um sich fit zu halten. Er musste den Kollegen auftragen, Bergel und Reusch zu überprüfen. »Fitnesstraining«, wiederholte er, »Sie laufen am Neckar entlang?«

Bergel nickte, dankbar, dass Braig ihm Glauben schenkte. »Wir wohnen in der Roßkampffstraße, in der Nähe vom Bahnhof.« Er zeigte in die Richtung des Neckars. »Von dort joggen wir hierher zur Götzenturmbrücke, dann drüben am Wasser entlang bis zur Ebertbrücke und auf dieser Seite wieder zurück. Da haben wir fast die ganze Zeit frische Luft.«

»Und als Sie heute Morgen die Treppe hochliefen, stand der Mann mit dem Auto vor Ihnen.«

»Genau!«, bestätigte Bergel mit kräftiger Stimme, »ganz genau!«

Braig betrachtete ihn nachdenklich, atmete tief durch. Die Antwort kam ihm zu schnell, zu laut, zu plakativ.

Weswegen waren die beiden so früh unterwegs?

»Aber dann raste der Kerl auch schon los«, mischte sich Reusch ins Gespräch, »über die Brücke.«

»Dann müssen wir ja froh sein, dass Sie schon so früh unterwegs waren und uns sofort benachrichtigten.«

Braig sah das eifrige Nicken der Männer, spürte, dass es nichts mehr brachte, sich jetzt noch länger mit ihnen zu beschäftigen. Sein Misstrauen ihnen gegenüber war nicht beseitigt, im Gegenteil; sie in Zusammenhang mit dem Tod der Frau zu bringen, schien ihm jedoch nicht angebracht. Wenn ein Gespräch mit ihnen überhaupt noch einen Sinn haben sollte, musste er sich und ihnen Zeit zum Nachdenken einräumen, eine Frist von mehreren Stunden oder gar Tagen, in denen sie gemeinsam überlegen konnten, ob es nicht doch irgendeinen Anhaltspunkt gab, der auf ein bestimmtes Automodell oder das Aussehen des Mannes hinwies – ein winziges, in Anbetracht seiner gegenwärtigen Ermittlungslage dennoch absolut wichtiges Indiz, das in seinen Auswirkungen nicht zu unterschätzen war. Außerdem musste er Erkundigungen über die beiden einziehen, schon um sich darüber sicher zu sein, wieweit er ihren Aussagen überhaupt vertrauen konnte. Er bedankte sich für das Gespräch, bat sie, ihn zu benachrichtigen, falls ihnen noch etwas einfiele, reichte ihnen seine Karte, verließ den Bus.

Die Sache sah nicht gut aus, war er sich bewusst, als er zum Fundort der Leiche zurücklief, angesichts des anfangs so viel versprechenden Zufalls des Zusammentreffens der beiden angeblichen Sportler mit dem vermeintlichen Täter eine enttäuschende Ausbeute, was die Informationen über die Identität des Mannes anbetraf. Er musste sich auf das persönliche Umfeld der getöteten Frau konzentrieren; Verletzungen in einem solchen Ausmaß, wie sie sie hatte erleiden müssen, resultierten fast immer aus Konflikten persönlicher Beziehungen heraus, soviel war ihm aus seiner langjährigen beruflichen Erfahrung klar. Nur Menschen, die sich eine Zeit lang in einem besonders ausgeprägten Maß einander zugetan fühlten, waren dazu imstande, ins Extrem gegenteiliger Emotionen zu verfallen und diese dann – vom Verstand vollkommen isoliert – an die Oberfläche kommen zu lassen – mit all den schrecklichen Auswirkungen, die dieses Wüten hervorrufen konnte. War die tote Frau einer solchen Gewaltorgie ihres Ehemannes, Freundes oder eines ehemaligen Geliebten zum Opfer gefallen?

Er hatte die Stühle und Tische der Gaststätte erreicht, sah die Menschenmenge vor sich, die ringsum an den Absperrungen wartete. Mehrere Männer standen vor Kälte mit den Füßen aufstampfend beieinander, in lautstarke Diskussionen vertieft, den Asphalt vor sich im Visier. Die Szene ödete ihn an. Braig blieb stehen, gab die erste der beiden Nummern, die auf Marianne Kindler lauteten, ins Handy ein. Er musste nicht lange warten, hatte unter kräftigem Rauschen und Knacken eine jugendlich klingende Frauenstimme am Ohr. »Hier ist Steffen Braig«, meldete er sich, »bin ich mit Marianne Kindler verbunden?«

»Die bin ich, genau«, antwortete die Frau, »was wollen Sie von mir?«

Er atmete erleichtert auf, blies die kalte Luft von sich, die sofort zu einer flüchtigen Nebelwolke kondensierte.

»Was wollen Sie?«, wiederholte die Frau.

»Ihnen einen schönen Tag wünschen«, stammelte Braig, »und weiterhin alles Gute.« Er wusste nicht, was er sonst noch sagen sollte, hatte keine Lust, sich in langen Erklärungen zu ergehen, gab die zweite Nummer ein. Diesmal dauerte es länger, bis sich jemand meldete.

»Ja, Kindler hier.« Die Stimme des Mannes drohte im Geschrei der neugierigen Gaffer unterzugehen. Nur mit Mühe konnte er ihn verstehen.

»Kann ich bitte Marianne Kindler sprechen?«

»Mei Weib? Die isch net do.«

»Wissen Sie, wo ich sie erreichen kann?«

»Des dät i selbscht gern wisse. Um was gohts?«

Braig spürte, dass er nicht mehr lange um den heißen Brei herumreden konnte. »Mein Name ist Braig, ich bin vom Landeskriminalamt.«

»Polizei?«

»Genau. Wann haben Sie Ihre Frau zum letzten Mal gesehen?«

»Wieso? Isch was passiert?«

»Beantworten Sie bitte meine Frage.«

»Wann i se zom letzte Mal...« Der Mann zögerte, überlegte. »Geschtern Mittag.«

»Wo war das?«

»Hier, bei os in Oettinge.«

»Sie war also heute Nacht nicht zuhause?«

»Noi. Ond i ka Ihne au net sage, wo se gwä isch. I denk, uf Werbeveranschtaltunge in verschiedene Gaschthäuser.«

»Was für Werbeveranstaltungen?«

»Hano, für osere Teigware. Mir hent a klois Fabrikle, wisset Se!«

»Sie sind Inhaber einer Nudel-Fabrikation?«

»Wenn Sie des so ausdrücke wellet, ja.«

»Und Sie haben sich nicht gewundert, dass Ihre Frau wegblieb?«

»Noi, des kommt bei os öfter vor. Seit sie den Aussedienscht übernomme hat ond mir osere Produktion gewaltig gschteigert hent, isch se dauernd unterwegs.«

»Wo kann sie gewesen sein? In Heilbronn?«

»Überall. In Stuttgart, Esslinge oder Reutlinge. In Heilbronn? I han koi Ahnung.«

Braig wunderte sich mehr und mehr über eine Ehe, in der es dem einen Partner nicht seltsam vorkam, wenn der andere ohne Erklärung über Nacht wegblieb, wusste, dass er sich den Mann persönlich vornehmen musste. So schnell wie möglich. »Ich muss mit Ihnen reden, Herr Kindler. Wann können wir uns treffen? In einer Stunde bei Ihnen?« Er wollte das direkte Umfeld Kindlers kennenlernen, sich ein erstes Urteil über seine Person einholen. Bei den schrecklichen Verletzungen, die der Toten zugefügt worden waren, galt der Ehemann als Tatverdächtiger Nummer Eins, so absurd das im ersten Moment auch klingen mochte.

»Wieso? Isch was mit meinem Weib?«

»Ich weiß es nicht. Ich muss persönlich mit Ihnen darüber reden.«

»Isch ihr was passiert?«

»In einer Stunde bei Ihnen, ja? Geben Sie mir bitte noch die genaue Adresse.« Braig war nicht bereit zu erklären, was er befürchtete: Dass die Frau, von der sie sprachen, übel zugerichtet hier in Heilbronn auf der Straße lag. Er wollte die Reaktion des Mannes mit eigenen Augen sehen, seine Körpersprache studieren, wenn er ihm seine Vermutung schilderte, die Fotos vom Tatort zeigte. Vielleicht konnte er dem Verhalten Kindlers erste konkrete Verdachtsmomente entnehmen, vielleicht aber auch Argumente für dessen Unschuld finden. Er ließ den Mann deshalb leise schimpfen, eine Tirade schwäbischer Verwünschungen über sich ergehen, wartete, bis er sich beruhigt hatte und sich mit seinem Besuch einverstanden zeigte. »Also, in einer Stunde etwa. Bei Ihnen.« Er verabschiedete sich, lief auf die Treppe zu. Die neugierigen Gesichter mehrerer Männer verfolgten ihn auf Schritt und Tritt. Die uniformierten Kollegen hatten alle Hände voll zu tun, sie in Zaum zu halten. Braig grüßte, sah Harsch auf sich zukommen.

»Nur damit Sie Bescheid wissen«, erklärte der Beamte und deutete auf das Gebäude, in dem die Gaststätte untergebracht war, »wir haben inzwischen alle Bewohner erreicht und befragt. Leider hat niemand etwas mitbekommen heute Morgen.«

Braig betrachtete die Fenster über dem Lokal, bedankte sich für das Engagement der Kollegen. Er lief vollends zum Absatz oberhalb der Treppe, fand die beiden Spurensicherer, die immer noch mit der Untersuchung der Reifenabdrücke beschäftigt waren.

»Irgendwelche neuen Erkenntnisse?«, fragte er.

Rössle, mit einer Kamera den Boden aus wenigen Zentimetern Entfernung Stück für Stück ablichtend, richtete sich schwerfällig auf. »I fürcht´, des bringt nix«, brummte er, »mir krieget koi Profil zamme.«

»Wäre auch zu schön gewesen«, meinte Braig, »oder?«

Rössle wies auf die Leiche. »Du woisch, wo sie wohnt?«

»Oettingen. Dort wird eine Frau ihres Namens vermisst.«

»Du willsch na?«

Braig nickte. »Fotos. Ich benötige Fotos von ihr. Könnt ihr mir welche geben?«

Rössle ging zu seinem Kombi, kramte im Inneren, kam mit einem Bündel Papiere zurück. »Die han i vorhin ausdruckt.« Er reichte sie seinem Kollegen, warf ihm einen kritischen Blick zu. »Sie isch verheiratet?«

»Es sieht so aus.«

»Der arme Kerl. Des kannsch dem doch net zeige!«

Braig starrte auf die Bilder, verstand Rössles Befürchtung. Das von Wunden und Hämatomen übersäte Gesicht zu betrachten, bereitete selbst ihm, dem an Gewaltfolgen aller Art seit Jahren gewöhnten Beamten, Schwierigkeiten – welche Empfindungen musste sein Anblick erst bei einem Menschen auslösen, der mit der unter solch schlimmen Umständen zu Tode gekommenen Frau zusammengelebt hatte? Er spürte schon jetzt das flaue Gefühl in seinem Magen, wusste, dass ihm eine der unangenehmsten Aufgaben seines Berufes bevorstand. »Ich weiß noch nicht, ob ich es wirklich benötige«, antwortete er, »vielleicht kann ich darauf verzichten.«

3. Kapitel

Katrin Neundorf hatte sich sofort bereit erklärt, Braig nach Oettingen zu begleiten. »Es handelt sich um den Ehemann?«

»Der angeblich nicht weiß, wo sich seine Frau heute Nacht aufgehalten hat.«

Neundorfs Zusage ließ Braig erleichtert aufatmen. Die Todesnachricht in Begleitung seiner Kollegin zu überbringen, erforderte weit weniger Überwindung, als sich allein auf den Weg machen zu müssen. Dem nächsten Angehörigen der Toten zu zweit gegenüberzutreten, nahm dem Gefühl, dem Elend der betroffenen Person vollkommen ausgeliefert zu sein, die Schärfe. Hinzu kam, dass vier Augen natürlich besser geeignet waren, den Mann auf seine Reaktion hin zu überprüfen.

Der Klaus-Röder-Weg lag am nördlichen Rand Oettingens, dort wo die von gepflegten Gärten umgebenen Einfamilienhäuser in wellige Obstbaumwiesen übergingen. Neundorf überprüfte die Hausnummer, sah das Gebäude von Weitem. *Mariannes Beste* prangte in dicken roten Lettern an der weiß verputzten Wand eines zweistöckigen Hauses mit einem langen, niedrigen Anbau. Ein weit geöffnetes Tor ermöglichte den Zutritt zum Hof, der in einen großen gepflegten Garten auslief.

Sie stellten das Fahrzeug ab, wandten sich dem Fabrikgelände zu. *Kindlers Nudelträume* versprach ein großes Plakat unmittelbar neben dem Eingang. Nudeln in allen Variationen waren leicht vergilbt und von abblätternden Farbstreifen beeinträchtigt darauf zu erkennen.

Braig und Neundorf betraten den Hof, hörten den Lärm mehrerer Maschinen aus dem Anbau. Der Nebel hatte sich gelichtet, zarte Sonnenstrahlen tauchten die Umgebung in ein weiches Licht. Braig betrachtete den Hof und das Gebäude, ließ seine Augen über den weitläufigen Garten schweifen. Blühende Büsche und Hecken erstreckten sich ins Uferlose, irgendwo im milchigen Dämmer in Obstwiesen übergehend. Unmittelbar dahinter erkannte er die Konturen der himmelan strebenden Höhen des Schwäbischen Waldes.

»Märchenhafte Landschaft«, sagte Neundorf, den Blick in die Ferne gerichtet, »leider haben wir keine Zeit, sie zu genießen.«

Sie wandten sich zur Tür, deren weißer Lack in breiten Streifen abblätterte, studierten das kleine Schild, das neben dem Klingelbord angebracht war. *Kindlers Nudelträume Werksverkauf Montag bis Samstag 10 bis 18 Uhr.*

Braig drückte auf die Klinke, öffnete die Tür. Das schrille Läuten einer Glocke signalisierte ihren Besuch. Sie betraten einen langen, schmalen Raum mit einer breiten Theke. Nudeln in unzähligen Formen, in großen und kleinen Packungen lagen hoch aufgeschichtet nebeneinander. Braig betrachtete das vielfältige Angebot, sah, dass es von gewöhnlichen Bandnudeln über sorgsam geformte Tierfiguren bis hin zu grün, rot und braun ausgeführten Fantasiegebilden reichte. *Wir verwenden ausschließlich naturreinen Hartweizengrieß, frische Eier und Kräuter aus der Region* verkündete ein schief nach oben strebendes, mit dickem schwarzen Filzstift geschriebenes Plakat an der Wand.

Neundorf nahm eine der mit verschieden farbigen Nudeln gefüllten Packungen in die Hand, studierte die Formen der kleinen Kunstwerke: Bälle, Sterne, Kreuze waren zu erkennen. Als sie das Paket wieder zurücklegte, betrat ein stämmiger, mit einem weißen Kittel bekleideter Mann den Raum.

»Grüß Gott so früh am Morge«, erklärte er, lief hinter die Theke, schaute sie erwartungsvoll an. »Was darf´s sein?«

Braig hatte ihn an der Stimme erkannt, zog seinen Ausweis aus der Tasche, stellte sich und seine Kollegin vor. »Herr Kindler persönlich?«, vergewisserte er sich.

Der Mann nickte, wischte seine Hände an seinem Kittel ab, reichte sie ihnen. »Isch was mit meim Weib?«, fragte er im breitesten Schwäbisch, Besorgnis in der Stimme.

Braig musterte sein Gesicht, die breiten, fast feist wirkenden fleischigen Wangen, die etwas schief gewachsene lange Nase, dazu die buschigen, tiefbraunen Augenbrauen, bemerkte den unstet zwischen ihnen hin und her huschenden Blick Kindlers.

»Jetzt rücket se doch endlich raus mit der Sproch!«, forderte der Mann.

»Sie hat sich heute noch nicht bei Ihnen gemeldet?«, fragte Neundorf.

Kindler antwortete sofort, ohne jedes Zögern. »Noi, i hans Ihne doch am Telefon scho erklärt!«

»Ist das nicht außergewöhnlich?«

Er begriff den Sinn ihrer Frage nicht. »Was?«

»Dass sie über Nacht weg bleibt und Sie nicht wissen, wo sie sich aufhält.«

Braig sah, wie er seinen massigen Körper unruhig hinter der Theke hin- und herschob, dann aufgeregt zu einer Antwort ansetzte. »Hano, was soll i jetzt sage? Sie kennet mei Weib net. Die könnet se net grad so feschtbinde.«

»Also kam das schon öfter mal vor?«, versuchte Neundorf seine Worte zu interpretieren.

Er wusste nicht, wie er reagieren sollte, streckte beide Hände in die Höhe. »Öfter? I woiß net. Ab und zu halt, ja.«

»Immer beruflich?« Sie hatten sich unterwegs ausführlich über Braigs Telefonat mit dem Nudelfabrikanten unterhalten, verschiedene Deutungen seiner Aussagen überlegt.

»Ja nadierlich, was denket denn Sie?«, beharrte Kindler. »Wenn d´ Marianne net so viel unterwegs wär, hättet mir scho längscht dichtmache müsse. Oder glaubet Sie, des ganze Zeugs verkauft sich vo selbscht?« Er deutete mit weit ausladenden Bewegungen auf die Berge von Nudeln, die vor ihm auf der Theke ruhten. »Des Gschäft isch net so oifach, wie Sie moinet. Die paar Dackel, die freiwillig den Weg zu os findet, machet die Sau net fett!«

Neundorf verstand die beruflichen Schwierigkeiten, die der Mann andeutete, nickte zustimmend. »Dann ist Ihre Frau für den Verkauf zuständig«, folgerte sie.

»Und ob. Sonscht hättet mir den ganze Krempel längscht naschmeiße könne!« Kindler wuchtete seinen Oberkörper nach vorne, beugte sich halb über die Theke. »Isch ihre was passiert?«

Braig sah die Falten auf seiner Stirn, beobachtete die weit aufgerissenen Augen. Besorgnis und Nervosität waren darin zu erkennen.

»Hat Ihre Frau die Angewohnheit, ihre Kleidung mit ihrem Namen zu beschriften?«, fragte Neundorf. »Ich meine, näht sie kleine...«

»I woiß, was Sie moinet«, fiel ihr Kindler ins Wort, »nadierlich, des isch halt so a Marotte vo ihr, ja. Jeder Mensch hat seine Macke ond so lang es nix Schlimmes isch, ka ma doch nix dagege sage, oder? Seit sie vor a paar Jahr im Krankehaus in Ludwigsburg war ond ihr dort en Teil ihrer Wäsch abhande komme isch, hat sie sich des agwöhnt, was willsch dagege mache?« Er verstummte, schaute die Kommissarin fragend an: »Warum wellet Sie des wisse?«

Neundorf warf Braig einen besorgten Blick zu, fuhr sich durch die Haare. »Herr Kindler, wir würden gerne ein paar Fotos von Ihrer Frau sehen. Ist das möglich?«

Der Mann wurde immer unruhiger, konnte sich nicht mehr länger zurückhalten. Er stampfte mit schweren Schritten um die Theke, baute sich unmittelbar vor ihnen auf. »Aber jetzt rücket se doch endlich damit raus, was Sie wellet! Was isch mit dene Bilder, warum soll i Ihne die zeige?«

Braig spürte, dass sie ihr Gegenüber nicht länger auf die Folter spannen durften. Er glaubte nicht, dass Kindler ihnen etwas vorspielte. »Ich fürchte, Ihrer Frau ist etwas zugestoßen«, formulierte er in etwas gestelztem Deutsch.

Kindler erbleichte zusehends. »Was zugschtoße?«, wiederholte er gequält. Er blieb mit offenem Mund vor ihnen stehen, hatte Schwierigkeiten, weitere Worte zu finden. »Was, was soll ihr denn zugschtoße sei?«, wiederholte er dann.

»Fotos«, bohrte Neundorf, »hätten Sie ein paar Fotos von ihr?«

Der Mann benötigte mehrere Sekunden zu begreifen, erwachte dann aus seiner Trance. »Fotos? Aber ja, nadierlich!« Er wuselte überraschend schnell hinter die Theke zurück, zog eine Schublade vor, kramte darin, reichte ihnen eine Papiertüte.

Braig sah das Gesicht sofort. *Mariannes Beste* prangte auf jeder Breitseite, der Kopf einer freundlich lachenden Frau, Mitte Vierzig, fast lebensgroß darunter. Mit den übel zugerichteten menschlichen Überresten, mit denen er am frühen Morgen in Heilbronn konfrontiert worden war, hatte dieses Gesicht wenig Ähnlichkeit; er benötigte einige Atemzüge, ehe er sich imstande sah, nach Gemeinsamkeiten zu suchen. Gerade als er die beiden Muttermale rechts oberhalb des Mundansatzes und links von der Nase bemerkt hatte, sah er Neundorfs Fingerzeig. Sie hatte die Tatort-Fotos noch im Amt ausgiebig betrachtet, die kleinen dunklen Punkte ebenfalls registriert. Es gab keine Zweifel mehr, um wen es sich bei der Toten handelte. Er nickte ihr lautlos zu, richtete sein Augenmerk wieder auf den Mann hinter der Theke.

Kindler starrte besorgt zu ihm her.

»Ihre Frau hatte einen Unfall«, sagte Braig, »heute Nacht.«

Der Mann schien innerhalb von Sekunden zu altern. Seine Miene verlor jede Farbe. »Und?«, hauchte er. Seine Stimme klang kraftlos wie die eines Kranken.

Braig sah Kindlers qualvoll verzerrten Ausdruck, nickte. »Ja, sie ist tot. Mein Beileid, Herr...« Er verstummte mitten im Satz, weil der stämmige Mann hinter der Theke wie ein gesprengter Turm in sich zusammensackte und zu Boden ging, hörte Neundorfs Fluchen. Sich gegenseitig behindernd sprangen sie ihm zu Hilfe, Braig mit den Ellbogen einen der Nudelberge auf der Theke zur Seite wischend, wodurch mehrere Packungen auf den Boden fielen. Sie klopften dem nahezu Ohnmächtigen auf beide Wangen, bis er heftig nach Luft schnappte und wieder zu sich kam. Den Mann aufzurichten, erforderte Kraft und Geschick, bot der schmale Raum zwischen Theke und Wand doch gerade genug Platz für eine Person. Braig stützte sich auf der Platte ab, schob Kindler mühsam in die Höhe.

»Geht es wieder?«, fragte Neundorf. »Oder wollen Sie sich irgendwo hinlegen?«

Der Mann schaute sie aus weit aufgerissenen Augen an, schüttelte den Kopf. »Was, was isch passiert?«, stotterte er.

»Wir wissen es nicht«, antwortete Braig, »sie wurde in Heilbronn gefunden.«

Kindler zitterte am ganzen Leib. »In Heilbronn?«, wiederholte er. »Was will se denn dort?«

»Das hätten wir gerne von Ihnen erfahren.«

»Von mir?« Er schüttelte nur hilflos den Kopf, stützte sich auf der Theke ab.

Braig war sich darüber im Klaren, dass es keinen Sinn mehr hatte, den Mann noch länger in Beschlag zu nehmen. Kindler war zu erschöpft, zu sehr getroffen von der schrecklichen Nachricht, als dass er ihnen im Moment weiterhelfen konnte. Sie mussten ihn mit seiner Trauer allein, ihn den Schock überwinden lassen, bevor er wieder zu ernsthaft durchdachten Antworten fähig war.

Braig setzte gerade an, seine Überlegung mitzuteilen, als eine Maschine im Nachbarraum laut aufheulte. Sekunden später war das wütende Schreien einer tiefen Stimme zu hören, dann stürzte ein großer, mit einer blauen Latzhose bekleideter Mann Mitte fünfzig in den Raum, starrte aufgeregt Richtung Theke. Ohrenbetäubender Lärm übertönte sein Rufen, allein das heftige Gestikulieren machte deutlich, was er bezweckte. Kindler reagierte wie in Zeitlupe, setzte sich langsam in Bewegung, folgte seinem Mitarbeiter.

Braig und Neundorf warteten, bis das Heulen der Maschine wie ein abgeschalteter Staubsauger langsam verebbte, hörten die aufgeregten Worte des Arbeiters. »Des goht net mehr Chef, mir brauchet a neue Maschin, wie oft soll i des noch sage!«

Kindlers Antwort war nicht zu verstehen. Erst das laute Nachfragen des anderen ließ erkennen, was er ihm mitgeteilt hatte.

»Die Chefin?«, rief der Mann. »Unsere Chefin?«

Sie hörten die Männer miteinander diskutieren, Kindler in langsamer, gedehnter Sprache, den Arbeiter in kurzen, abgehackten Sätzen, sahen den Mann mit großen Schritten herauskommen.

»Was isch passiert?«, rief er laut. »Unsere Chefin isch tot?«

Neundorf sah keinen Grund, ihm die Auskunft zu verweigern, hatte er die Information doch gerade von Kindler selbst erhalten, bestätigte seine Vermutung. »Sie wurde heute Morgen tot gefunden, ja.«

»Um Gottes Willen.« Der Mann scheute sich nicht, seine Gefühle offen zu zeigen, beugte seinen Kopf nieder, vergrub sein Gesicht in den geöffneten Händen. Er schnaufte schwer, stampfte mit beiden Füßen kräftig auf den Boden, starrte sie aus Tränen verschleierten Augen an. »Des isch´s End«, sagte er dann, »jetzt könnet mir dichtmache. Unser Chef packt des net allein.«

»Er ist nicht so geschäftstüchtig wie seine Frau?«

»Des wollt i net sage«, rang sich der Mann schwerfällig zu einer Antwort durch, »er hat auch seine gute Seiten. Die Herstellung, also die Produktion, da isch er erschte Sahne. Aber was nützt des, wenn niemand da isch, der des Zeugs verkauft?« Er pendelte zwischen Dialekt und Hochsprache, benötigte Zeit, seine Sätze zu formulieren.

»Frau Kindler war«, Neundorf brach ab, korrigierte sich, obwohl es nichts zu korrigieren gab, »ich meine, Frau Kindler ist für den Verkauf zuständig?«

Der Arbeiter fuhr sich nervös durch seine schütteren Haare, schaute mal zu Neundorf, dann auf den Boden. »Die Chefin, ja.« Er verstummte für einen Moment, wies auf den Berg Nudeln, der sich vor ihnen auf der Theke erhob, nahm überrascht die Pakete wahr, die über den Boden verteilt lagen. »Ohne die Chefin wäret mir doch schon längscht am End.« Er bückte sich, suchte gemeinsam mit Braig alles zusammen, baute sie oben neben den anderen wieder auf. »Ihr hent mir unseren Arbeitsplatz zu verdanke.«

»Wie viele Beschäftigte hat die Firma?«

»Drei außer der Chefin und dem Chef. Der Hans und ich in der Produktion und dann noch die Monika im Verkauf.«

»Sie mögen Ihre Chefin, ja?«

Der Arbeiter musste nicht lange überlegen, eine Antwort zu finden. »I wüßt net oin Grund, der dagege spricht.«

»Aber es gibt sicher Leute, die da anderer Auffassung sind«, sagte Neundorf.

»Anderer Auffassung?«

»Die Frau Kindler nicht leiden können. Vielleicht sogar Streit mit ihr haben. Heftigen Streit.« Sie schaute den Mann erwartungsvoll an.

»Mit unserer Chefin? Den müsset se erscht noch backe, der mit ihr streite wollt. I wüßt koin.«

4. Kapitel

Braig und Neundorf wussten nicht, was sie von den Aussagen Herbert Luithardts, des Angestellten Kindlers, halten sollten. Das helle Licht, in das er seine Chefin tauchte, konnte nicht allen Facetten ihrer Person gerecht werden – die bisher noch nicht rekonstruierten Ereignisse der vergangenen Nacht zeigten das nur allzu deutlich. Und dass die Frau aus reinem Zufall Opfer eines brutalen Raubüberfalls geworden war, schlossen beide Ermittler angesichts der Vielzahl und Intensität der ihr zugefügten Verletzungen aus. Sie mussten das persönliche Umfeld der Ermordeten näher untersuchen, ihre letzten Stunden überprüfen.

»Frau Kindler ist für den Verkauf zuständig«, wiederholte Neundorf deshalb, nachdem sie den Namen und die Anschrift des Arbeiters notiert hatten, »können Sie uns erklären, wo wir die Adressen ihrer Kunden finden können?«

Luithardt schien die Frage nicht zu verstehen. »Woher soll i des wisse? I bin in der Produktion beschäftigt.«

»Aber Sie wissen doch in etwa, an wen die Nudeln verkauft werden. Geschäfte, Privatkunden...«

»Wirtschafte«, ergänzte der Mann, jetzt endlich begreifend, »vor allem Wirtschafte. Das isch der Verdienst unserer Chefin.«

»Lokale? Wo befinden sich die? Hier in der Umgebung?«

»Überall. In Stuttgart, in Ludwigsburg, in Esslingen und Reutlingen, auf der Schwäbischen Alb, im Schwäbischen Wald und im Schwarzwald. Von hier bis nach Thailand.«

»Wie? Bis nach Thailand?«, fragte Neundorf. Sie sah das triumphierende Strahlen in Luithardts Miene, bemerkte den Stolz auf seinem Gesicht.

»Thailand«, bestätigte er, »genau! Seit drei oder vier Jahre belieferet mir a ganze Reihe deutscher Hotels und Wirtschafte dort. Damit die Urlauber was Gescheits zu esse hent, wie die Chefin sagt. Und des Gschäft läuft immer besser.«

»Wie kam das zustande? Ich meine, das ist doch außergewöhnlich, dass eine so kleine Firma wie Ihre so weit liefert?«

Der Mann warf ihr einen ratlosen Blick zu. »Des hat unsere Chefin eigfädelt. Fraget Sie die Monika, vielleicht weiß die Bescheid.« Er nannte ihnen die Adresse von Monika Heller, wies darauf hin, dass sie nur etwa hundert Meter weiter Dorf einwärts in der Tordis-Hoffmann-Straße wohnte. »Die hat heut frei, sie schafft nur drei Däg in der Woch. Aber sie isch bestimmt daheim, sie hat zwei kleine Kinder.«

»Frau Heller begleitet Ihre Chefin auf den Verkaufstouren?«

»Noi, die betreibt unsere Ständ uf de Wochemärkt. Mir hent viele Stammkunde dort.«

Braig und Neundorf bedankten sich für seine Auskunft, erfuhren, dass der dritte Angestellte der Firma, Hans Decker, wegen einer Mandeloperation im Krankenhaus lag.

»Seit letztem Mittwoch«, erklärte Luithardt, »am Freitag wolltet se ihn entlasse, aber no gab´s Komplikatione. Überraschende Blutunge, darum liegt er immer noch drin.«

Sie hörten das Geräusch an der Tür zum Produktionsraum, sahen auf. Hermann Kindler schob sich schwerfällig zu ihnen her, starrte sie aus tief liegenden, Schatten umwölkten Augen an. »Was soll jetzt werde?«, stammelte er.

Braig sah das Zittern seiner Hände, erkundigte sich nach den nächsten Angehörigen.

»Unser Sohn, der Manuel«, antwortete Kindler, »was soll i dem sage?«

»Können Sie ihn erreichen? Es wäre gut, wenn er käme, um Ihnen zur Seite zu stehen.«

Luithardt schüttelte den Kopf, winkte verstohlen ab. »Noi, i glaub, des isch kei gute Idee. Es isch besser, mir machet uns an die Arbeit und reparieret die Maschin. No vergesset mir des Elend wenigstens für a paar Stunde.«

Neundorf betrachtete ihn misstrauisch, wusste nicht, was sie von seinem Einwand halten sollte. Nach einem kurzen Blick zu Braig beschloss sie, vorerst darüber hinwegzusehen. »Wo ist das Büro? Wir würden uns gerne Frau Kindlers Terminkalender ansehen, falls der hier zu finden ist und eine Kundenliste. Wir müssen überprüfen, wo sie sich gestern Abend aufgehalten hat.«

Hermann Kindler nickte, deutete auf seinen Mitarbeiter. »Herbert, bring die Herrschafte hoch.« Er zeigte nach oben, begab sich in den Produktionsraum zurück, machte sich an den Armaturen eines gewaltigen Bottichs zu schaffen. Luithardt folgte ihm, die Kommissare hinter sich, bog dann in ein offenes Treppenhaus ab, das einen Stock höher führte. Der Boden war mit weißen Fliesen ausgelegt, er glänzte überraschend sauber, wie frisch gereinigt. Der Duft feiner Kräuter lag in der Luft, irgendwo zischte ein Ventil.

Luithardt wartete, bis die beiden Besucher ihn erreicht hatten, sah die fragende Miene Braigs. »Kräuternudle«, erklärte er, wies in den Produktionsraum zurück, »heut sind Kräuternudle an der Reih´, deswege riecht´s so gut.«

»Sie benutzen echte Kräuter?«

»Was glaubet denn Sie? Direkt vom Gärtner in Schwäbisch Gmünd.«

Sie folgten den Stufen nach oben, kamen in ein kleines, zweckmäßig eingerichtetes Büro, das über einen großen Schreibtisch samt Computer und Bildschirm sowie zwei breite Aktenregale verfügte.

»Hier, das isch das Reich unserer Chefin. I hoff, Sie findet sich zurecht.« Luithardts Blick war schon wieder zur Tür gerichtet. »Wenn Sie Frage hent, die Monika ...« Er setzte voraus, dass sie seine Anregung verstanden, verließ das Zimmer.

Neundorf eilte zum Computer, schaltete ihn ein. »Das Passwort«, sagte sie, »hast du eine Idee?«

Braig suchte die Schreibtischplatte ab, fand einen Stapel Rechnungen, blätterte sie durch. Sie enthielten ausnahmslos Lieferungen der Firma *Teigwaren Kindler* und stammten aus dem vergangenen Dezember. »Versuche es mit dem Vornamen ihres Sohnes. Manuel, glaube ich.«

»Schon probiert. Fehlanzeige.«

Er griff nach einer durchsichtigen Kladde, sah, dass sie vorgefertigte Formulare zum Bestellen der verschiedenen Nudel-Angebote enthielt.

»Ich bin drin«, sagte Neundorf. »Einfacher geht´s nicht.«

»Wie heißt es?«

»Marianne.«

»Dann wirst du wohl kaum auf geheimnisvolle Inhalte stoßen.« Er hörte das Klicken der Maustaste, bückte sich nieder, öffnete die Schubladen, eine nach der anderen. Formulare, leere Papiere, Prospekte der Firma, Schreibzeug, Disketten. Er legte die Disketten auf die Schreibtischplatte, machte sich an den Regalen an der Wand zu schaffen. »Ich kann keinen Terminplaner finden«, sagte er.

»Tut mir Leid, hier ist auch nichts, was uns interessiert.«

Er hörte, wie sie nach Disketten griff, sie in den Rechner steckte. »Kalkulationen«, erklärte sie, »und die Auflistung der Angebote verschiedener Hühnerfarmen oder Bauern. Bringt uns das weiter?«

»Abwarten.« Braig nahm sich einen Aktenordner nach dem anderen vor, hatte plötzlich zwei Terminkalender in der

Hand. Überrascht zog er sie aus der grünen Kunststoffumhüllung, legte sie auf den Schreibtisch, schlug beide auf. »2003 und 2004. Die Kalender der beiden vergangenen Jahre.«

»Und? Kannst du etwas damit anfangen?«

Er blätterte den Terminplaner des Vorjahres durch, pfiff überrascht. »Eine sehr akkurate Frau. Dem ersten Eindruck nach jedenfalls.«

»Sie hat genau vermerkt, wo sie war?«

»Es sieht so aus, oder?« Braig schob den Kalender neben die Tastatur, wies auf die handschriftlichen Einträge der jeweiligen Tage. »Hier zum Beispiel der 2. Dezember. Um fünfzehn Uhr war sie im *Stern* in Auenwald, um 15.30 Uhr im *Rössle* in Baach, um 16.30 Uhr in den *Urban-Stuben* in S, was wohl für Stuttgart steht.« Er machte eine kurze Pause, las dann weiter, listete für diesen Tag insgesamt zehn Termine auf, alle in verschiedenen Gaststätten irgendwo in Stuttgart. Einen Tag später ein ähnliches Programm, diesmal in Rt und Tü, was Braig als Reutlingen und Tübingen identifizierte, am späten Abend, um 21.30 Uhr noch ein Besuch im *Einhorn* in Esslingen.

»Wir benötigen den Kalender von diesem Jahr«, sagte Neundorf, »dann können wir ihren Weg genau verfolgen.«

»Wahrscheinlich hat der Mörder ihn verschwinden lassen.«

»Es muss nicht unbedingt jemand sein, der darin verzeichnet ist.«

»Aber vielleicht ein Kerl, mit dem sie in einem der Lokale, die sie besuchte, zusammentraf.«

»Vielleicht liegt der Kalender in ihrem Auto. Wissen wir, wo es steht?«

Braig schaute seine Kollegin betroffen an. »Keine Ahnung. Wir haben nicht einmal den Typ und das Kennzeichen.«

»Höchste Zeit, das nachzuholen. Ich kümmere mich darum.« Sie deutete nach unten, lief zum Treppenhaus.

Braig blätterte den Terminplaner weiter durch, stieß auf immer neue Reihen besuchter Ortschaften und Lokale. Ludwigsburg, Sindelfingen, Horb, Rottweil, Trossingen, Albstadt, Hechingen, Schwäbisch Gmünd, Crailsheim, Künzelsau. Plötzlich kam er auf eine Idee. War es möglich, dass Marianne Kindler die Lokale immer in einer bestimmten Reihenfolge besuchte? Er kämpfte sich durch die Sommermonate des Vorjahres, suchte nach den Gaststätten, die er im Dezember entdeckt hatte. Mittwoch, 18. August: Fünfzehn Uhr *Stern* in Auenwald, 15.30 Uhr *Rössle* in Baach, 16.30 Uhr *Urban-Stuben* in Stuttgart...

»Ihr Auto ist nicht da«, sagte Neundorf.

Braig schrak zusammen.

»Ein dunkelgrüner VW Passat Kombi, ältere Bauart. Sie fuhr gestern gegen elf Uhr damit aus dem Hof. Seither haben die beiden Männer den Wagen nicht mehr gesehen.«

»Wir müssen ihn zur Fahndung ausschreiben.«

»Ich bin schon dabei.« Neundorf tippte eine Ziffer in ihr Handy, gab das Kennzeichen und den Typ des Autos durch, erteilte dem Kollegen den Auftrag, das Fahrzeug suchen zu lassen. »Im Zusammenhang mit dem Mord an Marianne Kindler.« Sie trat an den Schreibtisch, warf einen Blick in den Terminplaner. »Du hast ein System ihrer Verkaufsfahrten entdeckt?«

Braig stöhnte leise auf, schüttelte den Kopf. »Ganz so einfach ist es wohl doch nicht«, antwortete er. »Dabei dachte ich schon, ich hätte ihre Strategie durchschaut.« Er deutete auf die Einträge. »Die ersten drei Lokale besuchte sie im August und im Dezember in derselben Reihenfolge. Damit hat es sich aber auch schon. Denn die Visiten, die anschließend folgen, sind völlig unterschiedlich. In ganz anderen Städten.«

»Wir nehmen die Kalender und die Disketten mit. Im Amt haben wir mehr Ruhe, sie genauer zu prüfen.«

Braig stimmte ihrem Vorschlag zu, räumte die Ordner zurück in die Regale, behielt die Terminplaner bei sich. »Diese Monika Heller sollten wir noch sprechen. Vielleicht weiß sie über Frau Kindlers gestrige Tour Bescheid.«

»Wie sieht es mit der Identifikation der Leiche aus? Müssen wir dem Mann das antun?«

Er hielt mitten in seiner Bewegung inne, musterte seine Kollegin. »Ich habe die Frau erkannt«, sagte er dann.

Neundorf nickte. »Ich auch. Die beiden Muttermale sind eindeutige Belege.«

»Dann ersparen wir es ihm.«

»Es ist besser so. Das können wir verantworten.«

Sie sahen die restlichen Papiere durch, verließen das Büro. Kindler und Luithardt schraubten im Produktionsraum an derselben Einfassung des großen Bottichs wie zuvor, erklärten ihnen nochmals den Weg zu ihrer Mitarbeiterin.

»Was soll i jetzt bloß mache?«, fragte Hermann Kindler. Seine Augen blickten verloren, ohne jede Hoffnung.

»Ihr Sohn«, schlug Braig vor, »wollen Sie nicht Ihren Sohn ...«

Der Mann winkte mit seiner Rechten ab, bog den Kopf zur Seite, um den direkten Augenkontakt zu vermeiden. »Der macht mei Weib au nemme lebendig.« Er hatte Mühe, die Worte verständlich zu formulieren, klammerte sich mit beiden Händen am Gestänge des Bottichs fest.

»Vielleicht kann seine Anwesenheit Ihnen doch etwas Trost spenden.« Braig spürte selbst, wie übermäßig bemüht seine Worte klangen. Wie leere Floskeln, die ohnehin niemand nützen, nur die eigene Hilflosigkeit überspielen konnten.

Hermann Kindler schien das genauso zu empfinden. »Des hilft au nix mehr. Jetzt isch doch alles vorbei«, antwortete er, traurig den Kopf schüttelnd.

Ein im Kern seiner Existenz getroffener, geschlagener Mensch, ging es Braig durch den Sinn, als sie sich von den Männern verabschiedeten. Beide schienen in der kurzen Zeit ihres Besuches um Jahre gealtert.

Sie öffneten die Tür zum Verkaufsraum, passierten die Theke. Der Kommissar warf einen Blick auf die dort aufgehäuften Teigwaren, die er schon bei ihrer Ankunft bewundert hatte, überlegte, wie die jetzt alle unter die Leute gebracht werden sollten, wenn Marianne Kindlers Verkaufsaktivitäten nicht mehr zur Verfügung standen. Grüne, rote, braune Nudeln, Tiere, Bälle, Sterne, Kreuze, große und kleine Packungen – ein Sortiment, dessen kreative Formen und Vielfalt die besondere Liebe ihrer Schöpfer zu ihrem Beruf auszudrücken schien.

»Haben die jetzt überhaupt noch eine Chance?«, fragte er, als sie auf den Hof traten.

Der Klaus-Röder-Weg lag verloren in der schief am Horizont stehenden März-Sonne. Die Luft war klar und mild. Nichts deutete auf die Existenz der dicken Nebelbänke hin, die vor wenigen Stunden noch das gesamte Land in ihre feuchte Decke eingehüllt hatten. Neundorf sah über zaghaft knospenden Obstbäumen die Anhöhen des Schwäbischen Waldes. Eine Landschaft wie im Bilderbuch, fuhr es ihr durch den Kopf, doch dann erinnerte sie sich wieder des traurigen Anlasses, der sie hierher geführt hatte. »Ohne die Tote?«, nahm sie seinen Gedanken auf.

»Die Chefin«, ahmte er die Aussage Herbert Luithardts nach, »die den gesamten Betrieb managte, wenn ich das richtig verstanden habe.«

Sie stimmte seiner Vermutung mit kommentarlosem Kopfnicken zu, ging langsam zu ihrem Dienstwagen. Er folgte ihr, wartete, bis sie ihm die Tür öffnete, nahm dann auf dem Beifahrersitz Platz.

»Er war es nicht«, sagte sie, »darauf würde ich schwören. Auch wenn vieles noch im Dunkeln liegt. Ich habe ihn genau beobachtet. Er ist kein Schauspieler. Die sind am Ende, beide.«

Braig nickte, sah keinen Anlass, ihr zu widersprechen. Die Betroffenheit Hermann Kindlers war echt, daran gab es für ihn keinen Zweifel. So wenig er bisher von den persönlichen Lebensumständen der Toten erfahren hatte, ihr Ehemann kam für ihn als Täter nicht infrage.

»Ich fürchte, es wird schwierig«, sagte sie, startete den Motor.

Sie folgten dem Weg dorfeinwärts, sahen das Schild, das die Tordis-Hoffmann-Straße ankündigte: Mit roten Ziegeln gedeckte spitzgieblige Einfamilienhäuser im Stil der 50er Jahre beidseits der Fahrbahn, durch Garagenanbauten und schmale Gartenparzellen voneinander abgegrenzt. Nach etwa hundertfünfzig Metern parkte Auto an Auto. Braig nahm überrascht die Leute wahr, die wartend auf dem schmalen Gehweg standen oder in einigen der Fahrzeuge saßen.

»Was ist da los?«, fragte er. »Das hat doch hoffentlich nicht mit unserem Mord zu tun?«

Neundorf starrte auf die seltsame Ansammlung, hatte auf der anderen Straßenseite die gesuchte Nummer entdeckt. Monika Heller wohnte in einem offensichtlich erst vor kurzer Zeit frisch gestrichenen zitronengelben Haus, aus dessen halb geöffneter Tür das laute Schreien eines Kindes zu hören war.

Braig stieg aus, lief die beiden Stufen hoch, drückte auf die Klingel. Das an- und abschwellende Signal übertönte das Schreien, ließ es dann völlig verstummen.

»Ja bitte?«

Braig hörte die kräftige Stimme einer Frau, die zur Tür kam und sie öffnete. »Frau Heller?«, fragte er.

Sie betrachtete ihn neugierig, wartete auf eine Erklärung.

»Braig. Meine Kollegin Neundorf«, wies er sich aus, »wir sind vom Landeskriminalamt.«

»Wie bitte?« Die Frau verdrehte erstaunt ihre Augen, dass es aussah, als schiele sie. »Und?«, fragte sie dann kurz.

Er streckte ihr seinen Ausweis entgegen, sah, wie sie ihn kritisch musterte.

»Sie wollen zu mir?« Sie schien Mitte dreißig, hatte lange hellblonde Haare, ein hübsches, rotwangiges Gesicht, trug ein hellgrünes Sweatshirt, dazu eine dunkle Jeans.

»Es geht um Frau Kindler«, erklärte Braig.

»Frau Kindler?«, wiederholte sie. »Aber heute ist mein freier Tag.«

»Damit hat es nichts zu tun. Es geht um Frau Kindler persönlich.«

»Dann sind Sie bei mir an der falschen Adresse. Frau Kindler wohnt ...« Sie wurde vom lauten Rufen eines Kindes unterbrochen, das sich aus dem Inneren des Hauses zu Wort meldete. Monika Heller wartete einen Moment, setzte ihren Satz dann fort. »Sie wohnt im Klaus-Röder-Weg, zweihundert Meter nach rechts.« Sie wies in die Richtung, aus der sie gekommen waren.

»Danke. Wir kommen gerade von dort. Frau Kindler ist heute Nacht er ...« Braig brach mitten im Wort ab, korrigierte sich, »gestorben.«

»Wie bitte?« Ihr Aufschrei war so laut, dass es ihm in den Ohren schmerzte. Fassungslos starrte sie ihn an. »Was sagen Sie da?«

Braig legte ihr vorsichtig die Hand auf die Schulter, versuchte sie zu beruhigen. »Frau Heller, bitte, dürfen wir in Ihre Wohnung?«

Sie reagierte nicht, schien zu einer Statue erstarrt. Erst als ein kleiner Junge neben ihr auftauchte und kräftig an ihrer

Hose zerrte, schien sie wieder zu sich zu finden. »Marianne ist...« Sie verzichtete darauf, den Satz zu vervollständigen, drückte die Tür vollends nach innen, trat zur Seite. »Bitte, kommen Sie herein.«

Braig und Neundorf bedankten sich, folgten ihr durch eine geräumige, von Puppen, Tierfiguren und Bällen bevölkerte Diele in ein großes Zimmer, dessen breite Fenster sofort die Aufmerksamkeit der beiden Besucher auf sich zogen. Sie starrten nach draußen, sahen die weitläufigen Gärten, die Obstbaumwiesen, die Silhouette der Berge dahinter. »Sie haben es sehr schön!«, erklärte Braig voller Bewunderung, merkte erst am völlig aufgelösten Gesichtsausdruck der Frau, wie deplaziert seine Worte waren.

Monika Heller achtete nicht auf das, was er sagte, hatte nur ein Anliegen. »Was ist mit Marianne?«

Braig schaute zu dem blauen Sofa an der Wand, sah das kleine Mädchen, das dort mit zwei jungen Katzen spielte. »Sie ist heute Nacht...«

»Doch nicht tot?«, rief die Frau mit schriller Stimme.

Er hatte Schwierigkeiten, die Wahrheit zu formulieren. »Es tut mir sehr Leid, aber ja, sie ist tot.«

Sie starrte ihn kopfschüttelnd an, Tränen schossen aus ihren Augen. Der kleine Junge hatte sie wieder erreicht, klammerte sich erneut an ihr fest. »Mama, wehweh«, jammerte er.

Monika Heller riss sich von dem Kind los, ließ sich auf das Sofa fallen, wischte sich dann mit dem Handrücken die Tränen aus dem Gesicht. »Was ist passiert?«

»Sind Sie mit ihr befreundet?«, fragte Neundorf.

Die Frau wies auf den Zweisitzer an der Längswand. »Nehmen Sie doch Platz.«

Braig und Neundorf folgten ihrer Aufforderung, warteten auf ihre Antwort. »Marianne ist wie eine Mutter zu mir. Vor allem seit Ralf...« Sie verstummte, zeigte auf die Kinder. Der Junge war ihr gefolgt, krabbelte zu ihr aufs Sofa. »Mein Mann ist weg ...«, fuhr sie dann fort, »vor zwei Jahren.«

»Seit wann kennen Sie sich?«

»Ich arbeite seit über fünf Jahren für sie. Für Marianne und Hermann. Im Verkauf.«

Braig nickte, deutete mit vorsichtig formulierten Worten an, was geschehen war.

»Ermordet? Sie wollen sagen, Marianne wurde absichtlich getötet?«, fragte die Frau. Ihre Miene brachte unübersehbar zum Ausdruck, für wie absurd sie seine Ausführungen hielt. »Wer soll Marianne, ich meine, wer soll sie denn umbringen wollen? Wer und warum?«

Braig schwieg, ließ sie langsam zur Ruhe kommen. Er lehnte sich zurück, spürte plötzlich eine flüchtige Berührung an seinem Hals. Er sah, wie der kleine Junge und das Mädchen zu ihm her starrten und plötzlich laut lachten. Im gleichen Moment plumpste eine der kleinen Katzen auf seinen Bauch. Er nahm sie in seine Hände, streichelte sie. Das Tier miaute leise, schleckte seine Finger ab.

»Marianne doch nicht, wieso denn?«, jammerte die Frau.

»Wir dachten, Sie könnten uns helfen«, murmelte Neundorf, »uns einen Hinweis geben, eine Vermutung...«

»Aber Marianne doch nicht!«, wiederholte Monika Heller. Sie hatte ihren Sohn zu sich auf den Schoß gezogen, ließ das Kind mit ihrem Sweatshirt spielen.

»Frau Kindler war gestern unterwegs«, versuchte es Braig. »Sie besuchte verschiedene Lokale, um ihre Nudeln zu verkaufen. Ich denke, Sie wissen darüber Bescheid.« Er streichelte die Katze mit der Rechten, ließ sie seinen linken Arm hoch kraxeln, sah das vorsichtige Nicken seiner Gesprächspartnerin. »Vielleicht können Sie uns sagen, in welchen Gaststätten sie war.«

»Gestern?«

»Am Montag, ja. Leider hat sie keine schriftlichen Aufzeichnungen im Büro hinterlassen, aus denen wir das ersehen könnten.«

Monika Heller wischte sich mit dem Handrücken übers Gesicht, versuchte die Spuren der Tränen zu beseitigen. »Sie müssen in ihrem Terminkalender nachschauen. Da hat sie alles notiert.«

»Wir haben ihn nicht gefunden.«

»In ihrem Büro und im Auto?«

»Das Auto ist weg.«

»Wie, weg?«

»Wir wissen es nicht. Es ist verschwunden.«

»Aber wer soll es an sich genommen haben? Der, der sie...« Sie ließ den Rest des Satzes unausgesprochen.

Braig und Neundorf hatten dennoch verstanden, was sie sagen wollte. »Soweit sind wir noch nicht. Wir haben keine Ahnung. War es ein neuer Wagen?«

Zum ersten Mal, seit sie der Frau die schlimme Botschaft verkündet hatten, tauchte ein Anflug von Heiterkeit in ihrer Miene auf. »Neu?« Sie winkte mit der Rechten ab. »Wir wundern uns jeden Tag, dass er immer noch funktioniert. Ein uralter Karren. Baujahr...« Sie zögerte, überlegte. »Ich weiß es nicht. Steinalt jedenfalls.«

»Warum kaufte sie kein neues Modell?« Die Katze hatte Braigs Schulter erreicht, schleckte sein Ohr ab. Er zuckte zusammen, weil es kitzelte, sah die lachenden Mienen der Kinder.

»Sie hatte es vor, schon lange. Aber um die Firma steht es nicht besonders. Letztes Jahr hatten wir mehrere Reparaturen. Eigentlich müsste einer von uns gehen. Herbert oder Hans, die Produktion lässt sich auch zu zweit erledigen. Und

Hermann, also Herr Kindler, steht jeden Tag von früh bis spät an der Maschine. Aber sie wollen es unbedingt verhindern.«

»Einen der Männer zu entlassen?«

Monika Heller hatte sich etwas beruhigt, wischte sich die Haare aus dem Gesicht. »Herbert und Hans sind beide schon über fünfzig. Wer würde die sonst noch nehmen? Außerdem arbeiten sie ihr ganzes Leben bei uns. Sie waren als Lehrlinge schon dabei, darauf sind sie sehr stolz.«

»Warum hilft dann nicht einer der Männer im Verkauf mit? Oder bemüht sich um neue Abnehmer Ihrer Produkte?« Braig konnte das Kitzeln nicht länger ertragen, warf seine Schulter instinktiv nach vorne, schüttelte die Katze von sich ab. Das Tier plumpste vor ihm auf den Boden.

»Mama«, rief das Mädchen laut, »der macht Krümel kaputt!«

Braig bückte sich, hob die Katze hoch, reichte sie dem Kind. Sie huschte zu ihm hin, riss das Tier an sich, setzte es zu der anderen Katze aufs Sofa.

»So einfach ist das nicht«, antwortete die Frau. »Verkaufen kann nicht jeder. Nudeln erhalten Sie heute in jedem Supermarkt. Zu einem Preis, von dem wir nur träumen können. Dass es sich bei unseren Produkten um eine völlig andere Qualität handelt, müssen Sie den Leuten erst mal klar machen. Das liegt nicht jedem. Hans und Herbert jedenfalls nicht, das ging immer daneben, wenn die mich vertreten mussten.«

»Sie betreiben einen Stand auf dem Markt?«

»In Reutlingen, Stuttgart, Schwäbisch Gmünd und Ludwigsburg. Dort haben wir genügend Stammkunden, derentwegen es sich lohnt.«

»Aber den größten Teil des Verkaufs erledigt Frau Kindler selbst. Ist das richtig?«

Monika Hellers Augen füllten sich erneut mit Tränen. Sie setzte zu einer Antwort an, wurde von einem heftigen Weinkrampf daran gehindert. Die beiden Kinder starrten sie verwundert an, reagierten dann verschieden: Der Junge fuhr seiner Mutter sanft über die Wangen, immer wieder »Mama wehweh« vor sich hin murmelnd, das Mädchen traktierte Braig und Neundorf mit bösen Blicken.

»Marianne verkauft ungefähr die Hälfte der Produktion«, presste die Frau schließlich hervor, »je nachdem, wie es läuft. Für den Rest sorgen ich und der direkte Absatz in der Fabrik.«

Braig wartete, bis Monika Heller wieder etwas zur Ruhe gefunden hatte, reichte ihr ein Papiertaschentuch, damit sie sich das Gesicht reinigen konnte. »Das heißt, Frau Kindler arbeitet, was den Verkauf anbetrifft, vollkommen selbständig, ohne Wissen der übrigen Firmenmitarbeiter?«

»Ja, so funktioniert es am besten. Sie hat Talent, weiß genau, welche Kunden sie als nächste aufsuchen muss, damit es sich lohnt.«

»Und sie ist jeden Tag unterwegs?«

»Je nachdem. Manchmal jeden Tag, manchmal mit Unterbrechungen. Darüber entscheidet sie allein. Natürlich hat sie freie Tage. Aber das hängt von der Jahreszeit ab.« Sie wischte sich die Tränen aus den Augen, streichelte den Jungen.

»Wehweh vorbei?«, fragte das Kind.

Monika Heller nickte.

»Wann haben Sie Frau Kindler zum letzten Mal gesehen?«, fragte Neundorf.

»Am Sonntagmittag. Wir haben zusammen gegessen. Hier bei uns.« Sie deutete zur Seite auf den großen Tisch, brach erneut in Tränen aus. »Das kann doch nicht sein, dass Marianne nicht mehr lebt«, schluchzte sie, mit einer Kopfbewegung auf das Sofa weisend, »hier hat sie noch mit den Kindern gespielt.« Sie stand auf, lief aus dem Zimmer.

Braig hörte, wie sie eine Tür öffnete, dann rauschte Wasser. Der Junge sprang auf, rannte seiner Mutter nach. Als das Rauschen des Wassers verstummte, war die flehende Stimme des Kindes zu hören. Braig und Neundorf warteten ruhig, ohne ein Wort zu sagen, beobachteten die Spiele der kleinen Katzen. Nach wenigen Minuten kehrte Monika Heller verweint, den Jungen auf dem Arm, ins Zimmer zurück.

»Sie müssen entschuldigen«, sagte sie, »ich bin einfach zu fertig. Ich weiß im Moment wirklich nicht, was ich Ihnen erzählen soll. Ohne Marianne ... Ich weiß es nicht.«

Neundorf reagierte als Erste. Sie stand auf, legte ihrer Gastgeberin die Hand auf den Arm, versuchte, ihr Mut zuzusprechen. »Wir lassen Sie jetzt in Ruhe. Tut mir Leid, dass wir keine erfreulichere Botschaft für Sie hatten. Vielleicht finden Sie bei Ihren Kindern etwas Trost. Schaffen Sie es allein oder sollen wir jemand aus Ihrem Verwandtschafts- oder Bekanntenkreis rufen?«

Die Frau schüttelte den Kopf, warf Braig, der sich ebenfalls erhob, einen abwesenden Blick zu, begleitete die Kommissare zur Tür. »Glauben Sie, dass Sie den finden, der Marianne das angetan hat?« Ihre Stimme war brüchig; sie verschluckte die Endsilben, als reiche ihre Kraft nicht dazu aus, die jeweiligen Worte komplett auszusprechen.

»Wer immer dafür verantwortlich ist, er wird dafür büßen«, versicherte Neundorf. Sie ärgerte sich im Nachhinein über ihre pathetische Ausdrucksweise, zog ihre Visitenkarte, reichte sie Monika Heller. »Wir sind aber auf Ihre Hilfe angewiesen. Vielleicht fällt Ihnen etwas ein, was für uns wichtig sein könnte. Uns interessiert alles, was mit Frau Kindler zu tun hat: Welche Lokale sie besuchte, was sie Ihnen am Sonntag erzählte, wen sie in letzter Zeit traf.« Sie zeigte auf die Karte. »Hier stehen unsere Telefonnummern. Im Amt und unterwegs. Sie können uns jederzeit erreichen.«

Sie traten aus der Wohnung, stiegen die beiden Stufen der Vortreppe hinab. Als sie den Vorgarten passierten, hörten sie das laute Schreien des Jungen in der Wohnung. Braig drehte sich um, sah, wie Monika Heller das Kind an sich drückte und die Tür ins Schloss zog. Sie hatte immer noch Tränen in den Augen, war vom Tod ihrer Arbeitgeberin aufs Tiefste erschüttert.

Als er den Kopf wieder nach vorne wandte, nahm er die seltsame Situation wahr, die sich in der ruhigen Seitenstraße inzwischen ergeben hatte. Menschen standen in Gruppen beieinander vor dem Eingang eines der Häuser, teilweise in intensive Gespräche vertieft, teilweise auch still auf irgendetwas wartend. Die gesamte Straße entlang, soweit er auch blickte, Auto auf Auto hintereinander aufgereiht. Braig sah, dass es sich vor allem um ältere, bürgerliche Menschen handelte, fühlte sich von ihrer überwiegend dunklen, teilweise festlichen Kleidung, überhaupt ihrem ganzen Auftreten irritiert. Mehrere Männer trugen Anzüge, viele Frauen waren mit anthrazitfarbenen oder dunkelblauen Kostümen bekleidet.

»Was ist da los?«, fragte er.

Neundorf blieb stehen, musterte aufmerksam die Gruppe der Wartenden. »Wenn heute Sonntag wäre, würde ich sagen, die feiern Goldene Konfirmation oder wie man das bezeichnet«, meinte sie, »Hauptsache, es hat nichts mit unserem Fall zu tun.«

Sie liefen zu ihrem Dienstwagen, kamen an einem jüngeren Paar vorbei, das zielstrebig auf die Menschenansammlung zu hielt. Neundorf blieb stehen, stellte sich den beiden in den Weg.

»Darf ich fragen, was hier für eine Veranstaltung stattfindet?«, erkundigte sie sich.

Die Frau und der Mann, beide Mitte dreißig, wie die Kommissarin schätzte, schauten sie ungläubig an. Sie war mit einem langen braunen Rock und einer weißen Jacke bekleidet, er mit einem dunklen Anzug und frisch polierten schwarzen Schuhen.

»Sie wissen nicht, dass der Engel kommt?«, hauchte der Mann. Seine Stimme war von einem andächtig-salbungsvollen Ton geprägt, als sei er zum Beten in einer Kirche.

Neundorf glaubte nicht richtig zu hören. »Der Engel?«, vergewisserte sie sich.

»Um zwölf Uhr. Wir hoffen, dass wir aufgenommen werden und dass er uns erhört.« Sie schienen es eilig zu haben, wandten sich von ihnen ab, liefen auf die Menschenmenge zu.

Braig und Neundorf starrten ihnen nach, hatten Mühe, die Antwort zu verdauen.

»Der Engel«, wiederholte Neundorf, »ja?« Sie schaute fragend zu ihrem Kollegen, die Stirn in Falten gelegt, sah Braigs Kopfschütteln.

»Wir sind nicht auf einem anderen Stern gelandet?«, meinte er.

Sie stiegen in den Dienstwagen, fuhren langsam los, den Blick auf die Menschen in der ruhigen Seitenstraße gerichtet.

»Heute ist Dienstag«, sagte Neundorf, »ein normaler Werktag. Aber um zwölf Uhr kommt der Engel.« Sie schaute in den Rückspiegel, wendete, fuhr die Straße zurück. »Das sind mindestens dreißig Leute«, überlegte sie. »Und alle warten auf den Engel. Wie weit liegt Oettingen von Stuttgart entfernt?«

Braig überlegte nicht lange. »Dreißg, fünfunddreißig Kilometer?«

Sie bogen in die Hauptstraße ein, fuhren Richtung Dorfkern. »Und jetzt?«, fragte Neundorf.

Er hatte Schwierigkeiten, sich wieder auf ihre Ermittlungen zu konzentrieren. »Wir müssen die Terminkalender Marianne Kindlers prüfen. Vielleicht können wir feststellen, wo sie gestern war.«

»Und wenn nicht?«

»Dann müssen wir uns an die Öffentlichkeit wenden. Mit ihrem Namen oder einem Foto. Auf diese Weise werden wir die meisten Gastwirte erreichen, die sie besuchte. Vielleicht wissen die sogar Bescheid, bei wem sie vorher war oder wen sie anschließend aufsuchen wollte.«

»Ob einer von denen als Täter infrage kommt?«

»Ausschließen können wir es nicht«, meinte Braig, »andererseits deutet die Brutalität, mit der der Mörder gegen sie vorging, eher auf eine Beziehungstat hin, oder?« Er schaute fragend zu seiner Kollegin, glaubte an ihrer in Falten gelegten Stirn zu bemerken, wie es in ihr arbeitete.

Neundorf wartete mit ihrer Antwort, formulierte sie dann mit wenigen Worten. »Vielleicht hatte sie eine Beziehung.«

Braig spürte seinen hungrigen Magen, versuchte, sich auf ihr Gespräch zu konzentrieren. »Mit einem der Wirte?«

»Ihr Mann wunderte sich angeblich nicht, dass sie heute Nacht nicht nach Hause kam.«

»Zugegeben, das war seltsam. Einer der wenigen Momente, die mich an seiner Ehrlichkeit zweifeln ließen. Vielleicht war er aber auch nur durcheinander, weil sie noch nicht aufgetaucht war.«

Neundorf warf ihm einen prüfenden Blick zu. »Das hältst du für möglich?« Sie konzentrierte sich auf die Straße, trug ihre Gedanken erst einige Minuten später vor. »Wenn ich das richtig verstanden habe, ist es angeblich öfter vorgekommen, dass sie außer Haus übernachtete. Ist das wirklich notwendig, um im Umkreis von Stuttgart Nudeln zu verkaufen?«

Braig begriff sofort, was sie andeuten wollte. »Du meinst, auswärts zu übernachten, allein aus beruflichen Gründen?«

»Wie weit war sie unterwegs? Bis Tübingen, Rottweil, Crailsheim, Künzelsau? Wie viele Kilometer ist das von Oettingen entfernt?«

»Maximal hundert, hundertzwanzig. Mehr nicht.«

»Und deswegen muss sie auswärts übernachten?«

»Du hast Recht. Eigentlich muss es andere Gründe dafür geben.«

»Eine außereheliche Beziehung mit dem Wissen ihres Mannes?« Neundorf schaute kurz zur Seite, musterte die Miene ihres Kollegen.

»Wenn wir dem glauben können, was wir heute Morgen gehört haben, ist die Existenz der gesamten Nudelfabrikation fast ausschließlich ihrem Verkaufstalent zu verdanken.«

»Das heißt, Hermann Kindler toleriert diese Beziehung, um seine Ehe, die Fabrik und somit seinen Job zu retten?«

»Vielleicht ist das wirklich der Preis.«

»Wer hat sie dann aber jetzt getötet?«, fragte Neundorf. »Ihr Liebhaber, weil sie die Beziehung wieder beenden wollte?«

»Vielleicht hatte er darauf gehofft, dass sie ihre Ehe aufgibt und ganz zu ihm kommt.«

»Du meinst, sie hat ihm Hoffnung gemacht, dieses Vorhaben jetzt aber überraschend von sich gewiesen?«

Braig fuhr sich durch die Haare, massierte seine Schläfen. »Die klassische Beziehungstat. Wie aus dem Bilderbuch.«

Neundorf nickte zustimmend. »Bevor wir uns darauf einlassen, müssen wir aber erst einmal beweisen, dass sie wirklich ein Verhältnis hatte. Und den hierfür notwendigen Mann finden.«

»Vielleicht ist es einer der Gastwirte, den sie besuchte. Zuerst verkaufte sie ihm Nudeln, später wurde mehr daraus.«

»Oder umgekehrt. Weil sie ein Verhältnis mit einem Gastwirt hatte, kam sie auf die Idee, dieser Berufsgruppe Nudeln zu verkaufen. Das Angenehme mit dem Nützlichen verbindend, wie das Sprichwort sagt.«

»Mag sein«, sagte Braig. »Auf jeden Fall müsste er aus ihrem Terminkalender herauszufinden sein. Ihren Liebhaber wird sie wohl nicht nur alle sechs Monate besucht haben.«

»Wahrscheinlicher scheint mir, dass er überhaupt nicht darin auftaucht. Oder glaubst du, sie muss alle zwei, drei Tage dieselbe Wirtschaft als letzten Termin in ihren Kalender schreiben, um ihre Rendezvous nicht zu vergessen?«

Braig schaute betroffen zu seiner Kollegin, seufzte laut. »Willst du damit sagen, dass wir uns die mühsame Arbeit sparen können, die Lokale herauszuknobeln, die sie gestern besuchte?«

Neundorf zog eine Packung Bonbons aus der Tasche, bot Braig davon an. Er nahm sich eine der flachen Pastillen, wartete auf ihre Antwort.

»Wer sagt denn, dass es sich um einen der Gastwirte handelt?«

»Niemand«, gab er zu. »Es wäre nur zu schön gewesen, weil wir ihn so schneller gefunden hätten. Oder zumindest bessere Chancen gehabt hätten, ihm auf die Spur zu kommen.«

»Vielleicht traf sie ihren Liebhaber in einem der besuchten Lokale. Dann müsste der Wirt den Mann kennen.«

»Und wenn nicht?« Braig warf ihr einen fragenden Blick zu. »Was sie mit ihrem Liebhaber plante, ließ sich wohl kaum in einem Lokal verwirklichen.«

»Dann nützt es uns wirklich überhaupt nichts zu erfahren, welche Wirtschaften sie besuchte. Denn ihr Liebhaber und eifersüchtiger Mörder ist dort unbekannt.«

Sie hatten Bad Cannstatt erreicht, fuhren auf der Nürnberger Straße in Richtung Landeskriminalamt. Braig nahm die Umgebung kaum wahr. Er wurde sich immer deutlicher bewusst, wie wenig sie bisher über Marianne Kindlers Umfeld erfahren hatten. Ihre Überlegungen basierten fast vollständig auf ungesicherten Spekulationen, wagemutigen Hypothesen, zufällig erwogenen Theorien. Wenn er genau darüber nachdachte, musste er zugeben, dass sie jeder ernsthaften Grundlage entbehrten. Selbst die banalsten Informationen, wo sich die Ermordete am Nachmittag und Abend vor ihrem Tod aufgehalten hatte, waren ihnen nicht bekannt. Er spürte das Pochen hinter seinen Schläfen, das heftige Kopfschmerzen signalisierte, fühlte sich zunehmend hungrig und erschöpft. Wie Sisyphos zu Füßen des Berges, dessen steile Flanke zu erklimmen ihm wieder einmal unmittelbar bevorsteht, dachte er, hütete sich aber, den Gedanken zu äußern, um seine Kollegin nicht noch zusätzlich zu entmutigen.

Neundorf bremste abrupt, bog in die Taubenheimstraße ein. Eine Minute später hatten sie das Amt erreicht.

»Ich kümmere mich sofort um den Bericht an die Staatsanwaltschaft«, sagte Braig, als sie die Treppen zu ihren Büros hochjoggten, »und danach bereite ich die Pressekonferenz vor.« Ihm fiel ein, dass Neundorf im Rahmen einer Ermittlung, die sie erfolgreich bis zur Ergreifung der Täter durchgeführt hatte, am Nachmittag vor Gericht aussagen musste, wünschte ihr dazu alles Gute.

Braig betrat sein Büro, schaute die Faxablage durch, las den Bericht des Gerichtsmediziners, der als *vorläufig* deklariert war, über den bisher bekannten Sachverhalt zwar nicht hinausging, ihn jedoch eindeutig bestätigte. Marianne Kindler war von mehreren mit einem harten Gegenstand ausgeführten Schlägen am gesamten Leib getroffen und anschließend von einem oder verschiedenen Autos mehrfach überrollt worden, was schließlich zu ihrem Tod geführt hatte. Genauere Aussagen waren erst nach der Obduktion zu erwarten. Der Todeszeitpunkt lag zwischen acht und neun Uhr abends.

Braig sah die Unterschrift Dr. Keils, kannte den Arzt gut genug, um zu wissen, dass die endgültige Expertise mit größter Wahrscheinlichkeit noch am selben Tag zu erwarten war. Dr. Keil arbeitete gründlich und akkurat, legte zudem größten Wert darauf, die stets auf glühenden Kohlen sitzenden Beamten der Ermittlungsbehörden möglichst bald mit fundierten Untersuchungsergebnissen zu bedienen. Was der Gerichtsmediziner hasste, waren Telefonanrufe ungeduldig drängender Staatsanwälte und Kommissare, die ihn – wohl wissend, dass er noch keinen abschließenden Befund liefern konnte – aus seiner Arbeit rissen und zu voreiligen Aussagen zu verleiten suchten. Also verzichtete Braig aus Rücksicht auf einen Anruf, schlug stattdessen die Terminkalender Marianne Kindlers auf. Sein Magen knurrte. Er schaute auf die Uhr, sah, dass es kurz vor zwölf war, holte sich vom Waschbecken ein Glas Wasser. Als er das Glas abstellte, läutete das Telefon.

»Wo bist du?«, fragte Ann-Katrin.

»Im Büro«, antwortete er, »seit zehn Minuten.«

»Hast du Zeit? Ich bin gerade am Salat.«

»Du hast gekocht?«

»Ich wollte etwas Neues versuchen. Nudelgratin. In zwanzig Minuten ist es soweit.«

»Nudelgratin?«, wiederholte er. Im selben Moment hatte er die Tote vor Augen, die Frau, die mit ihren vielfältigen Aktivitäten versucht hatte, die kleine Nudelfabrik am Leben zu erhalten.

»Du kommst?«, fragte Ann-Katrin.

Er riss sich aus seinen Gedanken, überlegte nicht lange. »Ich beeile mich«, versprach er.

Er setzte sich an den Computer, versuchte sich zu konzentrieren, verfasste einen kurzen Bericht über den Fund von Marianne Kindlers Leiche. Er las den Text durch, korrigierte zwei Sätze, mailte ihn dann an die Staatsanwaltschaft, bat darum, für den späten Nachmittag eine Pressekonferenz anzuberaumen. Als er den Rechner wieder ausschaltete, war es kurz vor halb eins.

Er ließ die Terminkalender auf dem Schreibtisch liegen, schlüpfte in seine Jacke, lief zum Cannstatter Bahnhof. Die Luft war klar und frühlingshaft mild. Er war froh, dem Büro entkommen zu sein, freute sich über die angenehme Temperatur. Die Bewegung tat ihm gut. Er schritt kräftig aus, atmete tief durch. Im Bahnhof nahm er die nächste S-Bahn bis zum Feuersee, hatte die Hermannstrasse nach wenigen Schritten erreicht.

Die Wohnung duftete verlockend nach Kräutern und würzig gebratenem Käse. Er legte seine Jacke ab, begrüßte seine Freundin mit einem Kuss.

»Schön, dass du da bist«, empfing sie ihn.

Braig ging ins Bad, erfrischte sich. Als er die Küche betrat, öffnete sie gerade den Backofen. »Warum hast du dir an deinem freien Tag so viel Mühe gemacht?«, fragte er.

Sie nahm zwei Topflappen in die Hände, holte eine massive Steingutschüssel aus dem Ofen, stellte sie auf den Tisch. »Ich hatte eine Idee, wollte etwas Neues ausprobieren«, antwortete sie.

Er sah ihre bleichen Wangen, ihren unsteten, ihm ausweichenden Blick. Braig wusste, was das zu bedeuten hatte. Sie hatte die Tage in Tübingen, das Zusammensein mit ihrer Mutter noch nicht verarbeitet.

»Was ist passiert?«, fragte sie. »Ein Mord?«

Er nickte. »Eine Frau. In Heilbronn.«

»Kommst du voran?«

»Mühsam. Ihre Leiche wurde auf der Straße abgelegt.« Er wollte nicht in die Einzelheiten gehen, versuchte, ihr die Schilderung der Entstellung der Leiche zu ersparen. Nicht noch mehr entmutigende Informationen. Was Ann-Katrin benötigte, waren aufmunternde Berichte.

»Abgelegt?«, fragte sie.

»Die Sache ist noch nicht vollständig geklärt.« Er holte zwei Teller aus dem Schrank, versuchte, sie abzulenken. »Flache oder tiefe?«

Sie zuckte nur mit der Schulter, ließ sich nicht beirren. »Wie du willst.«

Er entschied sich für die flachen, hörte ihre Frage: »Wie alt ist die Frau?«

»Mitte vierzig«, sagte er. »Wir waren bei ihrem Mann. Katrin und ich.«

»Und? Wie hat er reagiert?«

Er stellte die Teller auf den Tisch, holte Gabeln und Messer. »Ich glaube nicht, dass er damit zu tun hat.«

Sie nahm einen großen Löffel, schöpfte vom dampfenden Gratin auf beide Teller, wies auf den Salat auf der Anrichte. »Du hast keinen Verdacht?«

Er reichte ihr die Schüssel, dazu Besteck, roch den würzigen Duft von Kräutern, Käse, gebratenen Nudeln. Sie mischte den Salat kräftig durch, verteilte ihn dann auf die Teller. Braig spürte seinen Hunger, fühlte sich an ein Restaurant erinnert, in dem sie bei einer Wanderung in Großheppach eingekehrt waren. »Es riecht wunderbar«, sagte er, »genauso gut wie in der *Häckermühle*.« Er hob die Nase, sog demonstrativ den würzigen Duft ein. »Greyerzer Käse, Basilikum, Thymian. Du weißt, wie sehr ich die Mischung mag.«

Sie setzte sich an den Tisch, deutete auf den Schrank. »Gibst du mir bitte einen Saft?«

Er holte eine Flasche, dazu zwei Gläser, schenkte ein.

»Du hast keinen Verdacht?«, wiederholte sie ihre Frage.

Er reichte ihr ein Glas, setzte sich. »Vielleicht hatte sie einen Liebhaber«, spekulierte er, »wir wissen noch nichts.« Er musterte die von einer dicken Käseschicht überzogenen Nudeln, sah die knusprig braunen Teile am Rand. »Das Gratin sieht wunderbar aus.«

»Hoffentlich schmeckt es auch. Theresa hat mich auf die Idee gebracht.«

»Du hast mit ihr telefoniert?«

Sie nickte. »Mama hatte eine unruhige Nacht.«

Er nahm sich Nudeln vom Teller, kaute sie langsam, zeigte demonstrativ, wie gut es ihm schmeckte. »Einmalig. Wie hast du das hingezaubert?«

»Nudeln statt Kartoffeln«, antwortete sie, »sonst genau dasselbe.«

Er aß langsam. »*Mariannes Beste*«, sagte er dann, »schon gehört?«

Sie sah fragend zu ihm über den Tisch. »Was soll das sein?«

»*Kindlers Nudelträume*.«

»Wie kommst du darauf?«

Er legte die Gabel zur Seite, trank von dem Saft. »Wir waren in einer kleinen Nudelfabrik. Katrin und ich.«

Sie aß schweigend weiter, wartete auf eine Erklärung. »Sie gehört der Familie des Opfers. Kindlers Teigwaren.«

»Noch nie gehört. Tut mir Leid.«

»Sie kämpfen ums Überleben. Drei Angestellte. Die Ermordete war für den Vertrieb ihrer Produkte zuständig, anscheinend sehr erfolgreich.«

»Warum hast du keine Nudeln mitgebracht?«, fragte sie. »Wenn sie ums Überleben kämpfen?«

Er hielt mitten im Essen inne, schaute sie verwundert an. »Daran haben wir nicht gedacht. Der Ehemann und ein Arbeiter waren völlig schockiert.«

»Der Liebhaber ist bloße Spekulation?«

Braig nickte mit dem Kopf. »Wir wissen nichts Konkretes.«

»Was ist mit der Konkurrenz?«, fragte Ann-Katrin. »Wenn die Frau so erfolgreich arbeitete?«

»Du meinst...«

»Teigwarenhersteller gab es früher hier im Schwäbischen fast in jedem Dorf. Das entsprang jahrhundertealter Tradition. Ursprünglich fertigte jede Hausfrau ihre Spätzle selbst ...« Sie nahm sich das letzte Salatblatt von ihrem Teller, trank ihr Glas leer. »Ich denke, die Betriebe, die übrig geblieben sind, haben hart zu kämpfen. Die Konkurrenz aus Italien arbeitet auf einer ganz anderen Basis. Deren Nudeln in einem Satz mit unseren zu erwähnen ist wie der Vergleich zwischen einem Elefanten und einer Maus. Nur deshalb sind sie scheinbar konkurrenzlos billiger. Der Markt für die einheimischen Produkte ist sicher nur noch sehr klein. Vielleicht kamen Kindlers Nudelträume der Konkurrenz in die Quere.«

Braig spürte instinktiv, dass er diesen Aspekt bislang vernachlässigt hatte. Der Überlegung, Marianne Kindlers Tod gehe auf einen verschmähten Liebhaber zurück, kam zwar aufgrund der Brutalität größere Wahrscheinlichkeit zu als dem Hinweis auf eine konkurrierende Firma, außer Acht lassen durfte er diese Variante jedoch nicht vollständig. Wenn die Ermordete tatsächlich so erfolgreich für den Verkauf ihrer Produkte gesorgt und ihnen immer neue Absatzmärkte angeblich bis in Touristenhotels in Thailand verschafft hatte, war es durchaus möglich, dass das zumindest in Teilen auf Kosten von Mitbewerbern erfolgt war. Vielleicht war sie einem anderen kleinen Teigwarenproduzenten, der in einer ähnlich brisanten, womöglich gar noch heikleren wirtschaftlichen Situation war, in die Quere gekommen und dieser hatte sich in größter Not zu einem gewaltsamen Verzweiflungsakt hinreißen lassen? Er musste sich über den Zustand konkurrierender Betriebe informieren.

Braig bedankte sich bei Ann-Katrin für das hervorragende Essen, spülte die Teller, Schüsseln und Gläser ab, eilte dann zurück ins Büro.

»Vielleicht gehe ich in die Stadt«, hatte sie ihm zum Abschluss erklärt, »ich war schon lange nicht mehr bummeln.«

Erfreut hatte er sie angeschaut und dazu ermuntert, sich diese Abwechslung zu gönnen, hatte ihr versprochen, sich telefonisch zu melden und nicht allzu spät aus dem Büro heimzukommen.

5. Kapitel

Fünf Minuten vor zwei war er wieder im Amt. Er hatte nur wenig Skrupel, sich eine längere Mittagspause zu gönnen, war er doch seit Jahren weit über das erforderliche Maß hinaus allein seiner Arbeit verpflichtet, hatte Monat um Monat während brisanter Ermittlungen selbstverständlich und ohne Zögern unbezahlte Überstunden in einem Ausmaß erbracht, das jeden Tarifvertrag sprengte. Hätte er darauf bestanden, sich die unentgeltlich geleisteten Zusatzstunden in Form eines bezahlten Urlaubs vergüten zu lassen, er hätte sich den Weg ins Amt in diesem Kalenderjahr wohl sparen können. So utopisch diese Idee beamtenrechtlich war, Braig hatte sich nach langen Überlegungen dazu durchgerungen, sein Privatleben nicht länger allen beruflichen Belangen unterzuordnen – und sei es auch nur, um Ann-Katrins schwieriger Lebenssituation besser gerecht werden zu können. Sie war angesichts all der Belastungen, die seit Jahren auf sie einstürmten, von den im Polizeidienst zugezogenen lebensbedrohlichen Schussverletzungen über die daraus resultierenden mehrfach erfolglos verlaufenen Operationen bis hin zum Schicksal ihrer Mutter dringend auf besondere Zuwendung ihres Partners angewiesen – eine Aufgabe, der er wenigstens in Ansätzen nachkommen wollte. Rücksicht auf ihre Belange zu nehmen, beinhaltete das deutliche Zurückfahren seiner beruflichen Verpflichtungen – auf ein weit geringeres Maß als jene sechzehn bis achtzehn Stunden pro Tag, die er sich oft über Wochen oder gar Monate hinweg abverlangt hatte. So überzeugt er sich diesen neuen Lebensstil vorgenommen hatte, ihn in die Tat umzusetzen, erforderte jedes Mal aufs Neue ungewohnte Entschlusskraft.

Er lief zu seinem Büro, sah Stephanie Riedinger, eine hübsche junge Kollegin, die erst seit wenigen Monaten im LKA arbeitete, zum Fahrstuhl sprinten. »Wie geht´s?«, rief er ihr zu.

Sie verlangsamte ihren Schritt, drehte sich zu ihm um, blieb stehen. »Eine ekelhafte Sache«, sagte sie, um Atem ringend.

»Ein neuer Fall?«

Stephanie Riedinger wischte sich die Haare aus dem Gesicht, fuhr sich über die Stirn. »Ein Obdachloser wurde ermordet. Heute Nacht in Untertürkheim.«

»Du hast den Täter?«

Sie schüttelte den Kopf. »Nein. Noch nichts. Keine Spur. Der Mann sieht schrecklich aus. Ich weiß nicht, wer so was macht.«

Er sah, dass sie auf die Uhr schielte. »Du hast es eilig?«

»Der Staatsanwalt wartet.«

Braig wünschte ihr alles Gute für ihre Ermittlung, verabschiedete sich, lief in sein Büro. Er griff zum Telefon, wählte die Nummer eines Kollegen, der der Abteilung Wirtschaftskriminalität angehörte. Stefan Herb nahm nach kurzem Läuten ab, fragte nach seinem Wunsch. Sie kannten sich seit Jahren, hatten ab und an miteinander zu tun gehabt.

»Ich weiß nicht, ob du mir helfen kannst«, sagte Braig, »es geht um eine ermordete Teigwarenproduzentin. Marianne Kindler, vielleicht hast du davon gehört. Ihrer Familie gehört eine kleine Fabrik mit drei Angestellten. Die wirtschaftliche Situation der Firma sieht nach Aussagen ihres Mannes und der Beschäftigten nicht gerade rosig aus. Sie konnten wohl nur wegen des außergewöhnlichen Verkaufstalents der Ermordeten überleben. Aufgrund ihrer starken Verletzungen schließen wir auf eine Beziehungstat. Wir haben aber noch keinen konkreten Beweis dafür und ermitteln deshalb in alle

Richtungen. Solche kleinen Nudelfabriken gibt es hier bei uns recht zahlreich, wenn ich richtig informiert bin. Entsprechend hart wird die Konkurrenz sein. Liegen euch irgendwelche Informationen über außergewöhnliche Vorgänge in diesem Bereich vor? Ich meine, besonders aggressive Verhaltensweisen, Drohungen oder so?«

Herb zögerte mit seiner Antwort, ließ zuerst nur ein langgezogenes »hmm« hören. Erst nach ein paar Sekunden formulierte er eine Gegenfrage. »Du stellst dir vor, ein anderer Teigwarenhersteller hätte die Frau auf dem Gewissen?«

»Keine Ahnung. Sind euch solche aggressiven Methoden in diesem Umfeld, aus wirtschaftlichen Gründen, meine ich, bekannt?«

Herb räusperte sich, kämpfte mit seiner Antwort. »Also, bekannt ist uns alles. Es gibt keine noch so abartige Methode, Konkurrenten auszuschalten, die nicht praktiziert wird. Sei es das Ausspionieren neuer Technologien oder der Versuch, Einsicht in die Preisforderungen und Kundenlisten anderer Betriebe zu nehmen. Damit sind wir jeden Tag konfrontiert. Bauunternehmen, Maschinenhersteller, Elektronikbranche ...« Er wartete ein paar Sekunden, fügte dann ein skeptisches »Was die Teigwarenproduktion betrifft allerdings« hinzu.

»Ja?«

»Wie groß ist dieses Unternehmen?«

»Drei Angestellte«, sagte Braig.

»Die beherrschen wohl nicht gerade den gesamten Nudelmarkt.«

»Das glaube ich nicht, nein.«

»Mir liegen keine Informationen über außergewöhnliches Geschäftsgebaren in dieser Branche vor«, erklärte Herb. »Ich werde mich aber umhören, dir zuliebe«, fügte er dann hinzu, Braigs unausgesprochenen Wunsch erahnend, »und wenn sich etwas ergib ... Deine Nummer liegt vor mir auf dem Schreibtisch, okay?«

Braig bedankte sich für das Angebot, beendete das Gespräch. Sollte es wirklich einen außergewöhnlich aggressiv agierenden Nudelhersteller geben, würde Herb wohl davon erfahren. Der Informationsfluss im Bereich der gewerblichen Wirtschaft war aufgrund der großen Konkurrenz relativ gut, wusste er aus Erfahrung, offizielle Informanten und verdeckt arbeitende Ermittler ergänzten sich in ihrer Arbeit.

Er griff zu den beiden Terminkalendern, konzentrierte sich auf die handschriftlichen Einträge, studierte Seite für Seite, ließ sich dafür weit mehr Zeit als in der hektischen Atmosphäre heute Morgen in Oettingen. Marianne Kindler war ohne Zweifel eine sehr fleißige Frau, die sich alles abverlangt hatte, die Produkte ihrer Firma an den Mann bzw. die Frau zu bringen – die Mehrzahl der Werktage der Kalender legten davon ausgiebig Zeugnis ab. Ihre Besuche erstreckten sich fast über den gesamten Südwesten. Braig fand Adressen von Gaststätten in Konstanz, Radolfzell und Friedrichshafen im Süden bis nach Crailsheim, Bad Mergentheim, Künzelsau, Heidelberg und Mannheim im Norden. Der Schwerpunkt ihrer Visiten lag in einem Umkreis von etwa fünfzig Kilometern um Stuttgart, was angesichts ihres Heimatortes Oettingen nicht verwunderte, war sie hier doch am schnellsten an Ort und Stelle. Braigs Versuch, eine jederzeit gültige Systematik für die Abfolge ihrer Besuche zu erstellen, blieb erfolglos; so sehr er sich bemühte, gelang es ihm nicht, eine Regel zu ermitteln, derzufolge sich ihre Visiten aneinander reihen ließen. Er notierte sich ihre Besuche auf großformatige Blätter, legte sie nebeneinander, stieß jedesmal aufs Neue auf Abweichungen, die nicht vorherzusehen waren. Wahrscheinlich hatte sie die Termine kurzfristig festgelegt und sich vorher telefonisch angekündigt, um ihre Produkte in einer ruhigen Atmosphäre vorstellen zu können. Er musste sich einen Ausdruck ihrer Telefonate vom Vortag besorgen, vielleicht kam er so zum Ziel.

Braig schob die Terminkalender zur Seite, legte eine der in Marianne Kindlers Büro aufgefundenen Disketten in den Rechner, überflog den Inhalt, versuchte festzustellen, ob Neundorf heute Morgen etwas übersehen hatte. Kalkulationen über die Preise verschiedener Teigmischungen, Angebote von Mühlen, Bauernhöfen und Hühnerfarmen für unzählige Sorten von Mehl und Eiern. Er klickte einen Punkt nach dem anderen ab, wechselte dann die Diskette, hatte jetzt die gewaltige Palette verschiedener Kräuter- und Gewürzangebote mehrerer Gärtnereien vor sich.

Der nächste Datenträger schien ihm weit interessanter, enthielt er doch Rechnungen für Teigwaren-Lieferungen an Gaststätten, ausgestellt in den letzten Monaten des vergangenen Jahres. Braig legte den Terminplaner neben die Tastatur, verglich die Besuchsliste mit den Rechnungsbelegen, sah, dass sie komplett überein stimmten. Jeder eingetragene Besuch hatte eine Rechnungsstellung zur Folge: Beweis für die erfolgreiche Verkaufstätigkeit Marianne Kindlers. So interessant dieser Vergleich sein mochte, Braig brachte er keinen Schritt weiter. Die Besuche des Vortags ließen sich auf diesem Weg nicht ermitteln. Gerade als er sich diese enttäuschende Bilanz seiner mühsamen Arbeit eingestand, läutete das Telefon. Er sah auf die Uhr, stellte fest, dass es zwanzig vor fünf war, nahm ab.

Steffen Bockisch teilte ihm mit, dass er die Untersuchung des Todes von Marianne Kindler seitens der Staatsanwaltschaft übernommen habe. Braig freute sich über die Zusammenarbeit, weil er den Mann seit Jahren kannte und ausnahmslos gute Erfahrungen mit ihm gemacht hatte, gab dem Staatsanwalt einen detaillierten Überblick über seine Erkenntnisse und holte sich die Genehmigung zur Überprüfung der Telefonate der Ermordeten. Er hörte, dass sich Bockisch Notizen machte, verabredete sich mit ihm zur Pressekonferenz um siebzehn Uhr im großen Saal des LKA.

Marianne Kindlers Festnetz- und Handynummer zu finden, war einfach: Ordentlich, wie sie war, hatte sie die Ziffern in die Datenübersicht ihres Terminplaners eingetragen. Braig schaltete das Licht in seinem Büro ein, rief bei der zuständigen Telefongesellschaft an.

Nach kurzem Warten hatte er die verzerrte Stimme einer Computerauskunft am Ohr. »Wenn Sie eine Auskunft zu unseren Tarifen wünschen, dann wählen Sie nach dem Signalton bitte die Eins. Wollen Sie Ihre Nummer ändern, wählen Sie nach dem Signalton bitte die Zwei. Haben Sie Probleme mit Ihrem Anschluss, geben Sie nach dem Signalton bitte die Drei ein. Geht es Ihnen um eine allgemeine Auskunft, drücken Sie nach dem Signalton bitte die Vier. Wählen Sie bitte jetzt.«

Er schimpfte laut, hatte nach mehreren Versuchen und Minuten langem, von klassischen Konzertklängen untermaltem Warten eine junge Frau am Apparat, die nach mehreren Wortwechseln bekannte, in einem Callcenter in Luxemburg zu arbeiten und ihm leider nicht weiterhelfen zu können. Er brach das Gespräch ab, gab die Ziffern der anderen Gesellschaft ein, hatte auch dort keinen Erfolg. Zwei Minuten vor fünf gab Braig entnervt auf, suchte sein Material zusammen, eilte in den Konferenzraum.

Bockisch, ein großer blonder Mann um die vierzig, übernahm die Gesprächsführung. Das überaus gewaltsame Vorgehen des Mörders schien sich den gut gefüllten Besucherreihen zufolge herumgesprochen zu haben. Braig mischte sich in die Darstellung des Staatsanwaltes nicht ein, gab auf Nachfragen einiger Journalisten hin nur deutlich zu verstehen, wie wichtig es für ihre Ermittlungen war, Bescheid über Marianne Kindlers Aufenthalte am Vortag zu erhalten und deshalb dringend auf die Mitarbeit der Bevölkerung angewiesen zu sein.

Zwanzig vor sechs war er wieder in seinem Büro. Er fand ein Fax Dr. Keils in seiner Ablage, der ihm mitteilte, den abschließenden Befund der Obduktion leider noch nicht mitteilen zu können, da die Vielzahl der zugefügten Verletzungen eine außergewöhnlich langwierige Untersuchung erfordere, der er sich erst am nächsten Tag mit voller Konzentration widmen könne. Braig seufzte, lief zum Waschbecken, trank ein Glas Wasser. Als er gerade dabei war, es wieder zu füllen, läutete das Telefon. Er stellte das Glas ab, lief zum Schreibtisch, nahm das Gespräch an. Neundorf entschuldigte sich, bis zu dieser Minute mit ihrer Aussage im Gericht beschäftigt gewesen zu sein.

»Lief alles gut?«, fragte er.

»Das schon«, sagte sie, »aber es dauerte ewig. Die Rechtsanwältin nervte gewaltig. Die wollte alles doppelt und dreifach wissen. Eine spitzfindige Frage nach der anderen. Dabei änderte es nichts an der offenkundigen Schuld ihres Mandanten. Ich bin völlig fertig. Tut mir Leid, aber heute bringen mich keine zehn Pferde mehr ins Amt.«

Er informierte sie über die mühsame Durchsicht der Terminkalender und den Verlauf der Pressekonferenz, gab seiner Hoffnung Ausdruck, dass die Berichte der Medien bald Rückmeldungen der von Marianne Kindler am Montag besuchten Lokale bringen würden.

»Ich habe darüber nachgedacht«, sagte Neundorf, »warum der Täter sein Opfer gerade in Heilbronn ablegte. Wir zerbrechen uns den Kopf, was er damit bezweckte. Vielleicht ist alles viel einfacher.«

»Was meinst du?«

»Wie weit und wie lange würdest du denn in der Gegend umherfahren, wenn du eine Leiche loswerden wolltest?«

Braig verstand, worauf sie hinaus wollte. »Möglichst schnell weg mit ihr«, antwortete er, »wer weiß, was dazwischen kommt.«

»Genau«, sagte sie, »möglichst schnell weg mit ihr.«

»Du glaubst, ihr Mörder wohnt in Heilbronn?«

»Ich weiß es nicht. Aber je weiter er mit der Leiche in seinem Wagen fährt, desto größer ist die Gefahr, mit ihr erwischt zu werden.«

»Dann sollten wir uns auf Heilbronn oder zumindest die nähere Umgebung konzentrieren.«

»Es ist nur eine Theorie.«

»Aber sie klingt überzeugend. Vielleicht sollte ich einfach ein paar Lokale in Heilbronn anrufen und sie nach Marianne Kindler fragen.«

»Wenn du es dir zumuten willst.«

Braig beendete das Gespräch, schaltete den Computer ein, holte sich eine Übersicht über Gaststätten in Heilbronn auf den Bildschirm. Die Auswahl schien unendlich groß, reichte vom *Alpengarten* bis zum *Zungenlupfer*. Er gab die Nummer des *Alpengarten* ein, ließ es achtmal läuten, legte auf. Bei den nächsten drei Adressen hatte er mehr Erfolg, die Gespräche wurden angenommen, seine Frage nach Marianne Kindler allerdings abschlägig beschieden.

»Wer soll das sein? Eine Frau, die Nudeln verkaufen will? Unsere Nudeln machen wir selbst.«

Nach seinem vierten Versuch legte er entnervt auf, lief zum Wasserhahn, trank ein Glas Wasser, erfrischte sich. Das Pochen hinter seinen Schläfen hatte erneut begonnen, er fühlte sich müde und abgespannt. Als er zum Schreibtisch zurück lief, sah er das Blatt mit den Adressen der beiden angeblichen Fitness-Jogger, die er am frühen Morgen in Heilbronn befragt hatte. Er wusste nicht, ob die Kollegen schon etwas heraus gefunden hatten, ließ sich mit dem Heilbronner Polizeirevier verbinden. Nach mehreren Versuchen landete er bei einem Polizeiobermeister Völlinger, der ihm überraschend eröffnete, beide Männer persönlich zu kennen.

»Wir spielen in derselben Mannschaft. Fußball. Seit mehreren Jahren. Norbert ist allerdings letztes Jahr ausgestiegen. Er fühlte sich nicht mehr fit genug.«

»Dann ist es vorstellbar, dass die beiden extra so früh aufstehen, um zu joggen?«

»Na ja«, Völlinger zögerte weiterzusprechen, brachte dann lachend hervor: »Für körperliche Fitness ist eigentlich keiner der beiden bekannt.«

»Mir kam es, offen gesagt, seltsam vor, wieso die so früh unterwegs waren.«

»Sie haben persönlich mit ihnen gesprochen?«

»Allerdings«, sagte Braig, »und dieses Gespräch verstärkte meine Skepsis.«

»Aber beide waren nüchtern.«

»Ist das außergewöhnlich so früh am Morgen?«

»Na ja, die machen öfter mal eine Nacht durch.«

»Das lässt sich beruflich vereinbaren?«

»Sie arbeiten bei einer Spedition. Früh- oder Spätschicht.«

»Keine Vorstrafen?«

Völlinger lachte. »Dacht´ ich mir´s doch! Unsere Berufskrankheit. Nein, wir haben heute Mittag beide überprüft. Keine Vorstrafen.«

»Es kann nicht sein, dass Sie befangen sind? Von wegen gleiche Mannschaft und so.«

Die Stimme des Mannes wurde hart. »Ich spreche mit Ihnen als Polizeibeamter, Herr Hauptkommissar.«

Braig wiegelte ab. »Ist ja schon gut. Mir kamen die beiden nur nicht ganz koscher vor. Nicht, dass ich sie mit dem Mord in Verbindung bringen will, das nicht. Aber sie wirkten aufgeregt, über das normale Maß hinaus. Ich halte was auf meine Erfahrung, verstehen Sie? Dazu der frühe Termin und das Wetter. Wer joggt denn freiwillig um diese Uhrzeit bei solchem Nebel?«

»Wahrscheinlich haben Sie Recht. Ganz freiwillig waren die vielleicht wirklich nicht unterwegs.«

»Wie soll ich das verstehen?«

»Wir haben am Wochenende unser Spiel verloren, obwohl wir haushoher Favorit waren. Wahrscheinlich hat Roland wieder eine Wette in den Sand gesetzt.«

»Können Sie mir das genauer erklären?«

»Die beiden sind bekannt für ihre bekloppten Wetten. Irgendein Schwachsinn, den der Verlierer erledigen muss. Vielleicht haben die gewettet, dass Roland bei einer Niederlage morgens um fünf bei Nebel am Neckar entlang joggen muss.«

»Und was machte sein Freund dabei?«

»Na ja, wie sollte der sonst überprüfen, ob Roland die Wette einlöst?«

»Morgens um fünf joggen, weil er eine Wette verlor? Und warum haben sie mir das nicht erzählt?«

»Die kamen sich wahrscheinlich blöd vor dabei«, erwiderte Völlinger, »wie zwei pubertierende Teenies.«

»Oder es ging um etwas ganz anderes bei der angeblichen Wette.«

»Das ist möglich, ja. Vielleicht sollte einer bei Nacht in den Neckar springen und ans andere Ufer schwimmen oder das

Passagierschiff entern und aufs Deck pinkeln. Zuzutrauen wäre ihnen das.«

Braig seufzte laut auf, wusste nicht, was er noch fragen sollte, bedankte sich für das Gespräch. Er nahm sich die Telefonnummern der beiden jungen Männer vor, gab die von Norbert Reusch ein. Er war sofort am Apparat.

»Hier ist Braig vom Landeskriminalamt. Wir haben heute Morgen miteinander gesprochen. In dem Polizeibus unterhalb vom Götzenturm.«

»Ach, Sie sind es. Ich warte auf einen Anruf meiner Freundin.«

»Ich will nicht lange stören. Aber inzwischen ist ja fast ein ganzer Tag vergangen und Sie hatten Zeit, darüber nachzudenken, was Sie heute Morgen gesehen haben.«

»Hat Roland sich noch nicht bei Ihnen gemeldet?«

»Roland?«

»Ja, mein Freund, Herr Bergel.«

»Nein. Bei mir nicht.«

»Das ist typisch. Dann schläft der schon wieder.« Reusch machte eine Pause, räusperte sich. »Er wollte bei Ihnen anrufen.«

»Weshalb?«

»Na ja, wir haben natürlich miteinander telefoniert. Den halben Tag. Was heute Morgen los war, meine ich. Der Kerl, der die Leiche dort ablegte und so.«

»Sie sind sich inzwischen sicher, dass der Mann, den Sie beobachtet haben, die Frau dort ablegte?«, fragte Braig.

»Das glauben Sie doch auch, oder?«

»Es kommt nicht darauf an, was *ich* glaube, sondern was *Sie* und Ihr Freund gesehen haben.«

Reusch ließ so lange mit seiner Antwort auf sich warten, bis Braig energisch nachfragte. »Was ist los? Warum erzählen Sie mir nicht, was Sie gesehen haben?«

»Also, wir sind uns beide einig, dass der Kerl tatsächlich mit der Leiche beschäftigt war, als wir kamen. Er machte an ihr rum und riss seine Hände in die Höhe, als er uns kommen hörte. Und dann sprang er auf und raste davon. Davon sind wir überzeugt.«

»Vielen Dank. Das ist schon sehr viel wert.«

»Und noch was«, setzte Reusch hinzu.

»Ja?«

»Es war ein Daimler. Ein dunkler Daimler.«

»Das Fahrzeug des Mannes?«, fragte Braig überrascht.

»Ein größerer Daimler«, bestätigte der Mann. »E- oder S-Klasse. Wir haben lange darüber gestritten. Aber ich würde sagen, wir sind uns einig. Ein größerer Daimler.«

6. Kapitel

Wenigstens ein Ansatzpunkt, der uns weiterhelfen kann, hatte Braig überlegt, als er an diesem Abend nach Hause gegangen war. Ein größerer Daimler. Natürlich gab es die wie Sand am Meer, vor allem wenn man keinerlei weitere Hinweise auf das Fahrzeug hatte, weder von der Farbe noch vom Alter, geschweige denn von der Zulassungsnummer etwas wusste. Zudem war immer noch nicht klar, ob es sich beim Fahrer dieses Wagens wirklich um den Mörder Marianne Kindlers oder nur einen zufällig an den Ablageort der Leiche geratenen unschuldigen Passanten handelte, der anonym bleiben wollte, um nicht in den Verdacht zu geraten, in irgendeiner Weise mit dem Verbrechen zu tun zu haben. Trotz dieser dürftigen Aussagekraft fühlte sich Braig von der Mitteilung des Mannes mit neuer Zuversicht beseelt, war sie doch völlig überraschend am Ende eines langen, weitgehend ergebnisarmen Tages erfolgt.

Was er mit dem Wissen oder dem dringenden Verdacht, dass es sich um einen größeren Daimler handelte, konkret anfangen sollte, war ihm im Moment noch nicht klar; eine Fahndung nach einem solchen Fahrzeug auszuschreiben, schien ihm auf jeden Fall nicht angeraten – wer sollte angesichts der Vielzahl der vorhandenen Exemplare das Heer der Besitzer überprüfen? Die Kenntnis des Wagentyps konnte ihnen dennoch helfen: Waren sie erst einmal soweit, tatverdächtige Personen einkreisen zu können, diente die Aussage Norbert Reuschs unter Umständen als entscheidender Schritt zum Erfolg.

»Dir scheint es gut zu gehen«, hatte Ann-Katrin erklärt, als er sie begrüßt und gemeinsam mit ihr den Abendtisch gedeckt hatte. »Habt ihr den Täter etwa schon?«

Braig hatte die Hose und die Jacke bestaunt, die sie für ihn gekauft und zur Anprobe bereitgelegt hatte, war dann zu einem ausführlichen Bericht über seine Ermittlungen übergegangen. »Wir sind am Anfang«, hatte er ihr zum Schluss erklärt, »ganz am Anfang.«

»Aber ihr wisst, wo ihr ansetzen könnt: Sobald die Gastwirte, die die Frau gestern besuchte, von ihrem Tod hören, werden sie sich bei euch melden.«

Braig hatte ihr zugestimmt, dann die Hose und die Jacke ausprobiert. Sie war ihm zu Hilfe geeilt, hatte den Sitz und das Aussehen überprüft, war voller Freude darüber, dass ihm beide hervorragend passten.

Theresas Anruf hatte sie auf den Boden der Tatsachen zurück geholt.

»Mama ist immer noch unruhig. Ich habe Dr. Schwaderer gerufen. Er gab ihr Medikamente. Zur Beruhigung, wie er sagte.«

»Sie wälzt sich wieder hin und her?«

»Alle paar Minuten, ja. Und sie stöhnt leise vor sich hin.«

»Hoffentlich kannst du heute Nacht ruhig schlafen.«

»Ich muss. Die Exkursion hängt mir noch in den Knochen. Sie war sehr anstrengend.«

»Ihr wart viel unterwegs?«

»Das auch«, hatte Theresa erklärt, »aber das wussten wir schon vorher. Bethel ist eine Stadt mit annähernd zehntausend behinderten Menschen und fast ebenso vielen Betreuern. Wir wollten einen möglichst vielschichtigen Einblick in ihre Arbeit erhalten. Die Leute waren fast alle sehr freundlich. Entmutigend wirkten nur die Diskussionen und der Informationsaustausch mit Sozialarbeitern und Therapeuten. Sie sehen einen großen Teil ihrer Arbeit bedroht. Die Entwicklung lässt nichts Gutes erwarten.«

»Kirche und Staat fehlen die Gelder, die Arbeit länger zu finanzieren?«

»Das auch. Aber gegen dieses Problem können sie wenigstens etwas unternehmen. Sie suchen nach neuen Sponsoren, legen Therapiegruppen zusammen und reduzieren ihre Arbeitsstunden. Was sie viel schlimmer trifft, ist die Weigerung von immer mehr Betrieben, behinderten Menschen Arbeit zu geben. Die kaufen sich lieber mit größeren Beträgen von ihrer gesetzlichen Verpflichtung frei und setzen die bisher Beschäftigten vor die Tür. Besonders größere Firmen erledigen das mit Pauschalzahlungen.«

»Warum? Was haben die davon?«, hatte Braig gefragt.

Theresas Stimme war unüberhörbar von Resignation geprägt. »Behinderte zu beschäftigen stört bei der Optimierung der Betriebsabläufe. Bei immer mehr Unternehmen geht es nur noch um die Steigerung der Profite. Die Verpflichtung zu sozialem Handeln findet immer weniger Platz. Und was interessiert es da einen entsprechend konditionierten Manager, dass ein auch noch so bescheiden dotierter Arbeitsplatz gerade einem behinderten Menschen sehr viel Selbstwertgefühl zu vermitteln vermag?«

Braig hatte schlecht geschlafen in dieser Nacht. Irgendwann, mitten in einem albtraumartigen Erleben, wurde er von einem starken Schmerz geweckt. Er spürte, dass sich sein rechter Unterschenkel verkrampft hatte, zog das Bein an sich, streckte es dann langsam wieder aus. Der Muskel beruhigte sich nur langsam. Braig drehte sich auf die andere Seite, versuchte, den Schmerz zu ertragen, um Ann-Katrin nicht zu wecken. Seine Gedanken waren aus dem Schlaf erwacht, ließen sich nicht so schnell wieder beruhigen. Er hatte Theresas Worte im Ohr, dachte unwillkürlich an die kleine Nudelfabrik, deren wichtigste Arbeitskraft so brutal ermordet worden war. Hatte Marianne Kindlers Tod mit dem Profit eines Konkurrenten zu tun? Er sah die Leiche auf der von nächtlichen Nebelschwaden eingehüllten Straße liegen, hatte die Szene vom Vortag plastisch vor Augen. War Marianne Kindler einem anderen Teigwarenfabrikanten zum Opfer gefallen, der um das Wohl seiner eigenen Firma fürchtete?

Er wusste nicht, wie er die zahlreichen Verletzungen der Ermordeten einordnen, ob er sie wirklich nur als Resultat einer schrecklich entarteten intimen Beziehung betrachten durfte. Ein um seine eigene Firma besorgter Konkurrent oder ein von seiner Eifersucht getriebener Liebhaber als Urheber des schlimmen Todes der Frau?

Braig fühlte sich hin- und hergerissen in der Beurteilung des außergewöhnlich brutalen Vorgehens des Täters, spürte, dass ihn die Müdigkeit langsam wieder übermannte. Der Gedanke, sofort am Morgen wieder nach Oettingen zu fahren und den Ehemann wie die Angestellten der kleinen Firma genauer auf einen etwaigen Liebhaber und die Konkurrenz zu befragen, begleitete ihn in den Schlaf.

Das Läuten des Weckers kam Stunden zu früh. Er hörte Ann-Katrin leise stöhnen, spürte das Pochen hinter seinen Schläfen. Jetzt aufzustehen, bedeutete Kopfschmerzen über den ganzen Tag hinweg, wusste er aus Erfahrung. Er spürte die Hand seiner Freundin, die ihm zärtlich über die Stirn fuhr, sah, wie sie sich mühsam aus dem Bett schälte.

»Fünf vor sieben«, sagte sie, »wir müssen.«

Er ließ ihr den Vorrang, verharrte noch ein paar Minuten mit geschlossenen Lidern, hörte sie aus dem Bad kommen.

»Du hast schlecht geschlafen?«, fragte sie.

Braig fühlte sich zu müde, eine korrekte Antwort zu formulieren, signalisierte ihr mit einem kurzen Brummen, dass sie richtig vermutete. Er erhob sich langsam, stellte sich kurz unter die Dusche, roch den Kaffeeduft, als er, seine Kleider in der Hand, die Küche betrat. »Reicht es noch?«, fragte er.

Sie nickte, strich sich ein Brot, schenkte zwei Tassen voll. Braig reichte ihr Milch, bediente sich selbst.

»Vielleicht ist dein Fall schon gelöst«, versuchte sie ihn aufzumuntern, »irgendein Gastwirt hat heute Nacht von eurem Aufruf gehört und den entscheidenden Tipp schon durchgegeben.«

Er benötigte ein paar Sekunden, bis er ihren Gedankengang verstand, sah ihr verschmitztes Lächeln. »Schön wär´s«, sagte er, »aber die Wirklichkeit sieht leider anders aus.« Er beugte sich zu ihr nieder, küsste sie, griff dann nach dem Telefon, ließ sich mit dem Amt verbinden.

Kriminalobermeister Stöhr hatte Dienst, er begrüßte Braig, verneinte seine Frage nach einem Anruf zum Mordfall Kindler. »Es tut mir Leid, aber bisher liegt uns keine Mitteilung vor.«

Er seufzte leise, gab dem Kollegen den Auftrag, bei den beiden Telefongesellschaften alle Gesprächsverbindungen Marianne Kindlers vom Montag feststellen und ihm die Liste zumailen zu lassen, legte auf.

»Vielleicht ist es einfach noch zu früh«, versuchte Ann-Katrin ihn zu trösten, »Gastwirte stehen erst später auf.«

Er nickte, griff nach seinem Notizblock, suchte die Telefonnummer Hermann Kindlers. Schon nach dem ersten Läuten hatte er den Mann am Apparat. »Braig vom LKA hier. Entschuldigen Sie bitte, dass ich so früh störe.«

»So früh?«

Er hatte Schwierigkeiten, den Mann zu verstehen, weil er von ohrenbetäubendem Lärm begleitet wurde.

»Mir schaffet scho seit fascht einer Stund.«

Der Intensität der Geräusche nach waren mehrere voll eingeschaltete Rührmaschinen am Werk.

»Obwohl Ihre Frau...«, setzte Braig an, verschluckte aber den Rest des Satzes.

»I han die halbe Nacht Rotz und Wasser gheult«, bruddelte Kindler, »ond i woiß au net, wie´s weiter gange soll. Aber glaubet Sie vielleicht, unsere Nudle backet sich von selbscht, wenn mir den ganze Tag weiter heulet?«

Braig wunderte sich über die Arbeitsmoral des Mannes, gab keine Antwort.

»Ond? Weshalb rufet Sie a?«

»Ich würde gerne nochmal bei Ihnen vorbeischauen. Heute Morgen. Ist das möglich?«

»Wenn Sie uns in unserer Arbeit net störet.«

Braig versprach es ihm, legte den Hörer zurück, sah, wie Ann-Katrin zu ihrer Jacke griff.

»Du willst zu dem Mann der Ermordeten?«

»Ich muss wissen, ob sie von einem Konkurrenten bedroht wurden«, antwortete er, »und ob sie ein Verhältnis hatte.«

Sie schaute überrascht zu ihm hinunter, schlüpfte in die Jacke. »Und du glaubst, dass er dir eine ehrliche Antwort gibt?«

»Wen soll ich sonst fragen?«

Sie beugte sich nieder, küsste ihn, nahm ihre Schlüssel. »Die Nachbarn«, sagte sie. »Oettingen ist keine Großstadt, oder?«

Er sah ihr Lächeln, strich ihr über den Arm, wünschte ihr alles Gute. Ann-Katrin Räuber trat schweigend aus der Küche.

Er hörte die Tür ins Schloss fallen, nahm sich zwei Brote. War es normal, überlegte er, dass ein Mann, der am Vortag vom Tod seiner Frau erfahren hatte, morgens kurz nach sieben wieder an seinem Arbeitsplatz stand und mit den Maschinen kämpfte, als sei nichts geschehen?

Braig belegte die Brote mit Käse, kaute langsam, trank von dem Kaffee. Er hatte den Gedanken noch nicht zu Ende gedacht, als das Telefon läutete. Der erste Gastwirt, überlegte er.

Neundorfs Stimme belehrte ihn eines Besseren. »Du musst allein zurechtkommen«, begann sie unvermittelt, »so leid es mir tut. Irgendein hohes Tier wurde überfahren, angeblich absichtlich, und jetzt stellen sie eine Sonderkommission zusammen und ich bin dabei. Koch steckt dahinter, wer sonst.«

Allein schon der Name des Oberstaatsanwaltes vermochte eine Gänsehaut auszulösen. Er spürte, wie ihm ein Schauer über den Rücken lief, brachte sein Mitgefühl zum Ausdruck. »Koch? Ich hoffe, die Sache lässt sich schnell aufklären«, sagte er.

»Das hoffe ich auch. Sobald sich bei mir etwas Neues ergibt, gebe ich dir Bescheid.«

Er legte das Telefon zur Seite, schenkte sich den Rest des Kaffees ein, trank die Tasse leer. Vielleicht war das die landestypische Art, Schmerz zu bewältigen, überlegte er, die schwäbische Methode, auf den Tod eines nahen Menschen zu reagieren, indem man sich schon am frühen Morgen Hals über Kopf in die Arbeit stürzte und depressiven Gedanken erst gar keine Möglichkeit bot, sich im Herzen einzunisten. Arbeiten, nicht nur um zu leben, sondern auch zu vergessen, um die Schattenseiten unserer Existenz nicht an sich heran zu lassen. Ein Vorgehen, das eine robuste Konstitution erforderte und zartbesaiteten Seelen sicher nicht ohne Vorbehalte zu empfehlen war.

Braig suchte seine Unterlagen zusammen, schlüpfte in seine Jacke, lief zur S-Bahn-Station Feuersee. Die diesigen Nebelbänke des Vortags hatten sich verzogen, die Temperatur um mehrere Grad Celsius zugelegt. Ein kräftiger Wind wirbelte Zigarettenkippen und abgestorbene Blätter durch die Luft. Er eilte die Treppen zum Bahnsteig hinunter, wartete auf den

Zug, suchte sich einen freien Platz. Das Pochen hinter seinen Schläfen hatte nur unmerklich nachgelassen, der schlechte Schlaf der vergangenen Nacht steckte ihm in den Gliedern.

Er schaute sich um, sah, dass der Zug gut besetzt war: Männer und Frauen in gepflegter Kleidung, Schülerinnen und Schüler in den obligatorischen ausgewaschenen Jeans und Sportschuhen gerade angesagter Marken. Neben ihm raschelte es; er drehte sich zur Seite, sah das Foto auf einer der Innenseiten der Zeitung seines Nachbarn. Er erkannte die Frau sofort, las die Überschrift des darunter veröffentlichten Artikels: *Wer hatte am Montag noch Kontakt mit der ermordeten Marianne Kindler?*

Er kam nicht dazu, den Text weiterzuverfolgen, weil der Mann die Zeitung zusammenfaltete und zur Tür lief, hoffte, dass der Aufruf von möglichst vielen, vor allem den von ihr besuchten Leuten gelesen, gehört oder gesehen wurde und diese dann auch dazu veranlasste, seinen Kollegen darüber Bericht zu erstatten. Es musste doch möglich sein, die Wege der Getöteten zu rekonstruieren und sich auf diese Weise ihrem Mörder zu nähern. Und wenn nicht?

Braig wollte nicht darüber nachdenken, welche Konsequenzen ein solcher Misserfolg nach sich ziehen würde. Wenn es auf diesem Weg nicht gelänge, den Täter einzukreisen, mussten sie sich andere Methoden einfallen lassen, das Ziel zu erreichen. Das war aber nicht die Aufgabe, über die er sich jetzt im Augenblick den Kopf zu zerbrechen hatte. Was jetzt anstand, war der Versuch, die richtigen Fragen zu stellen, um herauszufinden, ob es eine Bedrohung durch Konkurrenzbetriebe gab und wer dafür verantwortlich war und den möglichen Liebhaber Marianne Kindlers aufzuspüren.

Er stieg aus dem Zug, lief am alten, sauber herausgeputzten Bahnhofsgebäude vorbei in die schmale Gasse, die auf den Vorplatz mündete, nahm überrascht wahr, dass es sich um die Tordis-Hoffmann-Straße handelte. Er hatte das Bild des Vortags vor Augen, nahm irritiert wahr, dass es in keiner Weise mit dem übereinstimmte, was er jetzt vor sich sah. Die schmale langgezogene Straße mit den spitzgiebligen kleinen Einfamilienhäusern und der frühlingshaft verzauberten Vegetation in den Vorgärten schien zu schlafen. Ruhe und Frieden bestimmten die Szenerie. Kein Mensch, mit Ausnahme einer auf einer Gartenmauer dösenden Katze sonst kein Tier, nur eine Hand voll geparkter Autos, soweit er sah.

Er folgte der Straße, hatte nach wenigen Metern das zitronengelb gestrichene Haus Monika Hellers vor sich. Impulsiv stieg er die beiden Stufen hoch, läutete die Glocke. Vielleicht hatte die junge Frau inzwischen ihren Schock über den Tod Marianne Kindlers überwunden und war zu einem sachlichen Gespräch fähig.

Er wartete einige Sekunden, drückte erneut auf die Glocke, vernahm keine Reaktion. Nichts rührte sich, kein Laut war zu hören. Monika Heller schien mitsamt ihren Kindern ausgeflogen.

Braig drehte sich um, lief die Stufen abwärts, sah das neugierige Gesicht einer seltsam frisierten Frau im geöffneten Fenster eines der gegenüberliegenden Häuser. Er überlegte nicht lange, lief über die Straße geradewegs auf die Frau zu. Ihre Reaktion kam zu spät. Sie hatte sich abwenden, schnell vom Fenster verschwinden, in ihrer Wohnung abtauchen wollen, als sie sein Interesse merkte, genierte sich jetzt aber, ihn auf derart unhöfliche Weise zu brüskieren. Er winkte ihr zu, als er den Gehweg vor ihrem Haus erreichte, sah, wie sie mitten in ihrer Bewegung innehielt, sich zu einem etwas gequält wirkenden freundlichen Lächeln zwang und mit schützend über die Haare gelegten Händen zu ihm hinunter blickte. Sie war um die fünfzig, trug eine hoch toupierte blonde Frisur und – wie Braig jetzt erst bemerkte – kleine dunkle Lockenwickler in den Haaren. »Entschuldigen Sie bitte«, rief er ihr über den niedrigen, aus Holzlatten bestehenden Zaun zu, »ich wollte zu Frau Heller.«

Die Frau nickte, war weiterhin krampfhaft bemüht, die Lockenwickler unter ihren Händen zu verstecken, antwortete in unverfälschtem Schwäbisch. »Des han i gsehe.«

Er stand gerade noch zwei Meter von ihr entfernt, richtete seinen Blick abwechselnd auf ihr Gesicht und die Hauswand neben ihr, um sie nicht noch verlegener zu machen. »Sie wissen nicht zufällig, wo ich sie erreichen kann?«

»Doch. Die schafft. Auf dem Markt. In Stuttgart oder Ludwigsburg, i woiß net genau. Nudle verkaufe. Der Bu und des Mädle sind bei ihrer Mutter in Marbach.«

Braig nickte, bedankte sich für die Auskunft. »Sie arbeitet tatsächlich heute auch? Ich meine, wo gestern ...«

»Die Kindlere von ihrem Liebhaber ermordet worde isch?«, fiel sie ihm ins Wort.

Er wunderte sich über die unverblümt ausgesprochene Vermutung, schaute sie überrascht an.

»Da hilft alles nix. Wenn die net schaffet, ganget se bankrott. So oifach isch des«, fuhr sie unbeirrt fort.

»Wie kommen Sie auf die Idee, Frau Kindler sei von ihrem Liebhaber getötet worden?«

»Sind Sie Reporter?«

Braig schüttelte den Kopf, verzichtete auf eine Antwort, weil er sich noch nicht zu erkennen geben mochte.

»Des wisset doch alle«, erklärte die Frau, nahm die Hände von den Haaren weg, zeigte auf die Umgebung.

»Dass Frau Kindler einen Liebhaber hatte?«

Seine Frage schien sie in keiner Weise zu verwirren. »Ja, wo lebet denn Sie? Moinet Sie, Oettinge liegt uf em Mond?« Sie tastete sorgsam ihre Haare ab, versuchte die Lockenwickler vor seinem Blick zu verstecken. »I han der Monika immer gsait, bleib von dere Kindlere weg, des geht net gut aus. Sie hat net höre welle. Jetzt hat se den Salat.«

»Was hat Frau Heller mit Frau Kindler zu tun?«

»Was die mit dere zu tun hat? Hano, die schafft sich doch krumm, damit se dere ihre Nudle unter d´Leut bringt.«

Braig versuchte zu begreifen, was daran so ungewöhnlich war. »Aber das ist doch ihr Beruf! Sie verkauft Nudeln, um damit Geld zu verdienen. Immerhin hat sie dadurch einen Arbeitsplatz.«

Seine Gesprächspartnerin winkte mit beiden Händen ab. »Schwätzet se doch net so an Scheiß an mi na! Dene ihr bäppigs Klump zu verkaufe, isch doch koi Gschäft! Des isch Betrug an de Leut! Wer will denn des freiwillig esse? Die Monika hat so große Chance ghabt und no goht se zu dene Soichbronzer. Noi, des war von Anfang an klar, dass des koi Zukunft hat.«

»Wollen Sie damit sagen, dass die Produkte der Kindlers von minderer Qualität sind?«

»Gar nix will i sage. Des wisset alle, dass des Gfräs nix taugt.«

Braig schaute die Frau überrascht an, wusste nicht, wie er ihre Worte einordnen sollte. »Aber anscheinend gibt es eine Menge Kunden, die da völlig anderer Ansicht sind. Immerhin beschäftigen die Kindlers drei Leute in ihrer Fabrik.«

»Ach was, die bringets doch zu gar nix! Des goht doch scho seit Jahre so. Die hänget direkt überm Abgrund. Koin Monat, wo´s net uf Spitz und Knopf goht, ob se´s noch länger schaffet. Dene ihr Gfräs taugt nix, daran liegt´s!«

Braig wunderte sich, wie sehr sich die Frau ereiferte, sah ihre roten Backen, den drohend erhobenen Zeigefinger ihrer rechten Hand. »Monika, stürz di net in dei Elend! han i ihre damals gsait. Aber sie hat net höre welle. Und jetzt isch es soweit.«

Er wusste nicht, was er von den Prognosen der Frau halten sollte, versuchte, auf sein eigentliches Gesprächsthema zu kommen. »Frau Kindlers Liebhaber – kennen Sie den?«

Ihr Gesichtsausdruck veränderte sich deutlich; sie musterte ihn aufmerksam. »Also, neugierig sind Sie ja gar net, stimmt's? Sie hent mi ja schön nei glegt. Für welches Revolverblättle schreibet Sie?«

Braig trat einen halben Schritt zurück, schüttelte energisch den Kopf. »Ich bin wirklich kein Journalist.«

»Und warum fraget Sie mi dann so aus?«

Er griff in die Tasche, zog seinen Ausweis vor, zeigte ihn ihr. »Braig ist mein Name, ich komme vom Landeskriminalamt.«

»Ja, du lieber Eugen vo Geislinge, hättet se des net glei sage könne?«

»Weshalb?«, fragte Braig. »Hätten Sie mir dann andere Antworten gegeben?«

Sie winkte mit beiden Händen ab, deutete auf ihre Haare. »Hano, jetzt gucket se doch amol, in welchem Aufzug i Ihne gegenüber stand. Net putzt, net pflegt. Ja, glaubet Sie, i hätt mit Ihne gschwätzt, wenn i gwusst hätt, dass Sie a Kriminaler sind?« Sie erhob sich, zupfte ihre Haare zurecht, verschärfte den Ton ihrer Stimme. »Außerdem han i jetzt koi Zeit mehr, noch länger mit Ihne rum zu schäkre. Von allein schafft sich nix.«

»Aber den Namen von Frau Kindlers Liebhaber wollten Sie mir noch nennen«, versuchte er sie zu bremsen.

Sie schüttelte energisch ihren Kopf. »Ha, so ein Quatsch. Glaubet Sie etwa, i kenn den persönlich?« Sie wich vom Fenster zurück, verschwand aus dem Zimmer.

Braig hielt es für unwahrscheinlich, dass sie substantiell mehr wusste als sie ihm erzählt hatte, spähte auf das Schild an der Klingel, notierte sich die Namen, die er dort sah. *Jürgen und Frieda Bachmann.* Inwieweit er ihrer Behauptung, dass es allgemein bekannt sei, dass Marianne Kindler einen Geliebten habe, vertrauen konnte, wusste er im Moment nicht einzuschätzen. Basierten ihre Aussagen wirklich auf fundiertem Wissen oder hatte er es nur mit Klatsch und Tratsch zu tun? Er musste Hermann Kindler und seine Angestellten fragen, es war nicht zu umgehen.

Er verließ das Anwesen der Bachmanns, folgte der Tordis-Hoffmann-Straße bis zum Ende, lief nach rechts, erreichte den Klaus-Röder-Weg. Die kleine Fabrik war von Weitem zu sehen, *Mariannes Beste* in ihren roten Lettern gut zu lesen. Er lief mit großen Schritten darauf zu, betrachtete die gepflegten Gärten der Umgebung, ließ seine Augen über die grünen Höhen des Schwäbischen Waldes schweifen. Schon mehrere Meter vor seinem Ziel hörte er das laute Rattern der Maschinen.

Er betrat den Hof, lief zur Tür, drückte die Klinke. Die Glocke ließ ein schrilles Läuten hören. Obwohl es nicht einmal neun Uhr war, hatten sie bereits geöffnet. Braig blieb vor der breiten, mit einer ähnlichen Ansammlung von Nudelpackungen wie am Vortag beladenen Theke stehen, wartete auf das Erscheinen des Hausherrn. Er betrachtete die vielfarbigen Sterne in einem der durchsichtigen Pakete, hörte, wie das Geräusch aus dem Fabrikationsraum plötzlich verstummte. Zwei männliche Stimmen, die er von seinem Besuch am Vortag kannte, diskutierten lautstark über die Wiederinbetriebnahme der Maschine. Braig begriff, dass es keinen Sinn hatte, länger zu warten, lief zur Tür, öffnete sie. Herbert Luithardt stand vornübergebeugt vor ihm, in einer Werkzeugkiste kramend.

»So goht des net weiter, Chef«, schimpfte er.

Braig grüßte laut, sah, wie der Mann zusammenzuckte.

»Hent Sie mich jetzt aber erschreckt!« Luithardt erhob sich, starrte den Besucher überrascht an.

»Sie sind schon wieder am Arbeiten«, stellte Braig fest.

»Von selbscht kommt nix«, erklärte Hermann Kindler, »und von der Luft allein könnet mir au net lebe.«

Braig gab beiden Männern die Hand, roch den würzigen Duft frischer Kräuter. Überall um ihn herum lagen Werkzeuge auf dem Boden. »Die Maschine macht nicht mehr mit?«

»Des geht schon wieder«, antwortete der Firmenchef, »des sind halt Abnutzungserscheinunge.«

Braig sah, wie Luithardt die Augen verdrehte und leise vor sich hin bruddelte, deutete auf die Werkzeugkiste. »Kommen Sie allein zurecht? Ich würde mich gerne kurz mit Ihrem Chef unterhalten.«

Der Arbeiter winkte heftig ab, wies zur Tür. »Ganget se no. Des dauert sowieso a Weile, bis die wieder lauft.«

Der Kommissar wartete, bis Kindler reagierte, folgte ihm dann in den Verkaufsraum. Er hätte sich lieber das Büro oder ein anderes Zimmer als Umfeld für ein Gespräch ausgesucht, weil er eine gemütlichere Atmosphäre als bessere Ausgangsbasis für ein offenes Gespräch einschätzte, überließ die Entscheidung aber dem Hausherrn, weil er ihn nicht noch mehr aus seiner geschäftigen Routine reißen wollte. Er folgte Kindler bis zur Theke, blieb stehen, beobachtete den Mann, wie er seinen gewohnten Platz einnahm.

»Sie sind alle schon wieder fleißig«, sagte er, »Frau Heller verkauft, Sie und Herr Luithardt arbeiten hier.«

»S´ Lebe goht weiter«, antwortete Kindler kurz, »mir krieget nix gschenkt.«

Er machte sich an den Nudelpaketen zu schaffen, rückte sie in eine neue Ordnung. Braig sah, dass seine Hände leicht zitterten, entdeckte die tiefen Schatten unter den Augen des Mannes. Viel Schlaf schien er heute Nacht nicht gefunden zu haben.

»Haben Sie schon überlegt, wer in den Verkauf einsteigen soll?«

Kindler ließ eine der Nudelpackungen fallen, schaute mit fahlem Blick auf den Boden. »D´ Monika wird's schon richte.«

Braig merkte, wie schwer seinem Gegenüber diese Zukunftsprognose fiel, versuchte, sein Anliegen konkret anzusprechen. »Kindlers Nudelträume sind nicht die einzigen Teigwaren-Produzenten in unserer Gegend.«

Der Mann gab keine Antwort, schaute fragend zu ihm her.

»Ich meine, Sie haben sicher einige Konkurrenten.«

»Des isch net s´ Problem. D´ Leut wellet bloß noch des billige Zeugs aus Italie, do dra hent mir zu beiße.«

»Es gibt keinen Konkurrenten, der Sie bedroht?«

»Bedroht? Wie bedroht?«

Braig sah, wie der Mann überlegte, nahm eines der Pakete in die Hand. Grüne und teigfarbene Sterne purzelten durcheinander. »Kann ich Ihnen diese Packung abkaufen?«, fragte er.

Kindler schaute ihn verwirrt an, nickte dann mit dem Kopf. »Zwei Euro zwanzig«, sagte er.

Braig suchte das Geld zusammen, legte es auf die Theke. »Irgendein hartnäckiger Konkurrent, der sich durch Ihre Verkaufserfolge in seiner Existenz bedroht sieht«, sagte er.

Sein Gegenüber schüttelte heftig den Kopf. »Aber doch net wege uns. I sags Ihne doch: Des billige Zeugs aus Italie isch schuld, doch net mir!«

»Aber Ihre Frau verkaufte doch sehr gut. Und Frau Heller ebenfalls. Vielleicht kamen sie einer anderen Nudelfirma in die Quere.«

Kindler schaute ihn ungläubig an, legte seine Stirn in Falten. »Was schwätzet Sie denn für en Unsinn? Mir sind doch viel zu kleine Fisch, als dass mir jemand in die Quere komme könntet.«

Braig musterte sein Gegenüber, sah die besorgte Miene des Mannes. Er glaubte nicht, dass Kindler ihm etwas vorspielte, beschloss, die Zielrichtung seiner Fragen zu ändern. »Ihre Frau«, sagte er, machte dann eine kurze Pause, um dem Mann Gelegenheit zu geben, sich zu beruhigen, »besuchte vor allem Gaststätten, um ihre Nudeln zu verkaufen.« Er sah das zustimmende Nicken seines Gesprächspartners, fuhr langsam fort. »Die meisten Lokale liegen hier irgendwo in der Umgebung, einige sind auch etwas weiter entfernt. Hundert, hundertzwanzig Kilometer rund um Stuttgart. Nicht allzu weit. Trotzdem übernachtete Ihre Frau manchmal auswärts, wenn sie auf einer ihrer Verkaufstouren war. Seltsam eigentlich, oder?«

Braig sah den aufmerksamen Blick Kindlers, merkte, wie es in dem Mann arbeitete.

»Was soll do dran seltsam sein?«, stieß er schließlich nach einigem Zögern hervor.

»Na ja, Ihre Frau hätte doch auch nach Hause kommen können, so weit entfernt war sie ja nie. Das Geld für die Übernachtung sparen, zum Beispiel.« Braig wollte seinen Verdacht nicht länger zurückhalten, kam direkt zur Sache. »Kann es sein, dass Ihre Frau auswärts nicht allein übernachtete, sondern vielleicht einen äh«, er zögerte einen Moment, wurde dann konkret, »einen Liebhaber hatte?«

Hermann Kindler benötigte Zeit, zu verstehen. Sein Gesichtsausdruck veränderte sich im Verlauf weniger Sekunden, er verkrampfte, lief kräftig rot an. »Einen Lieb...«, presste er hervor, verstummte mitten im Wort, die Ungeheuerlichkeit der Vermutung endlich begreifend. Einen Augenblick lang schien er zu erstarren, unfähig, auch nur einen Ton zu äußern. Dann aber, den Kopf ruckartig nach vorne werfend, explodierte er wie ein lange unter Verschluss gehaltenes Pulverfass. »Einen Liebhaber, mei Weib?« Er schoss hinter der Theke vor, schob sich bis auf wenige Zentimeter an Braig heran, schrie sich all seinen Frust und seine Verzweiflung aus dem Leib. »Ja, send Sie völlig übergschnappt? Was wellet Sie uns denn noch alles in d´ Schuh schiebe? Mei Marianne mi betrüge?«

Braig war unwillkürlich zwei Schritte zurückgewichen, das Nudelpaket, das er gerade erstanden hatte, wie ein Schutzschild zwischen sich und den vor Entrüstung geifernden Mann haltend, hatte die Empörung Kindlers dennoch unmittelbar vor Augen, weil der sofort nachrückte und ihn schreiend und all seine Verzweiflung aus sich heraus katapultierend quer durch den Verkaufsraum verfolgte. Er wollte gerade den Arm heben und ihn von sich weg drücken, als die Maschine im Nachbarraum mit ohrenbetäubendem Lärm einsetzte und den Hausherrn innerhalb einer Sekunde zur Besinnung brachte. Kindler starrte verwirrt zur Tür, warf Braig einen letzten giftigen Blick zu.

»Mei Marianne hat koin Liebhaber, Sie sind ja von alle gute Geister verlasse!«, schimpfte er, drehte sich dann zur Seite, riss die Tür auf und spurtete in den Fabrikationsraum.

Braig hörte das schrille Heulen der Maschine, dazu die Schreie der beiden Männer, war froh, als die Tür zuschlug. Er seufzte laut auf, blieb ein paar Sekunden stehen, wartete, dass der Lärm verstummte. Nein, wenn Marianne Kindler ein außereheliches Verhältnis gehabt hatte, war dies ihrem Mann nicht bekannt, daran zweifelte er angesichts der soeben erlebten Reaktion keinen Augenblick. Wenn die Ermordete ihre auswärtigen Übernachtungen dazu benutzt hatte, sich mit einem Liebhaber zu treffen, war dieser Sachverhalt spurlos an ihrem Ehegatten vorbeigegangen. Wie aber sollte er dann die Identität des ominösen Mannes ermitteln?

Braig hörte, dass das Toben der Maschine nicht verstummte, verzichtete darauf, Hermann Kindler erneut zu befragen. Der Fabrikant war im Moment wohl zu keiner sinnvollen Auskunft imstande. Er drückte das Nudelpaket an sich, verließ die kleine Fabrik. Auch draußen auf der Straße waren die Geräusche der Maschine zu vernehmen. Wahrscheinlich kam Kindler, wie sein Mitarbeiter forderte, nicht darum herum, sich ein neues Modell zuzulegen – sofern er diesen Erwerb finanziell schultern konnte. Oder bedeutete das den endgültigen Ruin der kleinen Firma?

Braig folgte dem Klaus-Röder-Weg, bog dann nach links ab. Als er die Tordis-Hoffmann-Straße erreicht hatte, meldete sich sein Handy. Er nahm das Gespräch an, hatte Gerhard Stöhr am Ohr.

»Es ist so«, sagte der Kollege, »ein Gastwirt hat uns informiert.«

»Über Frau Kindlers Besuch?«

»Ja, das heißt«, Stöhr kam ins Stottern, »eigentlich nein.«

»Was denn jetzt?« Braig war stehen geblieben, wartete ungeduldig auf eine Erklärung. Stöhr, überlegte er, der Mann ändert sich nie.

»Es ist so: Es geht um den Besuch der Frau.«

»Wann war sie bei ihm?« Braigs Neugier war nicht länger zu zügeln. »Wie heißt die Wirtschaft? Wo liegt sie?«

»Die Frau war nicht dort.«

»Wie bitte?« Er blieb stehen, stampfte vor Wut mit dem Fuß auf den Boden.

»Diese Frau, äh, Kindler, wollte den Gastwirt besuchen. Das war so verabredet.«

»Ja und?«

»Sie kam aber nicht.«

»Wann? Am Montag?«

»Genau. Um 19.30 Uhr.«

»Wie heißt das Lokal? Wo liegt es? Haben Sie die Telefonnummer?«

»*Germania* in Backnang.«

»In Backnang?« rief Braig laut. Er schaute die Straße entlang, sah von Weitem eine Frau mit zwei Hunden auf sich zukommen.

»In Backnang«, bestätigte Stöhr. Er diktierte ihm die Telefonnummer, verabschiedete sich.

Braig spürte die innere Unruhe, die ihn seit den Worten des Kollegen erfasst hatte, versuchte fieberhaft abzuklären, was die neue Information zu bedeuten hatte. Marianne Kindler war um 19.30 Uhr zu einem Besuch in einem Backnanger Lokal verabredet gewesen, dort aber nicht erschienen. Weshalb? Weil sie bereits ermordet worden war?

Er schüttelte den Kopf, fuhr sich mit der Hand durch die Haare. Das konnte nicht sein. Der Auskunft Dr. Keils nach war sie zwischen acht und neun Uhr getötet worden. Den verabredeten Zeitpunkt hätte sie danach also durchaus einhalten können. Alles, was er bisher über die Frau erfahren hatte, sprach für ihre Zuverlässigkeit. Was hatte sie dann also daran gehindert, das Lokal in Backnang zu besuchen? War sie zu dieser Zeit etwa schon in der Gewalt ihres Mörders?

Braig gab die Nummer der Gaststätte in sein Handy ein, hatte kein Glück. Er ließ es mehrfach läuten, war so in sein Vorhaben vertieft, dass er die Frau erst wahrnahm, als sie wenige Meter vor ihm angelangt war. Sie blieb stehen, deutete auf das Nudelpaket in seiner Hand. »Hent Sie die gschenkt kriegt?«

Braig sah die beiden Hunde, ein dünner schwarzer Pudel, der an seiner Leine zerrte, weil er von dem anderen, einem mittelgroßen hellbraunen Mischling beschnuppert wurde, erkannte die Frau wieder. Er spürte seine innere Unruhe, hatte keine Lust, sich auf eine längere Unterhaltung einzulassen. »Nein, ordnungsgemäß gekauft.«

Frieda Bachmann rümpfte die Nase. »Die findet doch immer neue Dackel, dene die ihr Gfräs adrehe könnet.« Ihre Haare waren jetzt von den Lockenwicklern befreit, türmten sich in hellem Blond hoch über die Stirn. Der Pudel kam vorsichtig näher, versuchte, sich von dem Mischling zu lösen, schnupperte seine Beine hoch. Sie sah Braigs kritischen Blick, versuchte ihn zu beruhigen. »Koi Angst, d´ Angela macht nix. Die isch harmlos. Nur der Rappelmaier do, den jag i jetzt zom Deifel, wenn er uns net in Ruh lässt.« Sie trat mit ihrem rechten Fuß nach dem Mischling, veranlasste das Tier, zur Seite zu springen.

»Gehört er nicht zu Ihnen?«, fragte der Kommissar.

»Noi, was glaubet denn Sie? Moinet Sie, i schleif so a Ziefer mit mir rum?«

Braig ersparte sich eine Antwort, löste sich langsam von der prüfenden Nase des Pudels, lief im Bogen um die Frau herum.

»Hent Sie d´ Englere nach dem Liebhaber gfragt?«

»Wen?« Er war schon im Begriff, weiterzugehen, blieb auf gleicher Höhe mit ihr stehen.

Frieda Bachmann zerrte ihren Hund zu sich her, schüttelte den Kopf. »D´ Englere.« Sie zeigte ein paar Häuser weiter auf die andere Straßenseite. »Des weiße Haus, zwoi vor unserem.«

»Weshalb soll ich sie fragen?«

Die Frau seufzte laut. »Weil die den scho gsehe hat.«

»Den angeblichen Liebhaber Marianne Kindlers?« Braig starrte überrascht zu seiner Gesprächspartnerin.

»Jetzt gucket se, gell! Genau den.«

»Wann will sie ihn gesehen haben?«

»Was weiß i? Fraget Sie se doch selber!«

Er ließ sich den genauen Namen der Frau geben, Gretl Geissler, hörte die Bemerkung Frieda Bachmanns.

»Aber lasset se sich net zu dere ihre Spinnereie bekehre!«

»Welche Spinnereien?«

»Des werdet Sie schon merke.«

Er sah, wie der Pudel erneut von dem Mischling bedrängt an der Leine zerrte, verabschiedete sich. Die Frau schimpfte laut, trat nach dem Tier. Braig kümmerte sich nicht länger um sie, lief auf das Haus mit der weißen Fassade zu. Büsche im ersten zarten Frühlingskleid standen im Vorgarten, eine schmale Hecke aus Buchs und Koniferen schützte den Rasen vor Passanten. Als er an Monika Hellers Haus vorbei kam, hatte er unwillkürlich die Szenerie des Vortags wieder vor Augen: Auto auf Auto die Straße hintereinander aufgereiht, unzählige Menschen in dunkler, teilweise festlicher Kleidung vor dem Eingang genau des Hauses wartend, auf das er jetzt zusteuerte. Im selben Moment glaubte er zu verstehen, was die Frau gerade mit *Spinnereien* gemeint hatte: Die Sache mit dem angeblichen Engel, auf den die Leute gestern gewartet hatten.

Er schob den Gedanken beiseite, erreichte das schmale schmiedeeiserne Gartentor, las den Namen neben der Klingel: *Hans und Margarethe Geissler*. Braig drückte auf den Knopf, hörte das laute melodische Glockenspiel aus dem Inneren des Hauses. Er musste nicht lange warten, wurde von einer knarzenden Lautsprecherstimme belehrt, dass heute leider kein Kontakt mit dem Engel zu erwarten war.

»Ich will keinen Kontakt«, sagte er laut, »ich bin vom Landeskriminalamt und möchte Frau Geissler sprechen.«

Eine Antwort blieb aus, stattdessen wurde die Tür geöffnet und eine gepflegte Frau Mitte vierzig erkundigte sich nach seinem Wunsch.

»Sie sind nicht von der Presse?«, fragte sie, das R rollend und mit unüberhörbar alpenländischem Akzent.

Braig zog seinen Ausweis, streckte ihn ihr entgegen, stellte sich vor. »Kann ich Sie einen Moment sprechen, bitte?«

Die Frau wies ins Innere des Hauses, wartete, bis er die Gartentür geöffnet und die drei Stufen erklommen hatte, reichte ihm dann die Hand. Er roch ihr sparsam dosiertes Parfüm, betrachtete die außergewöhnliche Aufmachung, in der sie sich ihm präsentierte: Eine weiße, mit feinen Stickereien verzierte Bluse, um den Hals einen dunkelblauen breiten Schal, darüber einen gelben, fein seidig glänzenden Überwurf, der ihr bis weit über die Hüfte reichte. Ihr Gesicht war dezent geschminkt, die Haare zu einem fülligen Knoten gebunden.

Margarethe Geissler schloss die Tür hinter ihm, begleitete ihn dann in ein großes, nur mit einem kreisrunden Tisch, wenigen Stühlen und einem gewaltigen Mehrsitzer-Sofa ausgestattetes Zimmer. Der Boden war mit mehreren Lagen Teppich weich gepolstert, Orientmuster in warmen Rottönen präsentierend. An den Wänden hingen Bilder mit breitflügeligen Engeln, kitschige, dem Klischee nach empfundene Figuren, auf dem Tisch thronte eine etwa fünfzig Zentimeter hohe, aus Holz geformte Statue eines seine Flügel ausbreitenden Himmelsboten. Die Frau wies Braig das Sofa als Sitzgelegenheit zu, fragte, ob sie ihm etwas anbieten dürfe.

Er bedankte sich, lehnte aber ab, weil er nicht allzuviel Zeit verlieren wollte, kam direkt zum Thema. »Ich ermittle in einem Mordfall. Sie haben sicher gehört, dass Frau Kindler, deren Firma hier in Oettingen Nudeln produziert, ermordet wurde.«

Sie nahm in gebührendem Abstand neben ihm Platz, strich ihren Überwurf und die weiße Hose zurecht, nickte.

»Wir sind dringend auf die Hilfe aller angewiesen, die Frau Kindler gekannt haben, deshalb bin ich hier. Wir haben die Erfahrung gemacht, dass Nachbarn oft mehr übereinander wissen, als man allgemein glaubt. Ihnen sind oft Kleinigkeiten bekannt, die uns entscheidend weiterhelfen können.« Er warf ihr einen aufmunternden Blick zu, sah ihre skeptische Miene.

»Ich fürcht´, ich muss Sie enttäuschen«, erwiderte Margarethe Geissler, »ich kenn' die Frau kaum. Mir san erst vor anderthalb Jahrn herzogen.« Ihr bajuwarisch-alpenländischer Akzent war nicht zu überhören.

»Das ist kein Problem«, versuchte Braig, ihre Skepsis zu mildern, »auch in der kurzen Zeit können Sie – und sei es aus Zufall – entscheidende Beobachtungen gemacht haben.«

»Ich wüsst wirklich nichts, was für Sie interessant wär`.«

»Frau Kindler hat wohl einen, sagen wir«, er überlegte, wie er sich ausdrücken konnte, ohne seine Gesprächspartnerin zu verschrecken, »näheren Freund gehabt, den nur wenige Leute kennen.« Er wartete auf eine Reaktion, sah, dass die Frau ihren Blick abgewandt hatte und eine der Engelsdarstellungen betrachtete. »Sie sollen eine dieser Personen sein.«

»Ich?«

»Frau Kindler und ihr Freund – können Sie ihn mir beschreiben?«

Margarethe Geissler holte tief Luft. »Ich weiß ja net, wer Ihnen das erzählt hat, aber ...«

Er nutzte ihre Pause, warf nur ein kurzes: »Bitte. Sie helfen uns wirklich« ein, hörte den Stoßseufzer der Frau.

»Ich hab' sie, also die Kindlerin, nur einmal gesehen. Mit einem Mann. Arm in Arm.«

»Und es war nicht ihr Ehemann?«

»Nein«, antwortete sie energisch, »ich kenn' den zwar nicht näher, aber der schaut ganz anders aus. Der war's gwiss nicht! Ein kräftiger Mann. Aber mehr...« Sie schüttelte den Kopf. »Tut mir Leid. Nein, mehr kann ich net sagen ... Dös war nur kurz und außerdem ist es zu lang her.«

»Wann ungefähr?«

»Im letzten Herbst. Irgendwann.«

»Wo haben Sie die beiden gesehen?«

»Also, das ist jetzt ein Zufall, dass ich mich da dran noch erinnere. Aber ich weiß noch genau, wie ich gedacht hab': Ja, wie gibt's jetzt sowas, dass die Frau von der Nudelfabrik aus Oettingen so weit weg hier auftaucht. Aber dann hab ich gesehen, wie's mit dem Mann da herum pussiert und dann war mir alles klar.«

»Und wo war das?«

»Im *Libresso*, einem Café in Reutlingen.«

»In Reutlingen?«, fragte Braig.

»Ich sag es Ihnen doch, ich hab mich genauso gewundert. Das *Libresso* liegt im ersten Obergeschoss in der *Osiander*-Buchhandlung mitten in der Fußgängerzone von Reutlingen. Zuerst hab ich die beiden vom Café aus durchs Fenster in der Fußgängerzone miteinander turteln sehen, und kurz darauf sind sie auf einmal hoch gekommen, ins Restaurant *Friedrich's* nebenan. Da hab ich sie erst richtig erkannt. Und wie die so mit dem herum pussierte, hab ich gezahlt und bin gegangen. Obwohl die mich nie erkannt hätte, so beschäftigt wie die mit dem war.«

»Dann können Sie mir den Mann jetzt genau beschreiben.« Braig notierte sich die Aussagen der Frau, wartete gespannt auf ihre Antwort.

Margarethe Geissler schüttelte den Kopf. »Des is a Kreuz, sag ich Ihnen, aber ich hab kein solches Erinnerungsvermögen, dass ich Ihnen den beschreiben könnt'. Ich hab den heiligen Adalbert schon ein paar Mal drum gebeten, mir da zu helfen, aber er will nicht. Er erscheint nur, damit ich anderen Menschen seine Hilfe übermitteln kann, aber mir...«

Braig hielt sich zurück, auf die seltsamen Aussagen der Frau einzugehen, konzentrierte sich auf die Beschreibung des Mannes. »Er war kräftig, haben Sie vorhin erzählt. Wie kräftig? So?« Er hob seine Arme in die Höhe, spannte die Muskeln.

Margarethe Geissler schüttelte den Kopf. »Eher bullig. Ein kräftiger Leib.«

»Haarfarbe?«

Sie reagierte nicht, schien zu überlegen.

»Braun, dunkel, blond? Oder eine Glatze?«

»Nein«, sagte sie plötzlich, »ich weiß es nimmer. Wirklich.«

Er wartete noch eine Weile, hoffte, dass ihr doch noch etwas einfiel.

»Ich kann es nicht mehr sagen«, erklärte sie, »ich weiß es einfach nicht mehr.«

»Ich könnte Ihnen einen Zeichner schicken«, bot er ihr an, »der mit Ihnen zusammen das Bild des Mannes neu erstellt. Er ist geübt in solchen Dingen.«

Margarethe Geissler schüttelte erneut den Kopf. Ihrem Gesichtsausdruck war zu entnehmen, wie peinlich es ihr war, ihm nicht weiterhelfen zu können. Sie erhob sich vom Sofa, lief zum Tisch, kniete vor dem Engel nieder. »Wenn Sie jetzt gehen könnten«, sagte sie mit sanfter, kaum hörbarer Stimme, »ich möcht' mit dem Heiligen reden.«

Braig fühlte sich unwohl, wusste nicht, wie er reagieren sollte. Auf eine genauere Beschreibung des Mannes zu warten, erschien ihm unhöflich, zudem fragte er sich mehr und mehr, was überhaupt von den Aussagen einer Frau zu halten war, die mit einem Heiligen, einem Engel oder was für einer Existenz auch immer in Kontakt zu treten glaubte. Stand sie unter Drogen oder hatte sie Probleme, die von einem Psychiater in Angriff genommen werden mussten?

Er stand von seinem Platz auf, legte seine Visitenkarte auf das Sofa, verabschiedete sich, verließ das Haus. Die Frau kniete vor dem Tisch, schien keine Notiz mehr von ihm zu nehmen. Er stieg die Stufen hinunter, folgte der Tordis-Hoffmann-Straße Richtung Bahnhof, fühlte sich wie benommen. Wie waren die Worte Margarethe Geisslers einzuordnen, welche Glaubwürdigkeit kam ihnen zu? Lohnte es sich, in Reutlingen im Restaurant *Friedrich's* nachzufragen, ob Marianne Kindler dort vielleicht öfter in Begleitung eines fremden Mannes gesehen worden war?

Braig hatte den Bahnhofsvorplatz gerade erreicht, als er das Signal seines Handys vernahm. Er blieb neben einer dichten Nadelhecke stehen, hatte Gerhard Stöhr am Ohr.

»Diesmal haben wir mehr Glück«, begann der Kollege.

»Wieso?«

»Gerade kam ein Anruf. Ein Lokal, in dem diese Kindler am Montag vorsprach.«

»Wo?«

»Restaurant *Friedrich's* im *Listhaus*«, erklärte Stöhr, »das liegt im ersten Obergeschoss der Buchhandlung *Osiander* in Reutlingen.«

»Wie bitte?«, rief Braig.

»Im ersten Obergeschoss der Buchhandlung...«

»Ja,ja, ich habe verstanden«, unterbrach er den Kollegen, »wann war die Frau dort?«

»Am Montag um zwölf Uhr.«

»Sie haben die Nummer?«

Stöhr buchstabierte die Ziffern, wartete, bis Braig sie notiert hatte.

»Ich rufe dort sofort an. Vielleicht wissen die Bescheid, wohin die Frau anschließend ging.« Er sah auf, weil er einen Zug in den Bahnhof fahren hörte, brach das Gespräch ab, spurtete über den Platz und auf den Bahnsteig, betrat einen der Waggons. Er war nur schwach besetzt, bot genügend freie Sitzgruppen. Braig nahm Platz, sah, wie sich der Zug in Bewegung setzte, gab die Nummer des Lokals in Reutlingen ein. Konnte das ein Zufall sein, arbeitete es in ihm, zweimal dieselbe Stadt, zweimal die gleiche Adresse?

Er hatte Mühe, den Mann zu verstehen, als sein Gespräch angenommen wurde, stellte sich vor, fragte nach Marianne Kindlers Besuch.

»Ja, die war bei uns, wie ich bereits Ihrem Kollegen erzählte. Am Montag, kurz nach zwölf Uhr. Sie brachte uns Nudeln, wie immer. Sie wurde ermordet, noch am selben Tag, ja? Das ist schrecklich, wir können uns das überhaupt nicht erklären.«

»Wissen Sie, wie lange sie bei Ihnen war und wohin sie dann fuhr?«

Der Mann am anderen Ende schien zu überlegen. »Nach Tübingen, kann das sein?«

»Tübingen? In welches Lokal?«

»Da bin ich überfragt. Ich kann mich nicht erinnern, mit Frau Kindler darüber gesprochen zu haben.«

»War sie oft bei Ihnen?«

»Na ja, wenn wir Nudeln von ihr brauchten. So alle zwei bis drei Monate.«

»Und sie fuhr anschließend nicht immer in dasselbe Lokal?«

»Oh, das kann ich nicht sagen. Da muss ich erst nachdenken, ob wir uns jemals darüber unterhalten haben.«

»Sie kennen Frau Kindler also nicht näher?«

Der Mann zögerte keinen Moment mit seiner Antwort. »Nein, natürlich nicht. Ich kenne sie nur von ihren Besuchen her, wenn sie uns Nudeln brachte, sonst nicht. Die Nudeln sind von allerbester Qualität.«

»War sie immer allein, wenn sie zu Ihnen kam? Oder erinnern Sie sich, sie einmal in Gesellschaft eines Mannes gesehen zu haben?«

»Eines Mannes?«

Braig hörte lautes Geschirrklappern im Hintergrund. »Ja, eines ...«

»Ach so, ja. Einmal hatte sie einen Mann dabei. Einen kräftigen Typ.«

Braig glaubte, nicht richtig zu hören. »Oh, Sie können ihn beschreiben?« Er sprach so laut, dass sich eine junge Frau, die gerade weiter vorne aufgestanden war und zur Tür eilte, um auszusteigen, zu ihm umdrehte und ihn neugierig betrachtete.

»Was heißt beschreiben?«, sagte der Mann. »Ich habe ihn einmal gesehen und natürlich nur kurz, aber so ungefähr ... Sie kam Arm in Arm durch die Buchhandlung, das sehe ich noch vor mir, und er war kräftig, hatte blonde Haare, ein breites Gesicht mit auffallend dicken Backen und einer, ja, ich würde fast sagen, fleischigen Nase, wenn Sie verstehen, was ich meine ...«

Braig spürte die Erregung, konnte nicht länger an sich halten, fiel dem Mann mitten ins Wort. »Sie haben ein hervorragendes Gedächtnis, das ist wunderbar. Wir müssen den Begleiter Frau Kindlers unbedingt finden, und Sie können uns dabei helfen. Hätten Sie ein paar Minuten Zeit, sein Porträt mit einem unserer Graphiker zu erstellen?«

»Sein Porträt? Das ist aber viel verlangt. Überschätzen Sie mich nicht, ich habe den Mann nur einmal gesehen und das auch nur kurz, für wenige Augenblicke nur. Ich bin mir nicht sicher, ob ich das schaffe. Nicht, dass Sie nachher den Falschen suchen.«

»Wir müssen es auf einen Versuch ankommen lassen. Unser Graphiker ist topfit. Er hat schon ganz andere Fälle bearbeitet, Phantombilder erstellt, zu denen kaum brauchbare Aussagen vorlagen. Das wird schon. Wann können wir zu Ihnen kommen? Möglichst bald?«

»Oh, das ist schlecht. Jetzt ist es kurz nach zehn, und wir fangen damit an, das Mittagessen vorzubereiten. Ich nehme an, es dauert eine Weile, bis Ihr Graphiker hier sein kann?«

»Ich fürchte, ja«, gab Braig zu, »ich weiß nicht einmal, ob die Kollegen sofort Zeit haben.«

»Dann würde ich Sie bitten: Nicht vor vierzehn Uhr. Bis dorthin ist das Schlimmste vorbei. Einverstanden?«

Braig atmete tief durch, sagte seinem Gesprächspartner zu, schaltete sofort zum LKA. Daniel Schiek, der seit Jahren als Phantombild-Experte beim LKA arbeitete und einen hervorragenden Ruf genoss, war nur über sein Handy zu erreichen.

»Du bist unterwegs?«, fragte Braig.

»In Fellbach, ein Täterprofil erstellen«, antwortete Schiek, »ein einflussreicher Banker wurde überfahren. Angeblich absichtlich. Den Täter hat niemand gesehen. Aber ich soll jetzt sein Profil zeichnen, obwohl der Typ in einem unbekannten Auto saß und sein Opfer bei völliger Dunkelheit über den Haufen fuhr. Kein Mensch konnte auch nur einen Hauch des Gesichts erkennen, aber Koch läßt mich trotzdem jeden zweiten Einwohner der Stadt befragen und tausend Phantombilder erstellen. Ich kann dir bald mehr verdächtige Gesichter liefern, als Fellbach Einwohner hat. Den anderen geht es genauso. Koch hat das halbe LKA hier versammelt. Vollkommen sinnlos das Ganze.«

»Ich benötige deine Hilfe.«

Schieks Antwort kam sofort. »Das ist gut«, sagte er, »sehr gut sogar. Dann habe ich einen triftigen Grund, hier zu verschwinden.«

Braig erklärte ihm den Sachverhalt, erhielt die Zusage des Graphikers, nach Reutlingen zu fahren. Er gab ihm die genaue Adresse, vereinbarte, sich um vierzehn Uhr mit ihm im Restaurant *Friedrich's* zu treffen, beendete das Gespräch.

Als er in Bad Cannstatt aus dem Bahnhof trat, merkte er, dass es zu nieseln begonnen hatte. Er holte die Kapuze aus seiner Jacke, zog sie sich über den Kopf. Die Luft hatte frühlingshafte Temperaturen erreicht. Braig spürte, wie er schwitzte, öffnete den Reißverschluss, schritt kräftig aus. Den Weg ins Amt hatte er in wenigen Minuten bewältigt.

Er grüßte den Pförtner, zog seine Karte, um die Sicherheitsschleuse zu bewältigen, lief die Treppen hoch. Als er sein Büro betrat, flatterte gerade eine Mitteilung aus dem Fax. Er nahm das Papier in die Hand, las den Bericht Rauleders, der ihm mitteilte, dass an der Kleidung der Toten winzige Partikel von Erde gefunden worden waren; Erde, die fruchtbarem Ackerboden entstammte, wie der Techniker extra betonte.

Braig überlegte, was das zu bedeuten hatte, griff zum Telefon, gab die Nummer des Kollegen ein. »Ackererde«, sagte er, »was kann ich mir darunter vorstellen?«

»Das, was das Wort sagt«, antwortete der Mann.

»Die Tote lag auf einem Acker, bevor sie nach Heilbronn verfrachtet wurde?«

»Genau das«, stimmte Rauleder ihm zu, »da die Partikel so fest an ihrer Kleidung verhaftet sind, regelrecht am Stoff kleben, muss sie auf einem Acker oder einem Feldweg nahe an einem Acker gelegen haben, als sie überfahren wurde. Wäre sie in einem Kofferraum, dessen Boden von Erde bedeckt war, zum Fundort transportiert worden, hätten sich die Partikel nicht so fest an ihre Kleidung anhaften können.«

»Ich verstehe«, sagte Braig, »habt ihr die Erde nur an ihrer Hose gefunden oder auch an ihrer Jacke?«

»Überall«, erklärte der Techniker, »sogar in ihren Haaren. An den Schuhen, den Hosen, der Jacke, an ihrem Hinterkopf. Ihr gesamter Körper lag auf einem Acker oder, wie erwähnt, einem Feldweg, als sie überfahren wurde.«

Braig, der ahnte, welch intensive Arbeit dieser Entdeckung zugrunde lag, bedankte sich für die Mühe der Kollegen. Er wollte das Gespräch schon beenden, als ihm noch etwas einfiel. »Wie ist das mit dieser Erde? Lässt die sich einer bestimmten Region, vielleicht sogar einem Ort, genau zuordnen? Aufgrund ihrer Qualität, der Zusammensetzung, den Mikropartikeln, die sie enthält, meine ich?«

Rauleder seufzte laut. »Am besten noch genau dem Feldweg, auf dem die Frau überfahren wurde?«

»War ja nur eine Frage.«

»Im Sommer vielleicht, jedenfalls in Ansätzen. Dann könnten wir in der Tat nach Spuren von Pflanzen suchen und sie mit viel Glück bestimmten Anbauregionen zuordnen. Aber jetzt im März – tut mir Leid. Die ersten Blüten sind zwar da – aber das ist noch zu wenig. Alles, was wir sagen können, ist, dass es sich um lehmige Erde handelt, aber die gibt es in weiten Teilen des Landes. Von Belang ist diese Tatsache erst, wenn du uns einen konkreten Verdacht mitteilst – dann können wir feststellen, ob die Tote dort gelegen haben kann oder nicht.«

»Immerhin etwas«, sagte Braig, »aber um einen konkreten Verdacht auszusprechen, ist es noch zu früh.«

»Vielleicht hast du Glück und bist bald soweit, dann schauen wir uns die Erde noch mal an.« Rauleder machte eine kurze Pause, hustete, meldete sich dann wieder zu Wort. »Bevor ich es vergesse: Wir haben die Kleidung der Frau auf Reifenspuren hin analysiert. Weil die Ärztin vom mehrfachen Überrollen der Toten durch verschiedene Fahrzeuge sprach.«

»Der Gerichtsmediziner hat das bestätigt.«

»Das ist gut. Wir haben versucht, Abdrücke zu identifizieren. Leider ist uns das nur teilweise gelungen. Aber eines können wir trotzdem sagen: Die sind sich alle verblüffend ähnlich.«

»Das heißt...«

»Wir können es nicht vollständig belegen, schlussfolgern aber dennoch: Die Frau wurde von einem einzigen Fahrzeug überrollt. Mehrfach.«

Braig verstand sofort, was das bedeutete: Es handelte sich wirklich, wie schon von Anfang an vermutet, um die Tat eines vollkommen außer Rand und Band geratenen Täters, eines Menschen, der in der Begegnung mit Marianne Kindler jede Kontrolle über sich verloren hatte. Die Erkenntnis, dass die Frau nur von einem Fahrzeug überrollt wurde, stand im Einklang mit den überaus brutalen Entstellungen, die sie an ihrer Leiche ausgemacht hatten. Braig, der sich schon unzählige gewaltsam verstorbene Körper hatte ansehen müssen, war sich darüber im Klaren, dass nur eine außergewöhnlich intensive Eruption von Hass einen Menschen dazu veranlasst haben konnte, seinem Opfer dergestalt zuzusetzen. Zuerst mehrfach geschlagen und getreten, dann mehrere Male überfahren – alles von ein und derselben Person ausgeführt. Die typische Beziehungstat, geprägt von völlig unkontrolliert eskalierten Emotionen. Wer anders als ein in intimer

Beziehung zu Marianne Kindler stehender Mensch kam dafür infrage?

»Ihr müßt das Schwein kriegen«, sagte Rauleder, »der darf nicht länger frei herum laufen.«

Braig wusste, dass der Kollege Recht hatte, bedankte sich für die Informationen, legte den Hörer auf. Er spürte die zunehmenden Kopfschmerzen, lief zum Wasserhahn, erfrischte sein Gesicht, setzte Kaffee auf. Als die ersten Tropfen der dunklen Flüssigkeit in die gläserne Kanne schossen, läutete das Telefon. Er fühlte sich genervt, überlegte, ob er reagieren sollte, nahm nach einigem Zögern dennoch ab. Das von hemmungslosem Weinen unterbrochene Gestammel am anderen Ende elektrisierte ihn sofort.

»Ann-Katrin?«, rief er, lief vollends um den Schreibtisch, ließ sich auf den Stuhl fallen, »was ist passiert?« Er lauschte in den Hörer, wartete auf eine Antwort, hörte nur ihr heftiges Schluchzen, hatte Mühe, ruhig zu bleiben. »Was ist los?«

»Sandra«, stammelte sie schließlich, »Sandra. Sie ist tot.«

»Sandra? Deine Kollegin?« Er kannte die attraktive junge Frau, die wie seine Freundin bei der Waiblinger Polizeidirektion beschäftigt und mehrfach gemeinsam mit ihr Streife gefahren war. »Was ist passiert?«

Ann-Katrin hatte Mühe, Worte zu finden. »Sie hat am selben Tag Geburtstag wie ich und ist genauso alt, erinnerst du dich?«

Er wusste sofort, was sie meinte. Der Zufall hatte es gewollt, dass beide Frauen im letzten Jahr an ihrem Ehrentag zum gemeinsamen Dienst eingeteilt waren. Kurz vor dem Ende ihrer Schicht waren sie von Braig und Torsten Rall, dem Lebensgefährten Sandra Rehles, einem Kollegen von der Waiblinger Kripo, mit dem Braig schon mehrfach zu tun gehabt hatte, überrascht und ins Waiblinger Café *Tagblatt* entführt worden, wo es zu einem feucht-fröhlichen Ausklang des Tages kam.

»Sie wurde ermordet.«

»Ermordet! Oh nein!« Er seufzte laut auf, hörte das Heulen seiner Freundin. Wollte das Elend in ihrem Leben denn kein Ende nehmen? Er wartete einige Sekunden, merkte, dass sie sich kaum beruhigte. »Doch nicht im Dienst?«, fragte er dann.

Sie antwortete nicht sofort, hustete, putzte sich die Nase. »Er hat sie erdrosselt.«

»Der Täter ist bekannt?«

Plötzlich geriet sie vollends außer sich. »Das ist es ja«, schrie sie in den Apparat, »das ist ja das Schreckliche!«

Er konnte ihren Gedanken nicht folgen, wusste nicht, was sie so in Wallung brachte. Handelte es sich um einen Polizeibekannten Täter, eine Person, die schon mehrfach in kriminelle Machenschaften verwickelt gewesen war, den Nachstellungen der Kollegen jedoch jedesmal aufs Neue hatte entkommen können? Braig wusste selbst, wie gefährlich sein – ihr gemeinsamer – Beruf war. In einem der schlimmsten Momente, die er je erlebt hatte, war Ann-Katrin vor seinen Augen von einem skrupellosen Verbrecher niedergeschossen worden. Ohnmächtig hatte er dabei gelegen, dann auf den Mann gezielt – zu spät, um Ann-Katrin noch vor den lebensgefährlichen Verletzungen retten zu können. Gefahren dieser Art gehörten zu ihrem Beruf, darüber gab es keinen Zweifel, und doch traf es ihn jedesmal tief ins Innerste seiner Seele, wenn er davon hörte, dass wieder einmal eine Kollegin oder ein Kollege Opfer ihrer Profession geworden war. Jetzt also diese junge Frau in der Blüte ihres Lebens, nach gerade einmal etwas mehr als drei Jahrzehnten auf diesem von so unzählig vielen verqueren Existenzen besiedelten Erdball.

Er lauschte in den Hörer, merkte, dass seine Freundin sich etwas beruhigt hatte. »Hilft es dir, wenn ich komme?«, fragte er.

Sie zog die Nase hoch, ließ einen tiefen Seufzer hören. »Wir sind alle am Ende, das ganze Revier.«

»Das kann ich verstehen«, sagte er, »das tut mir sehr Leid für dich.«

»In ihrem Haus bei Schorndorf ist es passiert. Torsten war es. Er hat sie erdrosselt.«

Braig benötigte mehrere Sekunden zu begreifen. »Wie bitte?« Er sprang von seinem Stuhl hoch, stieß mit dem Arm an den Schreibtisch, spürte den brennenden Schmerz. »Torsten Rall?«

»Sie wollte sich von ihm trennen.«

Er hatte Mühe, ruhig zu bleiben, verstand jetzt erst in voller Schärfe, was Ann-Katrin ihm da erzählte. Torsten Rall, sein Kollege, der führende Kriminalhauptkommissar des gesamten Kreises, hatte seine Lebensgefährtin, eine Polizeihauptmeisterin, erdrosselt? »Das meinst du nicht ernst.«

Sie ließ ein schrilles Lachen hören. »Nein, ich erzähle Witze. Eine meiner Kolleginnen, mit der ich mich sehr gut verstand und gern zusammen arbeitete und letztes Jahr gemeinsam Geburtstag feierte, wurde von ihrem Freund erdrosselt. Von ihrem Freund, mit dem du uns beide letztes Jahr am Geburtstag überrascht hast. Erinnerst du dich noch?«

Er spürte impulsiv, dass sie es ernst meinte, dass das, was nicht sein konnte, geschehen war. »Er hat es gestanden?«

Ihre Antwort kam sofort. »Die Esslinger Kollegen haben die Untersuchung übernommen. Er hat ein Geständnis abgelegt, ja.«

Mein Gott, was ist mit uns Menschen los, überlegte Braig, was läuft da schief? Was ist es, das uns ständig aufs Neue auf eine schiefe Bahn geraten läßt?

»In Ulm haben sie ihn gefasst. Er wollte sich das Leben nehmen.«

»Warum?« Er wusste selbst, wie sinnlos seine Frage war. Sinnlos und nicht zu beantworten. Von niemand.

»Warum? Sie wollte sich von ihm trennen.«

»Aber doch nicht Torsten!«

»Du warst mit ihm auf der Polizeiakademie.«

»Im selben Kurs, ein Jahr lang. In Villingen-Schwenningen.«

Er dachte an die Zeit zurück, versuchte, sich an den Kollegen zu erinnern, sein Verhalten daraufhin zu überprüfen, ob es Indizien gab, die auf die spätere Gewalttat hindeuteten. Rall im Seminarraum, beim gemeinsamen Lernen, in einem Lokal zusammen mit anderen Studenten. Rall konzentriert das Thema verfolgend, freundlich gelöst beim gemeinsamen Gespräch. Was war anders an ihm, wo lag sein aggressiver Impuls?

»Manchmal könnte ich nur noch heulen.« Ann-Katrin riss ihn aus seinen Gedanken.

Braig hörte das Signal eines weiteren Anrufs, überlegte, dass er das Gespräch mit seiner Freundin allmählich beenden sollte. »Wann kommst du nach Hause?«, fragte er.

»Ich weiß es nicht. Erst müssen wir versuchen, den Tag irgendwie hinter uns zu bringen.«

Er bat sie, auf sich aufzupassen, versprach ihr, sich bald wieder bei ihr zu melden, unterbrach die Verbindung. Gerhard Stöhr war in der anderen Leitung.

»Wir haben neue Informationen Frau Kindler betreffend.«

Braig versuchte, sich auf das Thema einzulassen, hatte Schwierigkeiten, sich zu konzentrieren. »Ein Lokal, das sie besuchte?«

»Ja, das heißt nein.« Stöhr setzte zu einer Erklärung an, bevor Braig unwirsch reagieren konnte. »Es handelt sich um zwei verschiedene Gaststätten.«

»Das ist hervorragend. Wann war sie dort?«

Der Kollege schien in seinen Unterlagen zu kramen; Braig hörte das Rascheln von Papier, wartete mehrere Sekunden, bis sein Gesprächspartner endlich zu einer Antwort fähig war.

»Also, gegen fünfzehn Uhr am Montag war Frau Kindler in der *Manufaktur-Kneipe* in Schorndorf.«

»In Schorndorf?«, fragte Braig überrascht. Er schaute in Gedanken versunken aus dem Fenster, sah die feinen Nieselfontänen. Um zwölf Uhr in Reutlingen, drei Stunden später in Schorndorf. Die Frau hatte ein gewaltiges Pensum zurückgelegt, um ihre Nudeln an den Mann zu bringen.

»Der Pächter des Lokals behauptet das, ja.«

»Sie haben die Telefonnummer?«

Stöhr diktierte ihm die Ziffern.

»Und danach?«

»Danach? Darüber liegt mir nichts vor. Wir haben nur die Aussage des Wirtes der Gaststätte *Ochsen* aus Neckarrems, dass die Frau um siebzehn Uhr bei ihm war. Ich gebe Ihnen seine Rufnummer.«

Braig notierte sich die Daten, fragte nach dem Ausdruck der Telefonverbindungen Marianne Kindlers vom Montag.

»Die liegen uns noch nicht vor«, bedauerte der Kollege.

»Dann rufen Sie bitte dort noch mal an. Und drohen Sie mit Sanktionen, falls die nicht bald reagieren. Es geht um die Aufklärung eines Mordes.«

Braig bedankte sich für die Information, beendete das Gespräch. Er hatte das würzige Aroma des Kaffees in der Nase, lief zur Anrichte neben dem Waschbecken, schenkte sich eine Tasse voll. So langsam kamen die Ermittlungen in Gang. Hatten sie Glück, erhielten sie im Verlauf der nächsten Stunden einen immer genaueren Überblick über die Aktivitäten und den Aufenthalt Marianne Kindlers am vergangenen Montag.

Er trank den Kaffee, lief zum Telefon, informierte sich beim Wirt des *Ochsen* in Neckarrems und beim Pächter der *Manufaktur-Kneipe* in Schorndorf über die Besuche der Frau. Beide Männer bestätigten unabhängig voneinander, große Lieferungen an Nudeln gekauft zu haben, konnten aber sonst nichts Neues beitragen. In Begleitung eines Mannes hatten beide Marianne Kindler noch nie gesehen, auch war ihnen an diesem Montag kein außergewöhnliches Verhalten bei ihr aufgefallen.

Braig legte den Telefonhörer zurück, hatte Mühe, seine Enttäuschung in Zaum zu halten. Was nützte es den Ermittlungen, wenn ihnen lediglich der kurze Besuch der Ermordeten zur vereinbarten Zeit bestätigt wurde? Er atmete kräftig durch, hörte das Knurren seines Magens, spürte den Hunger. Zehn nach zwölf, sah er auf seiner Uhr. Wenn er sich beeilte, konnte er sich vor der Fahrt nach Reutlingen noch ein Mittagessen in der Kantine leisten. Er suchte seine Unterlagen zusammen, trank den Rest des Kaffees. Als er sein Büro gerade verlassen wollte, läutete das Telefon. Er spurtete an den Apparat, erwartete weitere Informationen über die Gaststätten-Besuche der Ermordeten.

Neundorfs Stimme belehrte ihn eines Besseren. »Tut mir Leid, aber ich kann mich hier nicht loseisen«, sagte sie, »Koch lässt das halbe Ländle überprüfen, nur weil in Fellbach ein einflussreicher Banker überfahren wurde.«

»Wo bist du?

»Inzwischen in Stuttgart. In der Filiale des Unternehmens. Ich versuche mir ein Bild zu machen, welche Art von Geschäften der Typ tätigte. Sie haben sich auf den Kauf und Verkauf von Unternehmen spezialisiert. Keine einfache

Materie. Ich muss die Kollegen vom Wirtschaftsdezernat fragen. Wie weit bist du?«

Braig informierte sie über seine Ermittlungen, bat sie, sich wieder zu melden, sobald sie Zeit dazu fand. Er legte den Hörer zurück, schaltete die Rufumleitung zu seinem Handy ein, folgte den Treppen nach unten. Er passierte die Sicherheitsschleuse, winkte dem Pförtner zu, als er das Haus verließ. Die Kantine des Amtes lag in einem flachen, dem Komplex der LKA-Gebäude benachbarten Bau. Er lief die sanft ansteigende Rampe hoch, studierte die kurze Liste der angebotenen Mahlzeiten, entschied sich für Maultaschen mit Salat. Die Schlange vor der Essensausgabe war überraschend kurz; innerhalb weniger Minuten hatte er das Tablett mit seinem Wunschmenü gefüllt. Er schaute in den Raum, sah das heftige Winken auf der Seite, erkannte Markus Schöffler, einen der Techniker. Braig steuerte direkt auf ihn zu, stellte sein Tablett bei ihm ab, gab ihm die Hand.

»Du hast von Rall gehört?«, empfing ihn der Kollege.

Braig zog einen Stuhl vor, nahm Platz. »Ann-Katrin hat mich angerufen. Sie hatte mehrfach Dienst mit Sandra.«

Schöffler donnerte so heftig mit der Faust auf den Tisch, dass die Teller klirrten. »Ich kann es nicht fassen.«

Braig sah den überraschten Blick eines Kollegen am Nachbartisch, hörte Schöfflers lautes Schimpfen. »Wieso hat er das getan?« Der Techniker schüttelte den Kopf, griff nach seiner Gabel, begann zu essen.

Braig wusste nicht, was er antworten sollte, zog den Salatteller zu sich her. »Wir waren im selben Kurs.«

Schöffler hielt mitten im Kauen inne. »Du?«

»In Villingen-Schwenningen.« Er stocherte im Salat herum, aß langsam.

»Ich kenne ihn von Ludwigsburg her«, erklärte der Techniker. »Das gleiche Ermittlungsteam.«

Braig wollte nicht länger daran denken, versuchte, sich auf sein Essen zu konzentrieren.

»Macht uns dieses Übermaß an Gewalt kaputt?«

Er schaute auf, sah Schöfflers fragende Miene.

»Verstümmelte, viel zu früh ums Leben betrogene Körper, fast jeden Tag. Ist es das?«

»Ich weiß es nicht.« Braig kaute schwer, hatte Mühe, seine Teller zu leeren, dem Hunger zum Trotz. Er spürte nicht mehr, ob es schmeckte, schob lustlos Gabel auf Gabel in den Mund.

»Vor zwei Jahren wollte meine Frau sich scheiden lassen«, sagte Schöffler, »weil sie den Kerl, mit dem sie angeblich verheiratet ist, vor lauter beruflicher Anspannung kaum noch zu Gesicht erhält. Was wird sie heute Abend sagen, wenn sie mich sieht?«

Er schaute Antwort heischend zu Braig, formulierte selbst, worauf er hinaus wollte. »Dass sie sich jetzt scheiden lassen will, weil es ihr zu gefährlich ist, mit einem Polizeibeamten zusammen zu sein?«

»Das passiert nicht nur Leuten unseres Berufes«, erwiderte Braig. Er ärgerte sich darüber, sich Schöfflers schwermütigen Gedanken ausgeliefert zu haben, war froh, vom Läuten seines Handys abgelenkt zu werden. Er zog das Gerat vor, hatte Daniel Schieks Stimme am Ohr.

»Ich besorge mir jetzt noch schnell was bei einem Bäcker und mache mich dann auf den Weg. Wir treffen uns in Reutlingen, okay?«

Braig sagte ihm zu, steckte das Handy weg.

»Du arbeitest selbst an einem Fall?«, fragte Schöffler.

»Marianne Kindler. Sie hat eine kleine Nudelfabrik ...«

»Oh mein Gott, ich habe die Bilder gesehen. Rauleder ist an der Sache. Die Leiche sieht grauenvoll aus. Vom gleichen Fahrzeug mehrfach überfahren, ja?«

Braig nickte, sah, wie Schöffler die Nudeln auf seiner Gabel musterte.

»Vielleicht stammen die aus ihrer Fabrik?«

»Keine Ahnung.«

»Na ja, du hast Maultaschen gewählt. Produzieren sie die auch?«

»Ich weiß es nicht.« Braig fühlte sich zunehmend unwohl. Er aß schweigend den Rest des Salats, schaute demonstrativ auf seine Uhr, erhob sich. »Ich muss«, sagte er dann, verabschiedete sich von dem Kollegen. Er stellte sein Tablett auf die Ablage, war froh, als er die Kantine verlassen konnte.

Auch wenn es immer noch nieselte, die frische Luft wirkte befreiend. Er schritt kräftig aus, atmete tief durch. Mit jedem Meter, den er sich vom Amt entfernte, fühlte er sich besser.

7. Kapitel

Daniel Schiek hatte bereits den ersten Umriss eines markanten männlichen Gesichts auf den Bildschirm seines Laptop gezaubert, als Braig im Restaurant *Friedrich's* auf die beiden Männer traf. Er hatte die Buchhandlung *Osiander* von der Fußgängerzone aus betreten, war durch die weitläufig verteilten Auslagen nach links zur Treppe gelaufen, hatte die gepflegte Gaststätte im ersten Obergeschoss entdeckt.

Schiek sah ihn kommen, machte ihn mit Daniel Krizic, dem Oberkellner des Lokals bekannt, ließ dann innerhalb weniger Minuten unter ständigem Rückfragen und sich Versichern, richtig gezeichnet zu haben, das Gesicht eines Mannes entstehen, das von dicken Wangen, einer überdimensional großen Nase und dünnen Augenbrauen geprägt war.

»Das ist er«, erklärte Krizic, »genau so wie ich ihn in Erinnerung habe.«

»Sie sind wirklich zufrieden?«, wunderte sich Schiek. Er betrachtete den Mann skeptisch, wartete auf Kritik, Vorschläge für Korrekturen. »Stimmen die Proportionen des Gesichts, die Größe und die Form der Augen? Was ist mit seiner Nase, den Lippen, dem Kinn? Der Haaransatz, die Stirn – alles okay?«

Krizic musterte das Gesicht auf dem Bildschirm erneut, nickte dann mit dem Kopf. »Ich weiß nicht, was ich ändern würde. Aber Sie dürfen nicht vergessen, es ist eine Weile her, dass ich ihn gesehen habe«, er deutete auf den Monitor, »außerdem auch nur für einen Moment. Frau Kindler kam mit ihm durch die Buchhandlung und dann ... Ich war mit der Abrechnung beschäftigt, ich hatte keine Zeit, ihn genauer anzuschauen. Aber so, wie ich das Gesicht hier sehe, habe ich ihn in Erinnerung, ja.«

»Wissen Sie noch, wann das etwa war?«, fragte Braig.

Sein Gegenüber legte den Kopf zurück, dachte kurz nach. »Vor vier, fünf Monaten vielleicht«, sagte er dann, »so gegen Ende des Sommers.«

»Sie erwähnte keinen Namen? Oder stellte ihren Begleiter vor?«

»Nein, das wüsste ich noch. Und vergessen Sie nicht, unsere Beziehung ist geschäftlicher Natur. Sie verkauft ihre Nudeln, damit hat es sich.« Er schwieg einen Moment, fügte dann mit ins Unendliche gerichteten Augen hinzu: »Aber das ist ja jetzt vorbei.« Er schüttelte den Kopf. »Ich kann es noch nicht fassen. Ermordet.«

»Wie wirkte sie am vergangenen Montag? Normal wie immer oder irgendwie auffällig?«

Der Mann blickte ihn ratlos an. »Mir fiel nichts auf. Sie brachte uns Nudeln, wie sonst auch. Ich quittierte den Empfang, nahm die Rechnung entgegen, das war es dann auch schon.«

»Sie hatten die Teigwaren vorher bestellt?«

»Irgendwann vor Weihnachten, als sie uns zum letzten Mal besuchte.«

»So lange schon? Sie stimmten sich nicht kurz vorher telefonisch ab, ob Ihr Bedarf auch wirklich noch vorhanden war?«

»Ach so, doch, das schon. Am Montagmorgen, zwei, drei Stunden vor ihrem Besuch.«

Braig nickte, fühlte sich in seiner Überlegung bestätigt, endlich Einblick in die Telefonverbindungen Marianne Kindlers vom vergangenen Montag zu erhalten, fragte den Mann, ob er sich doch noch daran erinnern könne, welches Lokal sie anschließend aufsuchen wollte.

Krizic schüttelte bedauernd seinen Kopf. »Wir haben nicht viel gesprochen. Sie hatte sich etwas verspätet, kam erst kurz nach zwölf. Ein denkbar schlechter Termin. Wir hatten alle

Hände voll zu tun. Die Tische waren komplett besetzt. Da blieb nicht viel Zeit für weiterführende Gespräche.«

Braig bedankte sich für die Bereitschaft des Mannes, ihnen so freundlich Auskunft zu erteilen, reichte ihm seine Karte und den Ausdruck des Phantombildes mit der Bitte, ihn zu benachrichtigen, falls ihm noch etwas einfallen sollte, verabschiedete sich dann. Sie liefen die Treppe hinunter, bestaunten die großzügig bestückten Auslagen der Buchhandlung. Taschenbuch-Neuerscheinungen, Sachbuch-Sonderausgaben, Bestseller-Romane, Hochglanz-Broschüren, alles in reichhaltiger Auswahl. Sie verließen die *Osiander'sche*, traten in die Fußgängerzone.

Die Luft war trocken, nur einzelne dunkle Flecken auf dem Asphalt kündeten noch vom Nieselregen des Morgens. Die Menschen strömten dichtgedrängt in beide Richtungen.

»Du fährst mit mir?«, fragte Schiek. Er zog einen Ausdruck des Phantombildes aus seiner Tasche, sah das zustimmende Nicken seines Kollegen. »Ein markantes Gesicht, meinst du nicht? Wenn er den wirklich richtig beschrieben hat, müsstet ihr ihn finden.« Er deutete auf die große Nase, zeigte auf die dicken Wangen. »Den erkennst du auf zehn Meter Entfernung, wenn er hier durch die Fußgängerzone läuft.«

»Sofern er ihn richtig beschrieben hat, ja. Ich werde das Bild einer Nachbarin der Kindlers in Oettingen vorlegen, die mir heute Morgen bestätigte, den Mann schon einmal gesehen zu haben. Wenn sie ihn wieder erkennt, gebe ich das Foto an die Medien zur Veröffentlichung. Vielleicht haben wir Glück.« Er griff nach seinem Handy, um sich bei Margarethe Geissler in Oettingen anzumelden, als er den Signalton hörte. Sie waren an der Südwestfront der Marienkirche vorbei gekommen, hatten den Kirchbrunnen mit dem Standbild Kaiser Friedrichs II. vor sich.

Braig blieb stehen, nahm das Gespräch an. Weisshaar war in der Leitung.

»Es geht um den Aufenthalt Frau Kindlers am vergangenen Montag. Du arbeitest daran, richtig?«

Braig bestätigte die Vermutung des Kollegen, fragte nach dem Grund des Anrufs.

»Wir haben neue Informationen. Zwei Anrufe, vor wenigen Minuten eingetroffen. Willst du sie dir notieren?«

»Einen Moment.« Er griff nach seinem Notizbuch, zog den Stift vor, presste das Papier an die Einfassung des Brunnens. Zwei südländisch anmutende Männer, die rauchend vor der nahen Löwenapotheke standen, starrten neugierig zu ihm her. Er achtete nicht auf sie, wartete auf die Erklärung Weisshaars.

»Um vierzehn Uhr war Frau Kindler in der Gaststätte *Stadtvilla* in Schwäbisch Gmünd.«

»In Gmünd«, überlegte Braig laut, blätterte in seinem Notizbuch, sah den Vermerk, den er sich nach Stöhrs Anruf gemacht hatte. Fünfzehn Uhr *Manufaktur-Kneipe* in Schorndorf. Eine Stunde vorher also in Schwäbisch Gmünd. Das passte. Die beiden Städte lagen nicht allzu weit voneinander entfernt.

»Eine Frau Imenschek verständigte uns. Sie kauft seit Jahren bei Frau Kindler Nudeln, nicht nur für die *Stadtvilla*, auch noch für ein zweites Lokal, das von ihrem Mann betrieben wird. Kindlers Teigwaren seien von erlesener Qualität, betonte sie. Über den Mord war sie sehr besorgt; Frau Kindler sei ihr am Montag normal erschienen, nichts habe darauf hingewiesen, dass ihr so etwas zustoßen könne. Kann ich dir ihre Nummer geben?«

Braig notierte sich die Zahlenfolge.

»Der zweite Anruf kommt von der Besenwirtschaft *Gerhard Schwarz* in Untertürkheim.«

»Unser Untertürkheim?«, fragte Braig überrascht. Er sah, wie die beiden Männer von der Apotheke wegschlenderten, sich den Auslagen der auf der anderen Seite der Fußgängerzone gelegenen Drogerie Schlecker widmeten, dann zu einem Textilgeschäft weiterliefen.

»Der Stuttgarter Vorort«, bestätigte der Kollege. »Wenn ich aus dem Fenster schaue, sehe ich seine Dächer und die Weinberge vor mir.«

»Frau Kindler war am Montag dort?«

»Gegen achtzehn Uhr, berichtete Herr Schwarz, wie vereinbart.«

Braig horchte auf, als Weisshaar den Zeitpunkt des Besuchs nannte. »Du bist dir sicher, achtzehn Uhr?«, vergewisserte er sich.

»Die Uhrzeit stammt von Herrn Schwarz, ja.«

Er überflog seine Notizen, sah auf einen Blick, wie wichtig diese Information war. Um achtzehn Uhr hatte die Frau in Untertürkheim die Besenwirtschaft *Schwarz* besucht. Eineinhalb Stunden später aber, um 19.30 Uhr war die allgemein als sehr zuverlässig charakterisierte Fabrikantin nicht in Backnang erschienen, hatte sich nicht einmal entschuldigt, wie sie es sonst schon bei kleinen Verspätungen zu tun pflegte. War sie in der Zwischenzeit in die Hände ihres Mörders geraten? Er musste mit beiden Anrufern sprechen, sie genau auf das Befinden der Frau hin befragen. »Dem Mann ist nichts aufgefallen an Frau Kindler, kein außergewöhnliches Verhalten, irgendein Anzeichen einer besonderen Situation?«

»Mir gegenüber hat er nichts erwähnt«, antwortete Weisshaar, »aber bitte, hier ist seine Nummer.«

Braig notierte sich die Ziffern, beendete das Gespräch. Er schaute sich um, sah, dass Schiek vor dem Schaufenster der Apotheke auf ihn wartete.

»Interessante Informationen?«, fragte der Graphiker.

Er begleitete ihn durch die Fußgängerzone, erklärte den Inhalt des Anrufs.

»Du solltest dich auf die Zeit nach achtzehn Uhr konzentrieren«, meinte Schiek, »wo war sie anschließend, traf sie ihren Liebhaber, wenn ja, wo?«

»Ich muss die Leute, die uns informiert haben, anrufen und ihnen das Foto zeigen. Vielleicht kennen sie den Mann.«

Sie liefen zum Parkplatz, nahmen in Schieks Dienstfahrzeug Platz. Braig zog sein Handy und das Notizbuch vor, wählte die Nummer der Besenwirtschaft *Schwarz*.

»Niemand da?«, fragte Schiek. Er hatte den Wagen gestartet, merkte, dass Braig keine Antwort erhielt.

»Im Moment wohl nicht. Ich versuche es in Schwäbisch Gmünd.«

Suzanna Imenschek ließ ihn nicht lange warten.

»Mein Name ist Braig. Ich bin vom Landeskriminalamt. Es geht um Frau Kindler.«

Seine Gesprächspartnerin zeigte sich besorgt. »Ich kann es nicht verstehen. Wer hat das getan?«

»Wo haben Sie von ihrem Tod erfahren?«

»Mein Mann legte mir die Zeitung auf den Tisch. Heute Morgen. Unsere Frau Kindler, sagte er. Wer hat sie getötet?«

»Wir wissen es nicht«, sagte Braig. »Noch nicht. Sie kennen Frau Kindler näher?«

Suzanna Imenschek antwortete ohne lange zu überlegen. »Sie brachte uns Nudeln. Alle paar Wochen. Wir sprachen miteinander, ja. Sie war sehr sympathisch. Ob wir uns näher kannten? Nein, das kann ich nicht sagen.«

»Kam sie immer allein zu Ihnen? Oder erinnern Sie sich an einen Mann als Begleiter?«

»Einen Mann? Ja, zweimal, glaube ich. Letzten Herbst, wenn ich mich richtig entsinne. Das war aber die Ausnahme. Sonst kam sie immer ...«

»Können Sie den Mann beschreiben?« Braig fiel der Frau mitten ins Wort. Er sah, dass Schiek kurz zu ihm her schielte, spürte seine Erregung. Letzten Herbst, das konnte passen.

»Beschreiben? Das geht nicht. Es war ein großer Mann mit einem dicken Gesicht; dicken Backen wollte ich sagen. Ich kann ihn nicht beschreiben, dazu habe ich ihn viel zu kurz gesehen.«

Braig hatte Mühe, an sich zu halten, wartete ungeduldig, bis sie ihren Satz beendet hatte. Dicke Backen, mehr brauchte sie nicht zu sagen. »Frau Imenschek, Sie können uns entscheidend weiter helfen. Wir haben ein Bild mit diesem Begleiter von Frau Kindler. Ich muss es Ihnen zeigen, vielleicht erkennen Sie ihn. Wann kann ich bei Ihnen vorbeikommen? In einer halben Stunde?« Er schaute auf seine Uhr, warf Schiek einen fragenden Blick zu. Der Kollege nickte mit dem Kopf, gab stillschweigend seine Zustimmung, den Umweg über Schwäbisch Gmünd zu nehmen.

»Aber nur, wenn Sie sich beeilen«, antwortete die Frau, »ich bin nämlich dabei, aufzuräumen.« Sie machte eine kurze Pause, fügte einen weiteren Satz hinzu. »Wollen Sie etwa sagen, dieser Begleiter von Frau Kindler hat sie getötet?« Ihre Stimme klang gepresst.

»Ich weiß es nicht«, antwortete er wahrheitsgemäß. »Wir können es jedenfalls nicht ausschließen.«

Suzanna Imenschek schrie laut auf. »Oh mein Gott! War das etwa ihr Freund?«

»Der Mann ist uns bisher leider noch nicht bekannt. Aber vielleicht erkennen Sie ihn wieder«, versuchte er, sie zu beruhigen, »das könnte uns entscheidend weiterhelfen.«

Sie versprach, auf ihn zu warten, verabschiedete sich. Braig schaute nach draußen, sah, dass sie Reutlingen bereits verlassen hatten. Die markante Erhebung der Achalm war schon aus ihrem Blick verschwunden. Er dachte an die Worte der

Frau: ein großer Mann mit dickem Gesicht, überlegte, dass sie dem Porträt, das Schiek gezeichnet hatte, damit verblüffend nahe kam. Ob sie den Mann erkennen würde? Er fühlte sich zu müde, sich weiter darüber den Kopf zu zerbrechen, lehnte sich in seinen Sitz zurück.

Torsten Ralls Gestalt tauchte wie aus dem Nichts vor ihm auf. Er sah den drahtigen Körper des Kollegen, hörte ihn eine seiner flapsigen Bemerkungen äußern, mit denen er die gemeinsamen Unterrichtsstunden an der Polizeiakademie oft aufgelockert hatte. Torsten Rall, der fast zu jeder Tageszeit gut aufgelegte Sonnyboy ihres Kurses.

Ein auf breiten Reifen protzig aufgeständerter Geländewagen kam ihnen weit auf die Mitte der Fahrbahn ausgreifend entgegen. Schiek riss das Steuer nach rechts, schimpfte laut. »Hast du das gesehen?«

Braig erwachte aus seinen Gedanken, spürte, wie es in ihm arbeitete. Torsten sollte seine Lebensgefährtin ermordet haben? Sandra Rehles kam in Dienstuniform freundlich lächelnd auf ihn zu gelaufen, Ann-Katrin wenige Meter dahinter. Nur ein paar Betrunkene, hörte er sie sagen, eine Hand voll Unfälle und eine verwirrte alte Frau, nichts Schlimmes heute. Ihre Haare stoben durch die Luft, als sie ihre Polizeimütze absetzte. Sie warf die blonde Mähne zurück, winkte ihm fröhlich zu. Und jetzt vier Tage frei, er hörte ihre Stimme wie damals, Überstunden abfeiern. So lässt es sich leben, oder?

Leben, überlegte er, ihr Leben war wirklich vorbei? Gewaltsam beendet von ihrem eigenen Partner?

»Du hättest den Kerl festnehmen sollen«, schimpfte Schiek, »diese Rowdies müssen runter von den Straßen.«

Braig kam endgültig zu sich, atmete tief durch. »Ich weiß nicht, wie es dir geht«, sagte er laut, »aber je älter ich werde, desto weniger verstehe ich dieses Leben.«

Schiek warf ihm einen kritisch abschätzenden Blick zu, unternahm keinen Versuch, sich die Gedanken des Kollegen zu erschließen. Schweigend bewältigten sie den Rest der Strecke bis Schwäbisch Gmünd.

Die *Stadtvilla* lag in der Parlerstraße am Rand des Zentrums am Josefsbach. Braig bat Schiek, ihn samt seinem Laptop zu begleiten, um eventuelle Korrekturen des Phantombildes fachmännisch in die Wege leiten zu können, klopfte an die Tür des Lokals. Er musste nicht lange warten; eine dunkelblonde, sehr attraktive Frau um die vierzig öffnete und sah ihn fragend an.

»Sie sind von der Polizei?«

Braig bestätigte ihre Vermutung, zeigte seinen Ausweis, stellte sich und seinen Kollegen vor. »Sie sind Frau Imenschek?«

Sie nickte, bat die Männer ins Restaurant, schloss hinter ihnen ab. Das Lokal war leer, der Boden schien frisch geputzt. Sie führte sie durch den Raum, bat sie, an einem kleinen Tisch unmittelbar vor der Theke Platz zu nehmen. »Ich kann das nicht begreifen«, sagte sie, aufrecht vor dem Tisch stehend, »Frau Kindler wird uns nie mehr Nudeln bringen?«

»Nein, das wird sie nicht mehr«, antwortete Braig, »aber vielleicht übernimmt jetzt ein Angestellter der Firma diese Aufgabe.« Er fühlte selbst, wie pietätlos seine Worte klangen, war froh, als Schiek den Bildschirm seines Laptop aufklappte und binnen weniger Sekunden das Bild von Marianne Kindlers Begleiter darauf entstehen ließ. Er wartete, bis der Graphiker das Gerät in die richtige Position gebracht hatte, sah die wissbegierigen Augen der Frau. Sie hatte sich einen Stuhl hergezogen, dann direkt vor dem Monitor Platz genommen. Schiek setzte zu einer Frage an, kam nicht dazu, sie vollends auszusprechen.

»Ist das der Mann ...?«

»Ja«, fiel sie ihm mitten ins Wort, »so habe ich ihn in Erinnerung. Das ist er.«

Der Graphiker gab ihr Zeit, sich das Porträt genau zu betrachten, fragte nach eventuellen Korrekturen. »Das Dumme an der Sache ist, dass wir nicht wissen, ob er wirklich genauso aussieht. Das Bild ist aus den Hinweisen eines Gastwirtes entstanden, den Frau Kindler ebenfalls öfter besuchte. Er hat den Mann nur flüchtig gesehen. Vielleicht hat er ihn nicht genau beschrieben? Sollen wir irgendetwas an ihm verändern, die Haare, die Augen, die Nase, das Kinn?« Er verdeutlichte seine Worte, indem er die jeweilige Partie leicht retuschierte, wartete auf Reaktionen ihrer Gesprächspartnerin.

Suzanna Imenschek drückte ihre Hände fest aneinander, rieb sie verkrampft hin und her. Braig sah, wie schwer sie sich mit einer Antwort tat.

»Es ist eine Weile her, dass Sie den Mann gesehen haben«, versuchte er, ihr zu helfen, »und es waren auch nur ein paar Minuten.«

Sie wandte den Blick vom Monitor weg zu ihm, warf ihm ein dankbares Lächeln zu. »Ja«, meinte sie, »es ist lange her.« Sie atmete kräftig durch, nahm ihre Hände vom Tisch, rang mit Worten. »Ich denke, dass es sehr wichtig ist für Sie«, erklärte sie schließlich, »und ich will Sie auch nicht enttäuschen. Aber ich kann Ihnen den Mann nicht genauer beschreiben. Es ist zu lange her, wirklich.« Sie blickte Braig um Verständnis heischend an, sah sein Nicken. »Aber so sah er aus«, bestätigte sie noch einmal, auf den Monitor deutend, »genauso.«

Er wusste, wie schwer es war, sich nach mehreren Monaten an eine Person zu erinnern und sie bis ins Detail zu beschreiben, die man nur für einen Moment gesehen und nicht weiter beachtet hatte, erhob sich von seinem Stuhl, bedankte sich bei der Frau. »Sie haben uns sehr geholfen«, sagte er, fügte dann, als er ihre fragende Miene bemerkte, »wirklich, ich meine das ehrlich, Sie haben uns bestätigt, dass wir über das richtige Porträt verfügen«, hinzu, sah, dass sie sich langsam entspannte.

»Sie werden nach dem Mann suchen?«

»Wir geben das Bild allen Zeitungen, auch den Fernsehsendern«, bestätigte er, »auch wenn wir nicht wissen, ob es sich wirklich um den Täter handelt.«

»Dann wünsche ich Ihnen viel Erfolg.«

Braig bedankte sich bei Suzanna Imenschek, wartete, bis Schiek ihr einen Ausdruck des Fotos gereicht hatte, hörte die Worte des Kollegen. »Falls Ihnen doch noch eine Korrektur einfällt...«

Sie begleitete sie zur Tür, öffnete sie, verabschiedete sich von den Männern.

»Sie hat ihn erkannt«, meinte Schiek, als sie zu ihrem Fahrzeug liefen, »mehr konntest du nicht erwarten.«

Braig nickte, wartete, bis der Kollege die Tür öffnete, nahm neben ihm Platz. »Ich werde Bockisch informieren und eine Pressekonferenz einberufen, um das Bild zu veröffentlichen. Ich denke, wir können es riskieren.« Er zog sein Handy vor, wurde von dessen Lauten überrascht, nahm das Gespräch an. Die Stimme kam ihm bekannt vor, dennoch benötigte er ein paar Sekunden, bis er sich darüber im Klaren war, wo er sie einordnen musste.

»Heller. Guten Tag. Sie sind der Kommissar, mit dem ich am Montag gesprochen habe? Ihre Kollegin hat mir Ihre Karte gegeben, vielleicht erinnern Sie sich.«

»Oh ja, Frau Heller. Sie arbeiten bei der Firma Kindler.«

»Genau. Ich bin gerade in Stuttgart auf dem Markt, Nudeln verkaufen. Das heißt, ich war. Beim Einpacken fiel mir eine Zeitung in die Hand. Deshalb rufe ich an.«

»Sie haben etwas entdeckt?« Braig sah aus dem Fenster, merkte, dass Schiek auf die Lorcher Straße abbog, um Schwäbisch Gmünd zu verlassen.

»Das Bild aus Heilbronn, dort wo...« Monika Heller verstummte.

Er hörte, wie sie schluckte, begriff, worauf sie hinaus wollte. »Am Neckar, unterhalb vom Götzenturm«, sagte er vorsichtig.

Sie stimmte ihm zu. »Ja, genau. Ich sah das Bild und erkannte das Lokal sofort. *Hans im Glück*, es ist im Hintergrund zu sehen.«

»Sie kennen es?«

Ihre Antwort kam sofort. »Ja, natürlich. Marianne hat ihnen doch Nudeln verkauft.«

Braig spitzte die Ohren. »Dem Restaurant?«

»Ja, deswegen rufe ich an. Ich wusste nicht, ob Ihnen das bekannt ist.«

Er schlug sich mit der flachen Hand an die Stirn, sah, dass sein Kollege zu ihm her schielte. »Nein, das war mir nicht bekannt«, gab er zu.

»Ich weiß nicht, ob das etwas zu bedeuten hat, aber man weiß ja nie und deshalb dachte ich, rufe ich Sie an.«

Natürlich konnte das etwas zu bedeuten haben, überlegte er, ohne jeden Zweifel war es möglich, dass Zusammenhänge existierten. Er machte sich Vorwürfe, nicht schon früher daran gedacht zu haben, dass Marianne Kindlers Leiche gerade dort gefunden wurde.

»Sie liebte das Lokal sehr«, fuhr Monika Heller fort, »*Hans im Glück*, es trägt seinen Namen zu Recht – ein wunderbarer

Ort zum Ausruhen, sagte sie oft. Im Frühling und im Sommer aß sie manchmal draußen unter den Bäumen zu Abend, vor allem, wenn sie Manuel dabei hatte, und einmal waren wir sogar alle dort. Unser Betriebsausflug sozusagen, von der Firma bezahlt.«

»Alle Mitarbeiter?«

»Letzten Sommer«, antwortete die Frau, »irgendwann im September. Sie war mit Manuel dort, und der war so begeistert, dass sie beschloss, uns alle einzuladen.«

»Wer ist Manuel?«

»Mariannes Sohn. Sie kennen ihn nicht?«

Braig erinnerte sich, den Namen gehört zu haben, hatte keinerlei Informationen über den Mann. »Er arbeitet nicht in der Firma mit?«

Monika Heller seufzte laut. »Sie wissen nicht viel über die Kindlers, wie?«

Er überlegte, was er antworten sollte, gab ein undeutliches »eigentlich nicht, nein«, von sich.

»Sie hatten nicht viel Glück in den letzten Jahren«, sagte sie, »obwohl sie so fleißig sind.«

»Was ist mit diesem Manuel?«

»Er sollte die Firma übernehmen«, erklärte Monika Heller, »die Pläne für den Ausbau und neue Maschinen waren alle schon ausgearbeitet. Manuel studierte Lebensmittelchemie. Drei Jahre war er im Betrieb, als es passierte.«

Irgendwas mit Drogen, überlegte er. War der Sprössling, wie so oft in fleißigen Familien, vom geraden Weg abgekommen?

»Er wurde von einem Auto angefahren.«

»Und?«

Sie ließ sich Zeit mit ihrer Antwort. »Seitdem ging es nur noch von Klinik zu Klinik. Er hatte schwere Kopfverletzungen. Dass er überhaupt wieder auf die Beine kam, ist ein Wunder. Selbständig wird er nie mehr leben können. Sie sollten ihn sehen, wie er aussieht. Aufgeschwemmt von Medikamenten.«

»Er ist das einzige Kind der Kindlers?«

»Marianne hatte noch zwei Fehlgeburten. Kein heller Stern über der Familie, wie?«

»Wo lebt er jetzt?«

»In Stetten im Remstal. Sie kennen das Werk?«

»Ja.« Braig hatte schon viele bewundernswerte Berichte über die Arbeit des diakonischen Zentrums gehört, das Hunderten von Menschen, die mit dem modernen Leben nicht zurechtkamen, eine Heimat bot.

»Manchmal in der letzten Zeit nahm Marianne ihn mit auf ihre Verkaufstouren.«

»Ihren Sohn?« Er fragte in solcher Lautstärke, dass Schiek erstaunt zu ihm her sah. Braig begriff sofort, was die Aussage der Frau bedeuten konnte.

»Ja, und manchmal übernachtete sie auch irgendwo unterwegs, um ihm eine Freude zu machen.«

»Wie sieht er aus?«, fragte er aufgeregt. »Können Sie ihn kurz beschreiben?«

»Heute oder früher?«, erwiderte sie. »Da sind Welten dazwischen. Sie werden ihn nicht wiedererkennen.«

»Heute natürlich«, rief er ungeduldig.

Sie wunderte sich offensichtlich über die Schärfe in seiner Stimme, ließ mit ihrer Antwort auf sich warten. »Wie soll ich ihn beschreiben? Groß, blonde Haare, dicke Backen...«

»Eine große Nase?«, fiel er ihr ins Wort.

»Na ja, gut, die hatte er immer schon. Mein großer dicker Bär, sagt Marianne immer, seit der Sache damals. Da ist was dran.«

Braig spürte seine Aufregung, hatte Mühe, sich zu bremsen. »Frau Heller, wo sind Sie jetzt? In Oettingen?«

»Nein«, erwiderte die Frau, »ich sagte es Ihnen doch, ich bin gerade fertig mit dem Abbauen. Ich bin in Stuttgart. Der Markt ist vorbei.«

»Ich muss Ihnen etwas zeigen. Ein Bild. So schnell als möglich. Wo können wir uns treffen?«

»So schnell als möglich? Ich bin sehr müde. Wissen Sie, wie lange ich heute schon auf den Beinen bin?«

»Bitte. Es ist wirklich dringend. Wir sind gerade in der Nähe von«, er schaute aus dem Fenster, sah die Hinweistafel, »Schorndorf, fahren direkt nach Stuttgart. Könnten wir uns vielleicht in zwanzig Minuten kurz vor dem Landeskriminalamt in Bad Cannstatt treffen? Bis dahin müssten wir es geschafft haben.«

Sie seufzte laut, schlug aber einen versöhnlichen Ton an. »Gut. In zwanzig Minuten etwa. Ich werde es versuchen.«

»Sie wissen, wo das Amt liegt?«

»Wofür halten Sie mich? Ich bin in Stuttgart geboren.«

Braig bedankte sich für die Bereitschaft der Frau, sich mit ihm zu treffen, beendete das Gespräch. Er zog den Ausdruck des Phantombildes aus seiner Tasche, spürte seine Aufregung.

»Es handelt sich um den Sohn der Toten«, sagte Schiek mit ausdrucksloser Stimme.

Braig schaute überrascht zu ihm hinüber. »Ich fürchte, ja.« Er atmete tief durch, spürte die stechenden Schmerzen hinter seiner Schläfe. »Ein ganzer Tag Arbeit – wozu?« Er hielt das Bild in die Höhe, schüttelte den Kopf. »Der Sohn. Wahrscheinlich ihr Sohn.«

»Immerhin haben wir es noch rechtzeitig erfahren. Sei froh, dass du es noch nicht an die Presse gegeben hast.«

»Dafür muss ich jetzt noch dankbar sein.«

»Ich denke schon. Die hämischen Kommentare haben wir uns erspart.«

Braig wusste, wie Recht Schiek mit seiner Bemerkung hatte, versuchte, seinen Ärger nicht über sich Herr werden zu lassen. So unerträglich ihm der Gedanke auch erschien, es hätte schlimmer kommen können, in der Tat.

8. Kapitel

Kurz nach halb fünf saß Braig wieder an seinem Schreibtisch. Das Treffen mit Monika Heller hatte genau das erbracht, was er seit dem Telefongespräch mit der Frau befürchtet hatte. Das von Schiek erstellte Phantombild stellte verblüffend realistisch, wie seine Gesprächspartnerin anerkennend betonte, Manuel Kindler dar. Frustriert schlich er sich in sein Büro, lief zum Waschbecken, klatschte sich kaltes Wasser ins Gesicht. Er blieb ein paar Minuten den Kopf nach vorne gebeugt stehen, ließ die Tropfen von sich abperlen, versuchte, einen klaren Gedanken zu fassen. Die Sache mit dem Begleiter Marianne Kindlers war ebenso wie das bisher ungelöste Phänomen ihrer gelegentlichen auswärtigen Übernachtungen geklärt: Manuel, ihrem behinderten Sohn, zuliebe hatte sie dies getan. Was war dann aber mit dem vermeintlichen Liebhaber? Gab es ihn überhaupt oder entsprang er nur seiner Phantasie?

Braig versuchte, stichhaltige Hinweise auf dessen Existenz zu finden, kam zu keinem Ergebnis. Das einzige Argument, das für das Vorhandensein einer solchen Person sprach, war die Schwere der Verletzungen, die der Mörder Marianne Kindler zugefügt hatte, aber das konnte jeder andere, von besonderen Ressentiments der Frau gegenüber besessene Mensch genauso gewesen sein.

Er merkte, dass er im Moment nicht zu analytischen Gedankengängen fähig war, lief zu seinem Schreibtisch, überflog die im Verlauf des Mittags eingegangenen Mails und Papiere. Dr. Keils abschließender Obduktionsbericht brachte nichts grundlegend Neues, bestätigte jedoch das außergewöhnliche Ausmaß der Marianne Kindler angetanen Gewalt, unterstützte zudem die Vermutung der Techniker, die letztendlich tödlichen Quetschungen seien von einem einzigen Fahrzeug verursacht worden.

Wer war von einem solch irrsinnigen Hass auf die getötete Frau besessen, überlegte er, wenn es keinen verschmähten Liebhaber gab? Doch der Ehemann?

Er klopfte mit geballter Faust auf den Schreibtisch, schüttelte den Kopf. Nein, Hermann Kindler kam dafür nicht infrage, seine gesamte berufliche Erfahrung sträubte sich gegen diesen Gedanken. Wer dann? Ein anderes Mitglied der Familie oder ein Angestellter der Firma?

Braig notierte sich den Namen des Sohnes, fügte in die nächste Zeile die Anmerkung *der zur Zeit kranke Mitarbeiter der Firma Kindler* hinzu. Der Name des Mannes war ihm entfallen. War er wirklich krank? Oder hatte seine Absenz andere Hintergründe? Er musste sich informieren, den Mann aufsuchen.

Er sah die vor wenigen Minuten eingetroffene Mail Weisshaars, der darauf hinwies, dass trotz mehrfacher Nachfragen die Listen der am Montag von Frau Kindler geführten Telefonate immer noch nicht eingegangen seien, blätterte Kopf schüttelnd in seinem Notizbuch. Wenn es den Kollegen ähnlich schwer fiel, verantwortliche Personen innerhalb der Telefonkonzerne zu erreichen wie ihm, war das kein Wunder. Wohin man auch sah, überall wurden Sparmaßnahmen durchgeführt, die Betriebe auf Effizienz getrimmt. Höhere Gewinne als wichtigstes Ziel. Wen kümmerte es schon, wie viele Arbeitsplätze dabei vernichtet wurden?

Er hatte die zuletzt benutzte Seite erreicht, überflog seine Notizen. *Hans im Glück, anrufen!*

Sein Versuch, einen Mitarbeiter des Restaurants zu sprechen, zeigte Erfolg. Braig stellte sich vor, brachte das Gespräch auf die ermordete Frau, erfuhr, dass sie am Montagabend um 20.30 Uhr angemeldet, aber ohne jede Begründung nicht erschienen war. Weshalb, hatte man bisher nicht gewusst, jetzt aber war diese Frage beantwortet. Mehr könne man dazu nicht sagen.

Er bedankte sich für die Auskunft, atmete kräftig durch. 19.30 Uhr in Backnang die *Germania* nicht besucht, eine Stunde später auch dem *Hans im Glück* in Heilbronn fern geblieben. Weil sie zu dieser Zeit bereits ermordet worden war?

Braig blätterte zurück, entdeckte eine weitere Lokalität, mit der er noch nicht persönlich gesprochen hatte. *Weinbau und Besenwirtschaft Gerhard Schwarz, Stuttgart-Untertürkheim.* Er schaute auf die Häuser und Weinberge des nahe gelegenen Vorortes, gab die Ziffern ein. Diesmal hatte er Glück.

»Mein Name ist Braig. Ich arbeite beim Landeskriminalamt. Es geht um Frau Kindler. Sie haben uns mitgeteilt, dass sie am Montag um achtzehn Uhr bei Ihnen war.«

»Ja, das ist richtig. Wir können es gar nicht glauben, dass sie ermordet worden sein soll. Sie wissen immer noch nicht, wer es getan hat?«

»Nein, leider. Deshalb rufe ich bei Ihnen an. Wenn Frau Kindler um achtzehn Uhr bei Ihnen war, sind Sie die letzte uns bekannte Person, mit der sie vor ihrem Tod noch Kontakt hatte. Bis auf ihren Mörder natürlich.«

»Um Gottes Willen.« Gerhard Schwarz gab seinem Entsetzen lauthals Ausdruck. »Aber sie wurde doch in Heilbronn gefunden, oder?«

»Ja«, bestätigte Braig, »aber wo sie getötet wurde, wissen wir noch nicht.«

»Nicht in Heilbronn?«

»Darüber können wir noch nichts sagen.« Er hörte den Mann schwer atmen, nutzte die Pause zu einer Frage. »Wissen Sie, wen Frau Kindler nach Ihnen besuchen wollte?«

»Am Montag?«

»Ja. Haben Sie mit ihr darüber gesprochen, wo sie hin fahren wollte?«

»Oh, das ging leider nicht. Wir haben unseren Besen geöffnet und gerade zu der Zeit, als Frau Kindler uns besuchte, war eine Gruppe von Senioren bei uns. Wir hatten alle Hände voll zu tun, meine Frau, mein Sohn und ich, Essen zubereiten, Teller herrichten, Getränke auftragen, da blieb keine Zeit für viele Worte. Wo sie dann hinfuhr, keine Ahnung.« Er verstummte für einen Moment, ließ dann einen lauten Aufschrei hören. »Um Gottes willen, glauben Sie, dass sie von uns aus direkt ihrem Mörder in die Hände lief?«

Braig versuchte, abzuwiegeln. »So schnell wohl nicht. Sie wurde erst später getötet.«

Schwarz schien nicht zufrieden. »Trotzdem. Dass wir aber auch keine Zeit hatten an dem Abend! Normalerweise unterhalten wir uns schon, Frau Kindler versorgt uns ja schon seit mehreren Jahren mit ihren Nudeln. Aber am Montag! Es war einfach zu viel Betrieb, und dann hatte sie auch diesen Mann dabei ...«

»Ihren Sohn«, sagte Braig.

»Ihren Sohn?« Der Mann schien verwundert. »Doch nicht ihren Sohn! Der war früher schon mal dabei, ja. Aber am Montag, das war doch ein, ein«, er stotterte, wusste nicht, wie er sich ausdrücken sollte, »ein Chinese oder Japaner, würde ich sagen.«

»Wie bitte? Frau Kindler kam zusammen mit einem Chinesen oder Japaner zu Ihnen?«

»Ja, so genau weiß ich es nicht. Meine Frau meinte, ein Chinese oder Japaner, und mein Sohn war sich auch nicht sicher. Der sagte irgendwas von Thailand. Ich hatte keine Zeit, mir den Mann richtig anzuschauen. Aber er stammt jedenfalls aus dieser Gegend wie China oder Japan.«

»Und er kam garantiert mit Frau Kindler zusammen und ging wieder mit ihr? Er war nicht Gast in Ihrem Besen oder betrat Ihr Lokal nur zufällig in dem Moment, als Frau Kindler ...«

»Nein, er kam gemeinsam mit ihr!«, entrüstete sich Schwarz. »Die unterhielten sich doch die ganze Zeit! Und dann sind sie auch wieder gegangen. Gemeinsam!«

Braig war völlig aus dem Konzept geraten. Ein Chinese oder Japaner in Gesellschaft von Marianne Kindler, wenige Stunden, bevor die Frau ermordet wurde. Er überlegte krampfhaft hin und her, was das zu bedeuten hatte, hörte die Bemerkung seines Gesprächspartners.

»Aber die sprachen deutsch!«

»Wer?«

»Frau Kindler und der Fremde.«

»Mit Akzent?«

Schwarz klang aufgeregt. »Also, da müssen Sie mich was Leichteres fragen. Aber einen Akzent, ja, den hatte er.«

»Könnten Sie den Mann beschreiben? Sein Alter, das Gesicht, die Figur?«

»Oh je! Die sehen doch alle gleich aus, oder nicht? Für uns Europäer jedenfalls, meine ich.«

»Aber Ihre Frau sah den Mann ebenfalls und auch Ihr Sohn. Wenn ich Ihnen einen Zeichner schicke und Sie versuchen gemeinsam, ihn zu beschreiben ... Glauben Sie, das wäre möglich?«

Die Antwort des Mannes kam sofort. »Unmöglich. Ich kann den nicht beschreiben. Und meine Frau und mein Sohn? Nein, sicher auch nicht. Ich kann sie fragen, wenn sie kommen, aber den beschreiben, nein, das geht nicht.«

»Ihre Frau und Ihr Sohn sind nicht zuhause?«

»Nein, wir haben den Besen heute geschlossen. Die sind einkaufen. Das wird spät.«

»Aber Sie reden mit ihnen, ob sie es sich zutrauen, versprochen?« Er wollte das Gespräch schon beenden, als ihm noch etwas einfiel. »Eine Frage habe ich noch und ich bitte Sie, sich die Sache gut zu überlegen: Verhielt sich Frau Kindler am Montag normal wie immer oder war sie irgendwie anders, aufgeregt zum Beispiel?«

Schwarz ließ ein lautes Husten hören, zog seine Nase hoch. »Was soll ich da sagen«, meinte er, »wir hatten den Besen voll mit Leuten, waren mitten in der Arbeit, und dann kam Frau Kindler. Nicht, dass ich ihr das vorwerfe, es war ja so ausgemacht. Aber darauf achten, ob sie sich normal verhielt oder anders als sonst? Tut mir Leid, aber das war nicht möglich.«

»Aber Sie hatten nicht den Eindruck, dass der Fremde Frau Kindler schon während ihrer Anwesenheit bei Ihnen bedrohte?«

»Um Gottes Willen, glauben Sie, der Kerl ist ihr Mörder?«

»Ich weiß es nicht«, antwortete Braig. Er sah Neundorf in sein Büro treten, beendete das Gespräch, weil der Mann vor lauter Aufregung kaum mehr sprechen konnte, bat ihn noch einmal, sich mit seiner Familie zwecks der Identifikation des vermeintlichen Chinesen zu unterreden.

Neundorf setzte sich auf seinen Schreibtisch, fuhr sich übers Gesicht. Sie wirkte müde und abgekämpft.

»Ein Gastwirt«, sagte sie.

»Gerhard Schwarz. Ein Weinbauer mit einer Besenwirtschaft.« Er zeigte nach draußen, wo es langsam dämmerte. »Hier in Untertürkheim.«

»Gerhard Schwarz. Oh, da war ich schon.« Sie erhob sich wieder, blickte nach draußen. »Zwei- oder dreimal sogar. Ein gemütlicher Besen. Und sehr gut. Tolle Küche, echt hausgemacht und hervorragende Weine.«

»Ich wollte, ich hätte auch mal Zeit für so etwas«, antwortete er. Er sah ihre fragende Miene, berichtete von seinen Ermittlungen.

»Mies gelaufen«, sagte sie, »ja?«

Er nickte, erkundigte sich nach ihrer Arbeit.

»Der Banker, der in Fellbach überfahren wurde«, sagte sie, »oder besser, der Manager. Der ist kein richtiger Banker. Von allem etwas, scheint mir. Ich war fast den ganzen Tag damit beschäftigt, mich kundig zu machen, worin dessen Arbeit besteht. Glaubst du, dass ich das immer noch nicht begriffen habe? Ich weiß nicht, wie ich es formulieren soll, aber ich habe immer mehr den Eindruck, dass bei solchen Typen von Arbeit überhaupt nicht die Rede sein kann. Miethoffs Job, so heißt der Mann, war es, gut funktionierende Firmen aufzukaufen. Dafür standen ihm die Gelder steinreicher Finanzinvestoren sowie Kredite von Banken zur Verfügung. Hatte er die Firma in seinem Besitz, folgte seine zweite Aufgabe: Die bestand aber nicht etwa darin, dem Unternehmen möglichst viele lukrative Aufträge zu vermitteln, damit neue Arbeitsplätze entstehen – nein, sein Job war es, die Firma in verschiedene Teile aufzulösen, dann die Bereiche, die weniger als zwölf bis fünfzehn Prozent Gewinn pro Jahr abwarfen, stillzulegen und deren Beschäftigte zu entlassen und sich dann auf die Teile zu konzentrieren, mit denen Gewinne über fünfzehn Prozent machbar waren.«

»Gewinne über fünfzehn Prozent pro Jahr«, vergewisserte sich Braig. »Das gibt es doch gar nicht. Selbst die größten Banken zahlen kaum mehr als drei Prozent auf Geldeinlagen.«

»Das dachte ich bisher auch«, erwiderte Neundorf, »dass das nicht möglich ist. Ist es aber doch, wie ich heute gelernt habe. Du musst nur genügend Leute entlassen, Produktionen in Billiglohnländer verlagern und auf billigere Materialien umsteigen, dann schaffst du es doch. Und genau das war der Job Miethoffs: Möglichst viele Leute *freisetzen* – so umschreiben das die Herren Manager, um das hässliche Wort *entlassen* zu umgehen – und anschließend den kleinen übrig gebliebenen Firmenteil, der jetzt aber riesige Gewinne abwirft, möglichst teuer verkaufen – so teuer, dass der Einstiegspreis wettgemacht und übertroffen wird. Und ob du es glaubst oder nicht: Das funktionierte offensichtlich sehr gut: Die Gewinne, die der Typ seinen Finanzinvestoren präsentieren konnte, bewegten sich regelmäßig im Bereich von mehreren hundert Millionen Euro.«

»Aber das macht doch keinen Sinn«, sagte er, »da verlieren unzählige Leute ihren Arbeitsplatz, damit einige wenige riesige Gewinne einschieben können.«

»Du hast es kapiert. Das ist die wertvolle Arbeit dieser Manager.«

»Profite erzielen, indem ich Tausende von Menschen ihrer Lebensgrundlage beraube?«

»Kapitalismus pur. Der in den letzten Jahren in den USA am schnellsten wachsende Geschäftszweig. Bis vor Kurzem blieben wir Europäer von diesen Finanzhaien verschont. Jetzt, in Zeiten der Globalisierung, stehen ihnen auch bei uns fast alle Türen offen.«

Braig schüttelte den Kopf. »Der Kerl war auch hier in unserer Region tätig?«

»Höchst erfolgreich«, antwortete Neundorf, »allein im letzten Jahr hat er drei verschiedene Firmen auf diese Weise *optimiert*.« Sie betonte das letzte Wort, pfiff verächtlich durch die Lippen.

»Dann weißt du wenigstens, warum er überfahren wurde.«

»Ich kann dir genau belegen, wie oft er es sich verdient hat«, erklärte sie, »ich war fleißig heute Mittag. Insgesamt wurden bei den drei Firmen mehr als viertausend Beschäftigte *freigesetzt*.«

»Und du musst jetzt das Opfer finden, das sich nicht geradeso abschlachten ließ.«

»Du hast es erfasst. Koch stellt gerade eine Sonderkommission zusammen. Wir dürfen den ruchlosen Mord an einer verdienten Führungskraft unseres Landes nicht ungesühnt lassen, tönte er, wir müssen mit aller Energie darauf hin arbeiten, den heimtückischen Mörder seiner gerechten Strafe zuzuführen.«

»Ihr filzt alle Leute, die im Verlauf der Arbeit dieses Managers entlassen wurden.«

»Genau das. Und der Mist dabei ist: Wir werden ihn wahrscheinlich finden. Die Techniker haben an Miethoffs Kleidung die Lackspuren eines noch unbekannten Autotyps ermittelt. Es ist nur noch eine Frage von Stunden, dann kennen sie das Modell. Ich kann nur hoffen, dass der Täter den Karren gestohlen und keinerlei verwertbare Spuren darin hinterlassen hat. Dann kann Koch den ganzen Polizeiapparat einsetzen und hat doch keine Chance.« Sie holte tief Luft, sprang von seinem Schreibtisch. »Du hast von Sandra Rehles und Torsten Rall gehört?«

Braig winkte erschöpft ab. »Ann-Katrin ist völlig fertig. Sie ist in derselben Abteilung wie Sandra. Und Torsten war mit mir in Villingen-Schwenningen. Ich kann es nicht begreifen.«

»Nein«, sagte sie, »das lässt sich nicht begreifen.« Sie schüttelte ihren Kopf, wünschte ihm viel Erfolg bei seinen Ermittlungen, lief langsam aus seinem Büro.

Braig griff zum Telefon, gab Ann-Katrins Nummer ein.

»Wir machen gerade Schluss«, berichtete seine Freundin, »ich kann hier nichts mehr sehen und hören. Was machst du?«

Er erzählte ihr von seinem Missgeschick mit dem Phantombild, erwähnte den asiatischen Begleiter Marianne Kindlers.

»Dann wird es wieder sehr spät heute«, meinte sie.

Er hörte den Unterton in ihrer Stimme, reagierte sofort. »Hast du Lust, noch wegzugehen? Irgendwohin?«

»Ins Kino oder in ein Lokal. Ich will auf andere Gedanken kommen.«

Er schaute auf seine Uhr, sah, dass es auf fünf zuging. »Spätestens in einer Stunde bin ich daheim«, sagte er dann, »wir gehen weg. Okay?«

Ihrer Antwort war deutlich zu entnehmen, wie sehr sie sich freute. »Du willst die Sache mit dem Asiaten heute nicht mehr klären? Ich finde es prima, wenn du kommst. Zu zweit lässt sich so ein Tag hundertmal besser ertragen.«

Er versprach ihr, rechtzeitig Schluss zu machen, beendete das Gespräch, gab die Nummer des Dezernats ein, das auf die Aktivitäten ausländischer Straftäter spezialisiert war, landete bei Jan Ohmstedt.

»Braig hier. Kann ich dich kurz stören?«, fragte er.

»Immer. Ich bin für alles dankbar, was mich von der chinesischen Mafia ablenkt.«

»Chinesische Mafia? Laufen da gerade größere Aktionen?«

»Es scheint so. Erpressung ihrer Landsleute, vor allem Restaurants. Wir haben zwei gute Informanten. Endlich. Hoffentlich erwischen wir ein paar Halunken. Das schreckt ab, weil sie nicht damit rechnen. Dann haben wir vielleicht für ein paar Monate Ruhe.«

»Sind auch Deutsche davon betroffen?«

»Die von den Chinesen erpresst wurden?«, fragte Ohmstedt.

Braig schilderte die Beobachtung des Untertürkheimer Besenwirts, hörte das Dementi des Kollegen.

»Nein, das wäre absolut neu. Die Chinesen-Mafia – eine schwäbische Nudelfabrikantin erpressen? Beim besten

Willen – das kann ich mir nicht vorstellen. Handelt es sich wirklich um einen Chinesen?«

»Das konnte der Mann nicht erkennen. Er sah nur, dass der Fremde asiatisch aussah.«

Ohmstedt lachte laut. »Ja, so geht es uns allen. Irgendwie sehen die für uns gleich aus. Das ist kein rassistisches Vorurteil, sondern Erfahrung. Wir schauen uns die Leute einfach nicht genau genug an, sonst könnten wir ihre individuellen Merkmale genauso feststellen wie bei uns. Aber wie auch immer: Kannst du nicht genauere Informationen zu dem Mann einholen? Vielleicht bei den Angehörigen der Frau, die müssten doch wissen, ob es Verbindungen in den asiatischen Raum gibt.«

»Angeblich liefern die Nudeln nach Thailand.«

»Na ja, das reicht kaum für einen Mord. Sprich doch mal mit der Familie, dann sehen wir weiter.«

Braig bedankte sich für die Auskunft Ohmstedts, überlegte, ob er Hermann Kindler sofort anrufen sollte, überlegte es sich dann aber anders. Wenn er schnell und unkompliziert zu Informationen über die Familie der Ermordeten kommen wollte, war es sinnvoller, sich mit Monika Heller in Verbindung zu setzen, auch wenn die Frau angesichts ihres langen Arbeitstages darüber nicht gerade erbaut sein würde. Er wählte ihre Nummer, hatte sie prompt in der Leitung.

»Sie scheinen mich sehr zu mögen«, sagte sie, nachdem er sich vorgestellt und sofort für seinen Anruf entschuldigt hatte.

»Frau Heller, ich weiß selbst, dass ich Sie störe, und ich kann mir wirklich vorstellen, wie abgearbeitet und müde Sie sind«, erklärte er, »aber mir geht es nicht viel besser. Ich habe ein paar Fragen und das ist dringend, Sie wissen, um was es geht.«

»Ja ja«, erwiderte sie, »ich verstehe ja schon. Aber beeilen Sie sich bitte, meine Mutter kann jeden Moment kommen mit den Kindern und dann wird es hier sehr laut.«

Braig nahm sich vor, nicht lange um den heißen Brei zu reden. »Ich habe gerade erfahren, dass Frau Kindler kurz vor ihrem Tod in der Gesellschaft eines Mannes aus Asien war. Ostasien. Sagt Ihnen das etwas?«

»Ostasien? Sie meinen Thailand?«

»Was ist mit Thailand? Frau Kindler kannte Leute von dort?«

»Na klar. Sie kam erst am vergangenen Samstag aus Thailand zurück.«

»Jetzt am Samstag?«, fragte Braig überrascht.

»Ja, sie war eine Woche dort.«

»Was wollte sie, Nudeln verkaufen?«

Monika Heller antwortete nicht sofort. »Nudeln verkaufen, auch. Deshalb war sie schon einmal dort, voriges Jahr. Aber diesmal wollte sie sich auch um Tsunami-Opfer kümmern und sich selbst überzeugen, dass das Geld und die Waren, die sie verschiedenen Leuten zur Verfügung gestellt hatte, sinnvoll verwendet wurden.«

»Sie reden von der Flutkatastrophe vom vergangenen Dezember?«

»Genau. Weil wir verschiedene Touristen-Hotels in Thailand beliefern, sammelte Marianne Geld bei vielen Kunden in Deutschland und schickte es an verschiedene Leute dort. Die Hoteliers vor Ort wussten am besten, wer Hilfe benötigt.«

»Und? Wurde alles ordnungsgemäß verwendet oder stellte sie Unregelmäßigkeiten fest?«

»Nein, davon ist mir nichts bekannt«, wiegelte Monika Heller ab, »sie kam ja auch nicht als Kontrolleurin, sondern um tatkräftig zu helfen. Am Sonntagmittag haben wir uns darüber unterhalten, sie war hier bei uns zum Kaffee trinken. Sie erzählte, wie sie selbst zwei Tage lang mit anpackte, um einige Holzhäuser in einem der betroffenen Dörfer zu bauen. Sie war richtig froh, wenigstens ein kleines Stück mitgeholfen zu haben.«

»Dann gab es also keine Auseinandersetzungen um die Verwendung des Geldes?«

»Nein, dazu gab es keinen Anlass. Die Streitereien haben damit nichts zu tun.«

»Welche Streitereien?« Braig wurde hellhörig.

»Na ja, wegen der Pädophilen. Herr Kindler hat Ihnen nichts erzählt?«

»Nein. Was hat Frau Kindler mit Pädophilen zu tun?«

»Marianne hat überhaupt nichts mit denen zu tun. Aber einer der Hoteliers, ein Deutscher, der von uns mit Nudeln beliefert wird, vermittelt Kinder und junge Frauen an Touristen. Sie kam zufällig dahinter, weil ein interessierter Kunde glaubte, sie sei vom Hotel und beschaffe ihm junge Mädchen. Marianne stellte den Besitzer erbost zur Rede und drohte, ihn anzuzeigen. Der Typ wurde anscheinend total ausfällig.«

»Wie heißen der Mann und das Hotel?«

»Keine Ahnung. Das müssen Sie Hermann Kindler fragen.«

»Hat sie ihn angezeigt?«

»Sie wollte es in Deutschland tun.«

»Und? Hat sie es getan? Seit einem Jahr gibt es ein Gesetz, nach dem Menschenhandel, auch wenn er im Ausland begangen wurde, drastisch geahndet werden kann.«

»Ich weiß es nicht. Sie kam erst am Samstag zurück. Am Sonntag erzählte sie mir von der Sache. Glauben Sie, ich habe nichts Besseres zu tun, als mich um einen Hotelbesitzer in Thailand zu kümmern, der mit Pädophilen Geschäfte macht, nach dem, was mit Marianne passiert ist?«

Braig war nicht bereit, einfach klein beizugeben. »Und wenn ihr Tod mit dieser Sache zu tun hat?«, fragte er. »Halten Sie es dann auch noch für sinnvoll, die Angelegenheit zu vergessen?«

»Ihr Tod – mit dieser Sache?« Ihre Stimme klang schrill. »Sie wollen mir doch nicht erzählen...«

»Ich weiß es nicht«, antwortete Braig, »aber Frau Kindler wurde kurz vor ihrem Tod von einem Asiaten begleitet. Ich habe es Ihnen doch erzählt. Haben Sie das schon vergessen?«

»Mein Gott«, keuchte Monika Heller, »Sie glauben, der Hotelier hat einen thailändischen Killer beauftragt, Marianne zu töten, bevor sie Anzeige gegen ihn erstatten konnte?«

»Und wenn es so war? Können Sie das wirklich ausschließen?«

9. Kapitel

Hermann Kindler kannte weder den Namen des Hotels noch den seines Besitzers. »Nadierlich hent mir gschwätzt über die Sach«, beteuerte er, »was glaubet Sie, wie ufgregt d' Marianne wege dem war! Die hat den ja sozusage in flagranti erwischt – zwoi Mädle, dreizeh, vierzeh Jahr alt, hat sie gschätzt, ond zwoi bayrische Gschäftsleut aus München vorne, im Eingangsbereich von dem Hotel. Die hent noch drum gstritte, wer welches Mädle kriegt – wie uf em Markt, hat d' Marianne gmoint. Aber wie der Betrieb heißt – gucket Sie in ihre Unterlage, i han koi Ahnung.«

Braig hatte den Fabrikanten am Abend telefonisch nicht mehr erreicht. Nur über das unmittelbare Umfeld der Ermordeten war die Identität des Hoteliers zu ermitteln, schätzte er. Weil ihm keine andere Möglichkeit blieb, hatte er die Unterlagen aus Marianne Kindlers Büro, die sie am Vortag mitgenommen und seitdem mehrfach überprüft hatten, erneut durchgesehen – vergeblich. Von Hotels in Thailand oder deren Besitzern keine Spur. Kurz vor achtzehn Uhr hatte er erschrocken festgestellt, wie spät es war, die Papiere weggeräumt und sich nach einem kurzen Telefonat mit Ohmstedt, in dem er dem Kollegen den aktuellen Stand seines Wissens mitteilte und ihn darum bat, verdächtige Personen, die in irgendeinem Zusammenhang mit Menschenhandel in Thailand standen, überprüfen zu lassen, mit schlechtem Gewissen auf den Weg gemacht.

Der Abend war dennoch harmonisch verlaufen. Sie hatten mit Theresa telefoniert, sich dann auf den Weg zum Schlossplatz gemacht, waren unterwegs in der Marienstraße im *Ketterer* eingekehrt.

»Du hast überhaupt keine Hinweise auf die Identität dieses geheimnisvollen Asiaten?«, hatte Ann-Katrin gefragt, krampfhaft darum bemüht, das Gespräch nicht auf Sandra Rehles und Torsten Rall abgleiten zu lassen.

»Bis jetzt nicht. Ich kann nur hoffen, dass sie ihrem Mann mehr über den Streit mit dem Hotelier erzählt hat. Wenn wir dessen Namen wissen, kommen wir vielleicht auch an die Leute, die sich in seinem Umfeld bewegen. Morgen früh fahre ich zu Hermann Kindler, um ausführlich mit ihm zu sprechen. Hoffentlich hat seine Frau schriftliche Aufzeichnungen über dieses Hotel hinterlassen. Immerhin wollte sie den Kerl anzeigen, da muss doch etwas zu finden sein.«

Am nächsten Morgen hatte er dann keine Zeit versäumt, war nach einer kurzen telefonischen Anmeldung direkt nach Oettingen gefahren. Marianne Kindlers Notizen über ihren Thailand-Aufenthalt zu finden, war schwieriger, als er es sich vorgestellt hatte. Auch nach einer erneuten Durchsicht ihres Büros war es ihm nicht gelungen, auf irgendeine Information über ihre Verbindungen zu dem asiatischen Land zu stoßen.

Frustriert verließ er den Raum, stieg die Stufen hinunter, suchte noch einmal den Fabrikanten auf. Das Bild, das sich ihm bot, kannte er von seinen Besuchen an den vergangenen Tagen: Hermann Kindler und Herbert Luithardt knieten, an verschiedenen Armaturen schraubend, vor und unter der großen Maschine. Sie schienen mehr Zeit für Reparaturen des alten Monstrums als für die Produktion ihrer Teigwaren aufzuwenden.

»Es tut mir Leid«, sagte er, die lautstarke Diskussion der beiden Männer unterbrechend, »im Büro ist nichts zu finden.«

Kindler benötigte ein paar Sekunden, bis er begriffen hatte. »S' isch nix do? Ja, wo soll's dann sei?«

»Irgendwo in ihren Privaträumen vielleicht?«

Der Mann richtete sich schwerfällig auf, lief von der Maschine weg auf Braig zu. Mitten in seiner Bewegung blieb er stehen, schlug sich mit der flachen Hand an die Stirn. »Oh, nadierlich, im Schlofzimmer.« Er legte die Zange aus der Hand, schlurfte davon.

Braig roch den intensiven Duft verschiedener Kräuter, sah, dass auf der Anrichte am Rand des Raumes mehrere Kisten mit frischem Grün aufeinander gestapelt waren. »Gibt es heute wieder Kräuternudeln?«, fragte er. Im gleichen Moment fiel ihm ein, dass er die Nudelpackung, die er gestern gekauft hatte, im Büro hatte liegen lassen.

»Wenn's so weiter goht mit der Maschin«, schimpfte Luithardt, »no gibt's bald gar nix mehr.«

»Ach was, die krieget mir scho wieder na!« Hermann Kindler kehrte zurück, einen Packen Papiere in der Hand. »Do müsst des ganze Zeugs drin sei, das Sie suchet«, erklärte er, reichte Braig die Unterlagen und machte sich wieder an den Apparaturen zu schaffen.

Der Kommissar blätterte die Papiere durch, sah, dass es sich tatsächlich um Notizen aus Thailand handelte: Adressen von Hotels, Belege über Nudellieferungen, Rechnungen einer Spedition. Er wusste, dass er Zeit benötigte, alles sorgsam zu prüfen, bat darum, das Material mitnehmen zu dürfen. Kindler hatte nichts dagegen einzuwenden. Braig verabschiedete sich, bat beide Männer, ihn zu benachrichtigen, falls ihnen noch etwas zu dieser Angelegenheit einfallen sollte, lief dann auf dem schnellsten Weg zum Bahnhof.

Die Luft war für die frühe Morgenstunde schon überraschend warm, überall, wohin er auch sah, trieben die Pflanzen Knospen oder streckten ihre Blüten dem Licht der Frühlingssonne entgegen. Wahrlich eine faszinierende Jahreszeit, ließ man die beruflichen Ermittlungen außer Acht.

Er nahm den nächsten Zug nach Bad Cannstatt, nutzte die Zeit, die Papiere Marianne Kindlers genau durchzuarbeiten. Der Anzahl der aufgeführten Hotels nach konnte es sich nicht um sonderlich große Mengen von Teigwaren handeln, die die Kindlers nach Thailand verkauften; erstaunlich schien ihm dennoch, dass es einer so kleinen Firma überhaupt gelungen war, sich diesen Absatzmarkt zu erschließen, noch dazu, wo die Speditionskosten, wie aus den beigefügten Rechnungen ersichtlich, nicht unerheblich zu Buche schlugen. Wie clever die Nudeln vermarktet wurden, war einem in Deutsch und Englisch verfassten Prospekt eines Hotels zu entnehmen, der in dicken Lettern die *original deutsche Küche mit hausgemachten schwäbischen Eiernudelspezialitäten* anpries. Braig blätterte weiter, stieß auf eine weitere Hotelliste, sah, dass einer der Namen rot umrahmt war, las die handschriftliche Bemerkung *Kinderschänder* unmittelbar darüber. Er legte einen Brief Marianne Kindlers daneben, merkte, dass es sich um ihre Schrift handelte. Hatte er den Namen des gesuchten Hotels endlich gefunden? *Hotel Europa, Besitzer: Anton Beckstein.*

Er zog sein Handy vor, informierte Ohmstedt über seine Entdeckung, sagte ihm zu, das Material sofort bei seiner Ankunft im Amt vorbeizubringen, erwähnte den Namen.

»Beckstein?«, fragte der Kollege. »Der ist einschlägig bekannt. Um den kümmern wir uns besonders gern.«

Braig sah, dass der Zug Bad Cannstatt erreichte, folgte der Decker- und der Wörishofener-Straße ins Amt, schaute zuerst bei Ohmstedt vorbei. Er überreichte ihm die Papiere, bat ihn, Becksteins Umfeld genau zu überprüfen, ging in sein Büro.

Die Nudeln, die er am Vortag gekauft hatte, lagen am Rand seines Schreibtischs. Er lief zum Waschbecken, nahm im

Vorbeigehen erstaunt wahr, dass das Faxgerät im Verlauf der vergangenen Stunden einen ganzen Stapel Papiere ausgespuckt hatte. Er füllte Pulver und Wasser in die Kaffeemaschine, setzte sie in Betrieb. Als er zum Schreibtisch zurücklief, läutete das Telefon.

Ann-Katrin war in der Leitung. »Du bist wieder zurück?«, fragte sie.

»Der Weg nach Oettingen hat sich gelohnt. Ich habe Unterlagen über das Hotel gefunden.«

»Wenigstens ein Lichtblick«, sagte sie.

»Dir geht es nicht so gut?«

»Du fragst noch? Torsten hat sich erhängt.«

Braig benötigte einen Moment, zu begreifen. »Wie bitte?« rief er laut.

»In seiner Zelle«, sagte sie.

Er spürte, wie er am ganzen Leib zitterte, lief zu seinem Stuhl, setzte sich. »Und niemand hat es bemerkt?«

»Erst als es zu spät war.«

»Oh nein!« Er fühlte sich elend und schwach, wusste nicht, was er noch sagen sollte.

»Vor zehn Minuten habe ich es erfahren.«

Torsten Ralls Bild baute sich vor ihm auf. Er sah den jungen Kollegen, Sandra Rehles im Arm, fröhlich lächelnd ihm gegenüber am Tisch sitzen, ein Glas Bier in der Hand. Ann-Katrins und Sandras Geburtstag, fiel ihm ein, im letzten Jahr.

»Sandra und Torsten«, sagte seine Freundin, »das war es dann.«

Sie schwiegen sich gegenseitig an, wussten nicht, was sie sich noch mitteilen sollten. Jede Äußerung war jetzt überflüssig, jedes Wort ein vergeblicher Versuch, vom Wahnsinn dieses Lebens abzulenken. Diese Welt war aus den Fugen, jede Existenz von Leid und Elend bedroht.

Braig merkte, dass Ann-Katrin den Hörer wortlos aufgelegt hatte, tat es ihr nach. Wozu sich gegenseitig noch länger quälen, wo es allein schon schlimm genug war?

Er hörte die Kaffeemaschine blubbern, roch den würzigen Duft. Wer hatte das Leben auf diesem Erdball entstehen lassen, wer die Menschen mit einem solchen Berg von Aggressionen versehen, dass niemals auch nur der Hauch einer Chance auf länger währendes Glück und Frieden bestand?

Michael Felsentretter stürmte ins Büro, riss ihn aus seinen Gedanken. Der bullige, groß gewachsene Kollege wedelte mit einem Blatt Papier, hielt es Braig so nah vors Gesicht, dass der es nicht entziffern konnte. »Ist doch was für dich«, donnerte er mit lauter Stimme, »Oettingen, dein Revier, oder?«

Braig erhob sich, nahm das Blatt, las den Text.

Vermisstenmeldung

Sabine Layer, wohnhaft in Oettingen, Klaus-Röder-Weg 12, geb. 1976, ledig. Letztes Lebenszeichen: Montag, 11. März, 19 Uhr. Die junge Frau ist Diplom-Geographin, arbeitet z.Zt. an ihrer Promotion an der Universität Tübingen. Beschreibung ihrer Person: 1,68 m groß, schlank, lange dunkle Haare, Bekleidung unbekannt.

Auffällig an ihrem Verschwinden: Ihr sonst nie freilaufender Hund Woody wurde streunend in Oettingen aufgefunden.

Verblüfft starrte er auf die Anschrift der Frau, sah den Zeitpunkt, für den ihr letztes Lebenszeichen verbürgt war: Montagabend, neunzehn Uhr. Der Termin war fast identisch mit der Uhrzeit, die Dr. Keil als Todeszeitpunkt Marianne Kindlers angegeben hatte.

»Und? Kannst du was damit anfangen?« Felsentretters dröhnende Stimme riss ihn aus seinen Gedanken.

»Ich denke schon«, antwortete er, »soll ich es mir kopieren?«

Der Kollege winkte ab. »Auf meinem Schreibtisch liegt genug Papier.« Er schaute zur Anrichte neben dem Waschbecken, deutete auf die blubbernde Maschine. »Du willst gerade einen Kaffee trinken. Lass dich nicht aufhalten.« Er winkte ihm freundlich zu, marschierte aus dem Raum.

Braig überflog seinen massigen Körper, sah, dass er wieder zugenommen hatte. Wenn Felsentretter nicht besser auf seine Gesundheit achtete, kamen gravierende Probleme auf ihn zu.

Er fühlte sich müde und erschöpft von all dem, was in den letzten Minuten auf ihn eingestürmt war, stand von seinem Stuhl auf und lief zum Waschbecken. Er drehte den Wasserhahn auf, klatschte sich kaltes Wasser ins Gesicht, ließ die Tropfen von sich abperlen. Konnte das ein Zufall sein, überlegte er, eine Nachbarin aus derselben Straße zeitgleich mit dem Tod von Marianne Kindler vermisst?

Er schenkte sich Kaffee ein, gab Milch dazu, lief zum Schreibtisch, wählte Felsentretters Nummer. »Braig hier. Hast du schon Erkundungen über die Frau eingezogen, die vermisst wird?«

»Das hätte ich dir doch mitgeteilt«, brummte der Kollege, »ich denke, du kümmerst dich um die Sache.«

»Das werde ich tun.« Er trank von dem Kaffee, sah den Papierstapel vor seinem Faxgerät. Seufzend schob er die Vermisstenmeldung zur Seite, legte die Papiere auf seinen Schreibtisch, blätterte sie langsam durch. Es handelte sich um die Mitteilung der Telefongesellschaft über die vom Festnetz der Firma Kindler am vergangenen Montag geführten Gespräche. Endlich, überlegte er.

Er nahm sich Papier auf Papier vor, sah, dass pro Seite jeweils nur eine einzige Verbindung aufgeführt war. Uhrzeit des Anrufs, Teilnehmernummer, Dauer des Gesprächs. Er zählte die Blätter durch, kam auf insgesamt achtzehn Anrufe, vierzehn davon vom Vormittag. Da Marianne Kindler nach Auskunft ihres Mannes das Haus gegen elf Uhr verlassen hatte, musste er sich auf die zuvor geführten Gespräche konzentrieren.

Er überlegte, wie er vorgehen sollte, war sich schnell darüber im Klaren, dass er nicht umhin kam, Nummer auf Nummer zu überprüfen, auch wenn ihn speziell die Lokale interessierten, die Marianne Kindler erst am Abend besucht hatte. Er holte sich sein Notizbuch, legte es daneben, verglich die Ziffern der ihm bereits bekannten Gaststätten mit denen der Liste, strich sie aus. Restaurant *Friedrich's* in Reutlingen, *Stadtvilla* in Schwäbisch Gmünd, *Manufaktur-Kneipe* in Schorndorf, *Ochsen* in Neckarrems, Besenwirtschaft *Gerhard Schwarz* in Untertürkheim, *Hans im Glück* in Heilbronn. *Germania* in Backnang stand ebenfalls in seinem Notizbuch, allerdings mit dem Vermerk *anrufen - noch kein persönliches Gespräch!*

Er gab die Nummer der *Germania* als Erste ein, hatte jedoch keinen Erfolg. Nicht besser erging es ihm mit zwei weiteren Ziffernfolgen, erst bei der vierten erreichte er den Adressaten und erfuhr, dass Marianne Kindler am Montag um 15.30 Uhr im *Zum Kehrwisch an d'r Kirch* in Buoch, einem Teilort von Remshalden gewesen war und die Wirtin dies auch längst der Polizei mitgeteilt hatte. Braig wusste nicht, bei welcher Dienststelle die Information hängen geblieben war, erinnerte sich, dass er das urige Lokal von einem Ausflug mit Theresa und Ann-Katrin her kannte, entschuldigte sich bei Frau Frank und erklärte ihr, es handele sich bei seinem Anruf nur um eine polizeiinterne Überprüfung bereits bekannter Termine der ermordeten Nudelfabrikantin. Anschließend trug er den Besuch Marianne Kindlers in seine Liste ein. Es passte genau zu dem, was er bisher schon wusste. Fünfzehn Uhr *Manufaktur-Kneipe* in Schorndorf, 15.30 Uhr *Zum*

Kehrwisch an d'r Kirch im nur wenige Kilometer entfernten, hoch über dem Remstal gelegenen Buoch.

Er gab die nächste Telefonnummer ein, sah an der Vorwahl 0711, dass es sich um eine Stuttgarter Adresse handelte, hatte Gabriele Rohr, die Wirtin des Restaurants *Gleisdreieck* am Apparat.

»Hier ist Braig vom Landeskriminalamt. Ich untersuche den Mord an Frau Kindler. Sie war am Montag bei Ihnen?«

»Frau Kindler? Nein, sie war nicht da. Aber das haben wir doch schon längst gemeldet.«

Braig versuchte, die polizeiinterne Panne zu überspielen, erklärte aufs Neue, dass es sich um eine Überprüfung bereits bekannter Sachverhalte handelte. »Wann hätte Sie bei Ihnen vorbeikommen sollen?«

»Um neunzehn Uhr.«

»Neunzehn Uhr?« Seine Stimme drohte sich zu überschlagen. Ihm war sofort klar, welche Brisanz diese Aussage beinhaltete. Achtzehn Uhr in *Gerhard Schwarz Besen* in Begleitung eines unbekannten Asiaten, neunzehn Uhr nicht erschienen. Wer anders als der Fremde konnte Schuld daran sein?

»Das wissen Sie doch«, sagte Gabriele Rohr.

Braig ging nicht auf ihren Einwurf ein. »Frau Kindler hat sich nicht bei Ihnen entschuldigt?«

»Nein«, antwortete seine Gesprächspartnerin. »Den Termin haben wir morgens telefonisch verabredet. Aber dann ist sie nicht erschienen. Da war sie schon tot, ja?«

»Das wissen wir noch nicht«, sagte Braig, »in welchem Stadtteil von Stuttgart liegt Ihr Lokal?«

»Stuttgart? Wir sind nicht in Stuttgart. Unser Restaurant liegt in Fellbach unweit vom Bahnhof.«

»Aber Sie haben doch eine Stuttgarter Telefonnummer.«

»Nein. Die Vorwahl von Fellbach und Stuttgart ist identisch. 0711.«

Braig schlug sich an die Stirn, notierte sich die Adresse des Lokals, beendete das Gespräch. Er wollte nicht über die polizeiinterne Panne nachdenken, die es verhindert hatte, dass er diese Information schon früher erhielt, überlegte, dass es von Untertürkheim nach Fellbach gerade einmal drei Kilometer waren, drei Kilometer, die Marianne Kindler aber offensichtlich nicht mehr geschafft hatte. Weshalb?

Es gab nur eine Antwort: Der unbekannte Fremde hatte sie daran gehindert, Fellbach zu erreichen. Um achtzehn Uhr war sie mit ihm bei Gerhard Schwarz in Untertürkheim erschienen, den Termin eine Stunde später im benachbarten Fellbach hatte sie schon nicht mehr wahrnehmen können. Zwischen achtzehn und neunzehn Uhr musste er sie also überwältigt haben, kurz nach Einbruch der Dunkelheit. Waren der Besenwirt und seine Familie also – bis auf ihren Mörder – die Letzten, die die Frau lebend gesehen hatten?

Braig starrte auf die Aufzeichnungen in seinem Notizbuch, legte den Kopf in die Hände, stützte sich mit den Ellbogen vom Schreibtisch ab. Wie sollten sie die Identität des Asiaten ermitteln? Über Anton Beckstein, den Hotelier in Thailand?

Das Telefon läutete, riss ihn aus seinen Gedanken. Steffen Bockisch war in der Leitung, erkundigte sich nach dem Fortgang der Ermittlungen. Braig berichtete von seinen Erkenntnissen, wog mit dem Staatsanwalt das Für und Wider eines öffentlichen Fahndungsaufrufs nach dem Fremden wie das Ersuchen eines Auslieferungsantrags Anton Becksteins an die thailändischen Kollegen ab.

»Außer zugegebenermaßen gravierenden Verdachtsmomenten haben wir gegen beide Männer nichts in der Hand. Wir wissen weder, ob der unbekannte Asiate wirklich mit Frau Kindlers Ermordung zu tun hat noch verfügen wir über irgendein stichhaltiges Indiz, das Beckstein belastet. Und aufgrund einer so dürftigen Beweislage eine Fahndung nach einem nicht genauer zu identifizierenden asiatisch aussehenden Mann einzuleiten – wie viele Menschen würden denn völlig unnötig verdächtigt, überprüft, gefilzt, belästigt? Nein, das ist nicht zu verantworten und das wird uns auch kein Richter unterschreiben.«

Braig war sich darüber im Klaren, dass der Staatsanwalt Recht hatte. Sie mussten auf anderen Wegen versuchen, die Identität des Fremden zu ermitteln. Er zeigte sich deshalb mit Bockischs Argumentation einverstanden, verabschiedete sich, legte den Hörer zurück. Im selben Moment läutete das Telefon erneut. Genervt wartete er einen Moment, nahm dann wieder ab.

»Stöhr, hm, wir haben eine Meldung zu Frau Kindler.«

»Ja, worum geht es?«

»Sie war am Montag um 18.30 Uhr in einem Lokal.«

Braig glaubte, nicht richtig zu hören. »Um 18.30 Uhr?« rief er laut.

Stöhr schien irritiert. »Das steht jedenfalls in dieser Mail.«

»Wo ist das?«

»Gaststätte *Zum alten Wetzstein* in Fellbach.«

»In Fellbach? Und sie war wirklich dort?«

»Ja. Das steht hier. Soll ich Ihnen den Text samt Telefonnummer mailen?«

»Ja, bitte.« Braig legte den Hörer zurück, wandte sich dem Computer zu. Der Signalton der eingehenden Mail ertönte nur wenige Sekunden später.

Montag, 12. März, 18.30 Uhr. Marianne Kindler erscheint wie vereinbart in Fellbach, Gaststätte Zum alten Wetzstein.

Er starrte auf den Bildschirm, begriff sofort, wie wichtig diese Mitteilung war. Um achtzehn Uhr zusammen mit dem Asiaten in Untertürkheim, dreißig Minuten später in Fellbach. Er musste sich sofort mit dem Lokal in Verbindung setzen, nach dem Fremden fragen. War sie auch im *Zum alten Wetzstein* in seiner Begleitung erschienen?

Er gab die Nummer ein, ließ es achtmal läuten. Als er gerade auflegen wollte, meldete sich eine männliche Stimme.

»*Zum alten Wetzstein*. Hariolf Reitmaier.«

Braig stellte sich vor, erklärte sein Anliegen.

»Ja, Frau Kindler war am Montag bei mir. Gegen 18.30 Uhr. Ich konnte es Ihnen leider erst heute mitteilen, weil ich erst heute von ihrem Tod gehört habe. Zu viel Arbeit die letzten Tage, verstehen Sie.«

»War Frau Kindler allein bei Ihnen? Oder in Begleitung einer anderen Person?«

»Eine andere Person? Wer soll das sein? Nein, nicht dass ich wüsste. Mir ist jedenfalls niemand aufgefallen. Frau Kindler kam allein.«

»In dieser Zeit war auch kein Chinese oder ein Mann, der aus Ostasien stammt, in Ihrem Lokal?«

»Zu der Zeit, als Frau Kindler zu uns kam?«

»Ja«, sagte Braig, »oder auch kurz davor oder danach.«

»Nein«, antwortete sein Gesprächspartner, »das wäre mir aufgefallen. Garantiert.«

»Und Frau Kindler verhielt sich normal wie sonst auch bei ihren Besuchen?«

»Normal? Sie sind gut. Die war vollkommen von der Rolle.«

»Was meinen Sie damit?«

»Na, die war an dem Abend nicht wieder zu erkennen. Ein einziges Nervenbündel. Fahrig, überhaupt nicht bei der Sache, mit ihren Gedanken weit weg. Erst brachte sie ganz andere Nudeln als die, die ich bestellt hatte und dann, als sie sie endlich ausgetauscht hatte, schrieb sie eine falsche

Rechnung. Was ist denn heute mit Ihnen los, fragte ich. Da sah ich erst, dass sie am ganzen Leib zitterte.«

»Sie zitterte am ganzen Leib?«, fragte Braig. Dafür konnte es nur eine Erklärung geben, überlegte er. Der unbekannte Fremde stand draußen vor dem Lokal und bedrohte sie. »Und? Was hat sie geantwortet?«

»Genau kann ich Ihnen das nicht mehr sagen. In dem Moment war bei mir zu viel Betrieb.«

»Aber so ungefähr wissen Sie das doch noch!«

»Sie gab keine direkte Antwort. Ich glaube, sie war so aufgeregt, dass sie meine Frage gar nicht richtig verstand.«

»Aber irgendwie wird sie ihr seltsames Verhalten doch begründet haben.« Braig war nicht bereit, den Mann aus seiner Verantwortung zu entlassen. Die Aufregung Marianne Kindlers zu diesem Zeitpunkt hatte mit ihrem Tod zu tun, davon war er überzeugt. Umso wichtiger war es jetzt für ihn, jede noch so banale Bemerkung, die sie an diesem Abend hatte fallen lassen und jede scheinbar noch so bedeutungslose Beobachtung, die der Wirt gemacht hatte, zu erfahren – vielleicht fand sich auf diesem Weg ein Anhaltspunkt, der ihn auf die Spur des Unbekannten führte. »Sie gab keine direkte Antwort«, insistierte er deshalb, »wie hat sie aber stattdessen reagiert? Es ist für mich sehr wichtig, dass Sie versuchen, sich daran zu erinnern. Jeder noch so kleine Hinweis kann uns entscheidend helfen.«

»Ja, das ist mir schon klar«, bekannte Hariolf Reitmaier, »aber trotzdem kann ich Ihnen da nicht einfach so eine Antwort präsentieren. Sie dürfen nicht vergessen, bei mir war gerade ordentlich was los. Ein Haufen Leute palaverte durcheinander, der eine dies, der andere das, da konnte ich nicht nur auf Frau Kindler achten. Das war unmöglich.«

»Ja, das verstehe ich gut. Ich will Sie jetzt auch nicht drängen, im Gegenteil, Sie sollten sich Zeit lassen und in Ruhe darüber nachdenken. Vielleicht fällt Ihnen etwas ein, wenn Sie sich die Situation vom Montagabend wieder ins Gedächtnis rufen. Wo in Fellbach liegt Ihr Lokal?«

»Im Rathaus. Direkt am Marktplatz.«

»Dann komme ich bei Ihnen vorbei«, sagte Braig. »In dreißig Minuten etwa, wäre das recht?«

»In dreißig Minuten? Ja«, antwortete der Mann. »Aber ob ich Ihnen wirklich helfen kann?«

»Versuchen Sie einfach, sich noch einmal an den Montagabend zu erinnern. Stellen Sie sich vor, Frau Kindler kommt gerade zu Ihnen, bringt ihre Nudeln mit. Sie merken, dass sie sich anders verhält als sonst und dann fällt Ihnen auf, wie sie zittert. Was ist denn heute mit Ihnen los, fragen Sie.«

»Ich habe den Kerl gesehen, der meinen ... auf dem Gewissen hat«, sagte der Wirt.

»Wie bitte?«, fragte Braig.

»Ich habe den Kerl gesehen, der meinen ... auf dem Gewissen hat. Das war ihre Antwort. Nicht gleich, erst ein paar Sekunden, vielleicht sogar ein oder zwei Minuten später. Aber den Satz sagte sie, das fiel mir gerade eben wieder ein.«

»Sie hat den Kerl gesehen, der jemand auf dem Gewissen hat? Wen sollte der auf dem Gewissen haben?«

»Das kann ich nicht sagen. Ich habe nicht groß darauf geachtet. Das lief so nebenbei, wissen Sie. Sie stand über ihre Rechnung gebeugt und murmelte die Worte vor sich hin.«

»Sie sind sich ganz sicher, dass sie diesen Satz sagte?«

»Ja, ich höre sie jetzt wieder diese Worte vor sich hinmurmeln. Das war ihre Antwort.«

Braig notierte sich den Satz, verabschiedete sich von dem Mann, erinnerte ihn daran, dass er in einer halben Stunde etwa persönlich bei ihm vorbeischauen würde. Ich habe den Kerl gesehen, der meinen ... auf dem Gewissen hat. Vorausgesetzt, der Satz stimmte, Marianne Kindler hatte ihn wirklich gesprochen – wen hatte sie gemeint? Braig war sich sicher, die Antwort zu kennen: Der unbekannte Asiate. Wen aber sollte der Mann auf dem Gewissen haben?

Er stand auf, trank die Tasse leer, steckte das Notizbuch samt Schreibzeug ein, machte sich auf den Weg zur Stadtbahn-Station Augsburger Platz. Sie war vom Amt in kurzer Zeit zu erreichen, bot alle paar Minuten direkte Züge nach Fellbach. Braig spürte die warme Luft, atmete kräftig durch. Wen hatte der Asiate auf dem Gewissen? Er überlegte, Hermann Kindler anzurufen und ihn nach dem geheimnisvollen Fremden zu befragen, wollte vorher aber erst noch persönlich mit dem Wirt des Zum alten Wetzstein sprechen. Ich habe den Kerl gesehen, der meinen ... auf dem Gewissen hat. Was hatte der Chinese, Japaner oder Thai verbrochen? Was hatte er getan, dass er sich gezwungen sah, anschließend auch noch Marianne Kindler zu ermorden? Waren die Hintergründe in jenem Hotel in Thailand zu finden, das von Anton Beckstein geführt wurde? Hatte es mit dem Kinder- und Frauenhandel zu tun, den die Nudelfabrikantin dort beobachtet hatte?

Braig wusste nicht, wie er die Worte der Frau verstehen sollte, begriff nur immer deutlicher, dass alles davon abhing, die Identität des Fremden endlich zu klären. Er musste herausfinden, wer der Mann war, sonst hatte er nicht den Ansatz einer Chance, ihn jemals aufgreifen und vor Gericht stellen zu können. Wenn Marianne Kindler allerdings nicht sein erstes Opfer war, es sich bei dem Fremden vielleicht gar um einen Berufsverbrecher handelte, war der Mann wahrscheinlich längst über alle Berge. Dann gab es auch kaum Möglichkeiten, seiner habhaft zu werden.

Er hatte die Stadtbahnstation erreicht, nahm den nächsten Zug, war acht Minuten später in Fellbach. Das Rathaus mit dem Restaurant *Zum alten Wetzstein* im Erdgeschoss lag direkt an der Endhaltestelle der Bahn. Braig erinnerte sich, vor wenigen Jahren in dem urig hergerichteten Lokal eingekehrt zu sein. Viele seiner Kollegen trafen sich hier regelmäßig, sprachen dem reichhaltigen Angebot schwäbischer Weine zu.

»Irgendwoher kenne ich Sie«, erklärte der Wirt, nachdem er sich vorgestellt hatte.

»Sie haben ein gutes Gedächtnis«, attestierte ihm Braig, »ich war Ihr Gast. Das ist aber schon eine Weile her.« Er lehnte ab, als ihm Hariolf Reitmaier auf Kosten des Hauses ein Getränk anbot, bat ihn, sich noch einmal genau auf den Moment zu konzentrieren, als Marianne Kindler ihn aufgesucht hatte.

»Ich habe den Kerl gesehen, der meinen ... auf dem Gewissen hat«, wiederholte der Wirt, »garantiert, das waren ihre Worte.«

»Und Sie erinnern sich nicht, wen sie damit meinte?«

»Nein. Tut mir Leid«, sagte der Mann , »ich habe es die ganze Zeit versucht. Ich habe es nicht verstanden. Wirklich nicht.«

Braig nickte, zog sein Notizbuch vor. »Wir suchen einen Asiaten. Einen Mann aus Thailand oder China, Sie verstehen?«

»Ja, Sie haben schon am Telefon nach ihm gefragt.«

»Er war wirklich nicht bei Frau Kindler?«

»Hundert Prozent, nein!« Reitmaier war sich sicher. »Auch darüber habe ich vorhin noch nachgedacht.« Er schüttelte energisch den Kopf. »Und in ihrem Auto war er auch nicht.«

Braig schaute überrascht auf. »Woher wollen Sie das wissen?«

»Weil ich mit Frau Kindler raus bin. Sie hat die falschen Nudeln gebracht, ich habe es Ihnen erzählt.«

»Und dabei haben Sie bemerkt, dass das Auto leer war?«

»Leer ist gut. Das war voll leerer Kisten.«

»Der hat sich dahinter versteckt.«

Der Mann lachte laut. »Da gab es keinen Platz, sich zu verstecken. Lauter leere Kisten. Frau Kindler hatte alles voll gestellt, auch den Beifahrersitz. Die muss den ganzen Tag unterwegs gewesen sein, eine Menge Nudeln verkauft haben.«

»Sie glauben wirklich, in ihrem Wagen war kein Platz für einen Mann?«

»Nein, garantiert nicht. Der war voller als die Polizei erlaubt.« Er schaute ihn mit großen Augen an, wedelte mit der Hand durch die Luft. »Sie haben ja andere Sorgen, nicht wahr.«

»Dann hat er auf sie gewartet«, sagte Braig, »irgendwo in der Nähe.«

»Na ja gut, das kann natürlich sein«, gab der Wirt zu, »als sie zu uns kam, war es schon dämmrig, und groß umgesehen habe ich mich nicht, das ist klar.«

»Wahrscheinlich saß er in einem anderen Auto und wartete, bis Frau Kindler wieder aus ihrem Lokal kam. Und dann hat er sie sich geschnappt.«

»Sie glauben, ihr Mörder war hier in der Nähe?«

»Ich weiß es nicht«, erklärte Braig, »aber die Worte, die sie Ihnen als Antwort gab, deuten darauf hin.«

Er studierte die Aufzeichnungen in seinem Notizbuch, vergegenwärtigte sich noch einmal den genauen Verlauf von Marianne Kindlers Verkaufstour an jenem Montagabend. Achtzehn Uhr im Besen von *Gerhard Schwarz* in Untertürkheim in Begleitung des Asiaten. 18.30 Uhr im *Zum alten Wetzstein* in Fellbach: Sie hat den Kerl gesehen, der meinen ... auf dem Gewissen hat. Neunzehn Uhr *Gleisdreieck* in Fellbach: Sie erscheint nicht. 19.30 Uhr *Germania* in Backnang: Sie erscheint nicht. Er sah seinen handschriftlichen Vermerk *anrufen!*, beschloss, es sofort zu versuchen, sobald er den *Wetzstein* verlassen hatte.

»Ich weiß nicht, wie ich Ihnen noch helfen kann«, riss ihn Hariolf Reitmaier aus seinen Überlegungen, »wenn ich doch nur am Montag mehr auf die Frau geachtet hätte.«

»Sie müssen sich keine Vorwürfe machen. Niemand konnte ahnen, dass sie ermordet wird.« Er nahm sein Notizbuch an sich, bedankte sich bei dem Mann für seine Hilfe, bat ihn um Benachrichtigung, falls ihm doch noch etwas einfallen sollte. Als er auf der Straße stand, läutete sein Handy.

»Es scheint so, als hätten wir ihn«, sagte Neundorf.

»Von wem sprichst du?«

»Das Auto, mit dem Miethoff überfahren wurde und dessen Besitzer.«

»Wer soll das sein?«

»Ich muss gleich nach Großerlach. Die Lackspuren wurden identifiziert. Sie stammen von einem grünen Passat. Wir bekamen einen Tipp. Die Backnanger Kollegen haben den Mann festgenommen. Tut mir jetzt schon Leid, dass wir ihn erwischt haben. Andererseits bin ich dadurch jetzt bald wieder frei. Koch hat sein Opfer. Spätestens heute Mittag kann ich bei dir einsteigen. Wie weit bist du?«

Braig freute sich über ihre Mitteilung, berichtete vom mühsamen Fortgang seiner Ermittlungen. »Ich muss den Kerl finden«, schloss er, »wenn ich nur wüsste, wie.«

»Sobald ich Zeit finde, helfe ich dir. Ich muss mich beeilen. Bis nachher!«

Er lief zur Stadtbahnhaltestelle, sah, dass der nächste Zug in fünf Minuten fahren würde, setzte sich auf eine Bank, gab dann die Nummer der *Germania* in Backnang ein, deren Wirt er bisher noch nicht gesprochen hatte. Schon nach dem ersten Läuten war dieser Zustand beendet.

»Sabine Körner hier von der *Germania*.«

»Braig vom Landeskriminalamt. Ich rufe an wegen Frau Kindler. Sie gaben uns Bescheid, dass sie Ihnen am Montagabend um 19.30 Uhr Nudeln liefern wollte, dann aber nicht kam. Ist das richtig?«

»Ja, das ist richtig. Sie bearbeiten Mariannes Tod?«

»Sie waren per Du mit Frau Kindler?«

»Ja. Wir sind befreundet. Wir waren«, setzte Sabine Körner hinzu. »Das wundert mich aber schon, dass Sie heute erst zurückrufen.«

»Ich habe es schon ein- oder zweimal bei Ihnen versucht, vergeblich. Aber Sie haben uns freundlicherweise schon bald darüber informiert, dass Frau Kindler am Montagabend nicht bei Ihnen erschienen ist«, antwortete Braig.

»Das schon, ja. Aber ich dachte, unser Gespräch könnte Ihnen helfen.«

»Welches Gespräch?«

»Na, das vom Montagabend. Marianne rief an, weil ihr etwas passiert war.«

»Sie rief am Montagabend bei Ihnen an?«, rief Braig überrascht. Er sah, dass zwei Männer, die neben ihm standen, verwundert zu ihm her starrten, erhob sich, lief ein paar Meter weiter.

»Ja, das habe ich Ihrem Kollegen doch extra erzählt.«

Braig seufzte laut auf, holte tief Luft. »Da muss ich mich entschuldigen, aber das höre ich zum ersten Mal. Tut mir Leid.«

»Na, was soll's. Dann erzähle ich es Ihnen eben jetzt.«

»Um wie viel Uhr rief sie an?«, fragte er.

»So gegen halb acht. Also genau um die Zeit, die wir ausgemacht hatten.«

»Und sie berichtete, ihr sei etwas passiert?«

»Marianne war total aufgeregt, völlig durch den Wind. So habe ich sie noch nie erlebt.«

»Warum?«, warf er ungeduldig ein. »Was sagte sie?«

»Können wir das nicht unter vier Augen besprechen?«

»Wie bitte?« Braig glaubte, nicht richtig zu hören.

»Marianne und ich sind, wir waren Freundinnen. Sie glauben nicht, wie es mich getroffen hat, als sie am Montagabend anrief und mir erzählte, was ihr passiert war. Und am nächsten Tag lese ich dann in der Zeitung von ihrem Tod. Nein, das müssen wir schon unter vier Augen besprechen, so viel bin ich ihr schuldig.«

»Na gut, dann komme ich bei Ihnen vorbei. Dafür müssen Sie sich aber Zeit nehmen. Wo liegt Ihre Gaststätte, mitten in Backnang?«

»Nein, in einem Vorort. Strümpfelbach. Wann wollen Sie kommen?«

»So schnell ich kann. In einer halben Stunde vielleicht.«

»Ja. Ich bin da.«

Braig beendete das Gespräch, erinnerte sich an Neundorfs Worte, gab die Nummer seiner Kollegin ein. »Wo bist du?«, fragte er.

»Ich fahre gerade los. Nach Großerlach.«

»Du fährst über Backnang?«

»Zwangsweise, ja.«

»Dann komme ich mit. Ich bin in Fellbach.«

Sie verabredeten, sich am Marktplatz zu treffen, beendeten das Gespräch. Ein heftiger Wind fegte über den Asphalt, trieb kleine weiße Blüten und Papierfetzen vor sich her. Braig lief die Straße auf und ab, sah Neundorf kommen. Sie hielt an, ließ ihn einsteigen, fuhr zur alten Bundesstraße.

»Frau Körner von diesem Backnanger Lokal will mich unbedingt unter vier Augen sprechen«, sagte er.

»Wegen Frau Kindler?«

»Ja. Sie ist am Montagabend zwar nicht bei ihnen erschienen, hat aber angerufen. Gegen halb acht.«

Neundorf warf ihm einen überraschten Blick zu. »Das war nicht lange vor ihrem Tod. Was hat sie erzählt?«

»Sie war völlig aufgeregt. Irgendetwas sei ihr passiert. Ich weiß nicht, was. Frau Körner wird es mir hoffentlich erklären.«

»Hat es mit dem Asiaten zu tun?«

»Keine Ahnung. Ich denke aber schon. Kurz vorher war sie mit ihm in Untertürkheim.«

»Warum suchte sie keine Hilfe, wenn sie von ihm bedroht wurde? Sie hätte doch unsere Kollegen informieren oder zumindest in einem Lokal um Schutz bitten können.«

»Ich verstehe es auch nicht. Die Frau war anscheinend mit den Nerven am Ende. Ich hoffe nur, dass ich jetzt endlich Neues erfahre.«

»Dann geht es dir wie mir. Ich soll das arme Schwein in Empfang nehmen, das seinen Arbeitsplatz vor sechs Monaten fast zeitgleich mit seinem Sohn verlor.«

»Vater und Sohn waren bei derselben Firma beschäftigt?«, fragte Braig.

Neundorf ließ ein kurzes sarkastisches Lachen hören. »Nein, die arbeiteten bei völlig verschiedenen Unternehmen. Der Vater bei einem Betrieb in Ludwigsburg, der Spezialmaschinen für die Papierproduktion herstellt und der Sohn bei einer Firma in Stuttgart, die neue Stellwerkstechniken für die Bahn entwickelt.«

»Und weshalb soll der Mann diesen Miethoff überfahren haben?«

»Der Vater wurde im Dezember letzten Jahres entlassen, der Sohn vier Monate vorher. Jeweils zwölf Wochen, nachdem Miethoff ihre Firma übernommen hatte.«

Braig pfiff durch die Zähne. »Das heißt, der Kerl hat es sich doppelt verdient.«

»So lässt sich das formulieren, ja. Dummerweise ist das aber auch der Grund, warum wir dem Mann so schnell auf die Spur kamen. Namensabgleich aller Entlassenen, die Miethoff zu verantworten hat. Und dann waren da noch die anonymen Beschuldigungen gegen den Mann. Er soll seit Weihnachten nur noch damit beschäftigt gewesen sein, seine Rachegedanken an Miethoff in die Welt hinauszuschreien. Ein böser Nachbar, meinen die Kollegen vor Ort, habe ihn verpfiffen. Ja, und dann besitzt er einen grünen Passat. So kommt eins zum anderen. Tut mir echt Leid für den Mann.«

»Und Koch brüstet sich wieder, einen Verbrecher zur Strecke gebracht zu haben.«

»Der wird auf Mord klagen. Das war vorsätzlich, höre ich ihn jetzt schon hetzen. Damit meint er aber nicht Miethoffs Vorgehen, Tausende Menschen ihrer Arbeit zu berauben, um höhere Profite zu erzielen. Ich frage mich immer öfter, wie lange ich mir diesen Job noch antun soll.« Sie schaute auf, weil ihr Handy piepte, nahm das Gespräch an.

»Hier ist Polizeiobermeister Busch vom Backnanger Revier. Wir haben Karl Müller inzwischen hier bei uns.«

»Dann muss ich nicht nach Großerlach?«

»Nein, wir haben ihn zur Vernehmung zu uns überführt.«

»Das ist gut, dann kann ich mir den restlichen Weg sparen. Wir sind direkt vor der Stadt. Ich muss nur noch einen Kollegen nach Strümpfelbach bringen. Wissen Sie, wo wir die Gaststätte *Germania* finden?«

Der Beamte pfiff laut durch die Zähne. »Ihr Kollege will gut essen? Beneidenswert. Das Haus liegt mitten im Ort, direkt an der B 14. Sie können es nicht verfehlen.«

Neundorf bedankte sich für die Information, klinkte sich aus der Leitung. »Vielleicht habe ich Glück und es dauert nicht lange«, sagte sie. »Dann können wir gemeinsam zurückfahren.«

Braig nickte, betrachtete die Landschaft, die von Tag zu Tag frühlingshaftere Formen annahm. Sie hatten Backnang auf der Bundesstraße umfahren, sahen die Anhöhen des Schwäbischen Waldes vor sich liegen. Obstwiesen in voller Blütenpracht breiteten sich auf dem welligen Gelände vor den Hügeln aus. Er sah das Schild, das den Ort ankündigte, merkte, wie Neundorf bremste. Strümpfelbach erstreckte sich links und rechts der stark frequentierten Straße. Sie fuhren auf eine von einer Ampel gesicherte Kreuzung zu, hatten das Restaurant, ein stimmungsvolles, von Bäumen gesäumtes Fachwerkgebäude, unmittelbar vor Augen.

Er wartete, bis es ihr endlich gelungen war, nach links abzubiegen, vereinbarte telefonische Absprache für die Rückfahrt, stieg aus dem Wagen. Auto auf Auto raste hinter ihnen vorbei. Er winkte seiner Kollegin zu, betrat das Lokal. Mehrere Tische waren besetzt, eine junge Frau trug verschiedene warme Gerichte auf. Braig spürte den Hunger, schaute auf seine Uhr, sah, dass es zwanzig nach zwölf war. Er lief zur Theke, zog seinen Ausweis, zeigte ihn der jungen Bedienung. »Mein Name ist Braig, ich komme vom Landeskriminalamt. Kann ich bitte Frau Körner sprechen?«

»Das ist meine Mutter. Moment.« Sie verschwand in der Küche, kehrte kurz darauf mit zwei voll beladenen Tellern zurück. »Sie kommt sofort.«

Er musterte die mit schwäbischem Rostbraten und Kässpätzle mit Salat reichhaltig ausgestatteten Teller, überlegte, ob es sich um Produkte aus dem Hause Kindler handelte.

»*Mariannes Beste*«, sagte eine Stimme neben ihm.

Er drehte sich zur Seite, bemerkte die Blickrichtung der Frau, die mit kleinen Schritten auf ihn zu kam. »Frau Körner?«, fragte er.

»Ich erkenne Sie an der Stimme«, antwortete sie, »wir haben miteinander telefoniert.« Sie schaute auf die Gerichte, die gerade serviert wurden. »Ja, Marianne hat sie uns gebracht. Aber nicht an diesem Montag.«

»Sie haben einen Moment Zeit?«

»Ich werde sie mir nehmen«, erklärte sie, »schließlich habe ich Sie darum gebeten, unter vier Augen zu sprechen.« Sie zeigte auf einen Tisch in der Ecke, fragte, ob sie ihm etwas anbieten dürfe.

»Später vielleicht«, antwortete er, »ich will Sie nicht so lange aufhalten.« Er folgte ihr, nahm an der Breitseite des Tisches Platz, wartete, bis sie sich ebenfalls niedergelassen hatte.

»Wir können es immer noch nicht fassen, dass Marianne nicht mehr lebt«, sagte sie, »ich glaube, wir werden es erst in ein paar Monaten begriffen haben, wenn schon längere Zeit vergangen ist, ohne dass sie mit zwei oder drei Kisten voller Nudeln in unsere Gaststube stürmte.«

»Sie waren befreundet?«

»Seit vielen Jahren. Wesensgleichheit, wenn Sie verstehen. Wir mussten beide um unser tägliches Brot kämpfen.«

»Frau Kindler hatte es nicht leicht mit ihrer Fabrik«, sagte er.

Sabine Körner schüttelte den Kopf. »Die Konkurrenz ist mehr als hart. Ich weiß nicht, wie es dort jetzt weitergeht. Ohne Marianne. Ich fürchte, sie haben keine Chance.«

»Sie war ein Verkaufstalent.«

»Talent? Sie war eine Kämpfernatur. Jeder Tag ein neuer Kampf. Deshalb ging sie nicht unter.«

»War das zu befürchten?«

Die Frau schaute ihn nachdenklich an, musterte sein Gesicht mit prüfendem Blick. Braig spürte, dass ihre Antwort davon abhing, zu welcher Einschätzung seiner Person sie kam.

»Ich weiß nicht, wie gut Sie Marianne kennen«, sagte sie.

»Überhaupt nicht«, bekannte er, »ich lerne viele Leute erst kennen, wenn sie gestorben sind. Eines unnatürlichen Todes.«

»Und den Beruf halten Sie durch?«

»Was bleibt mir anderes übrig?«

Sie schwieg, gab ihrer Tochter, die an den Tisch getreten war, Gelegenheit, Braig nach einem Wunsch zu fragen. »Auf Kosten des Hauses«, sagte sie.

Er bestellte ein Wasser, lehnte ein Essen vorerst ab, obwohl sie ihm versicherte, dass Kässpätzle mit Salat ebenso wie der Rostbraten bereits vorbereitet seien und schnell serviert werden könnten, weil er sich trotz seines Hungers auf seine Fragen konzentrieren wollte.

»*Mariannes Beste*«, sagte seine Gesprächspartnerin, »vielleicht haben wir nicht mehr lange Gelegenheit, sie anzubieten.«

»Sie glauben, die schaffen es nicht ohne die Verstorbene.«

Sabine Körner zog die Augenbrauen hoch. »Ich weiß es nicht. Mariannes Mann ist ein fleißiger schwäbischer Tüftler, aber kein Verkäufer.«

Er gab ihr insgeheim Recht, überlegte, dass er unausgesprochen zu derselben Beurteilung Hermann Kindlers gekommen war wie sie. »Aber ohne guten Verkäufer haben sie keine Chance bei der großen Konkurrenz«, fügte er hinzu.

»Ich fürchte, nein. Aber Sie sind nicht gekommen, um mit mir über das Wohl und Wehe der Firma Kindler zu philosophieren.«

Braig schüttelte den Kopf, nahm dankend das Wasser entgegen, das ihm die junge Frau servierte.

»Sie wollen wissen, was Marianne mir am Montagabend am Telefon erzählte.«

Er trank von dem Glas, nickte.

»Sie war völlig außer Atem, ich merkte es schon beim ersten Satz. Ich kann nicht kommen, mir ist etwas Schreckliches passiert, sagte sie. Ihre Stimme zitterte, so habe ich sie noch nie gehört. Ich weiß nicht, wie es jetzt weiter gehen soll. Was ist los, habe ich sie gefragt, aber sie war zu keiner ordentlichen Antwort fähig.«

Braig stellte das Glas zurück, ließ die Frau reden.

»Du wolltest uns Nudeln bringen, habe ich sie erinnert. Wir sind zu Hause und warten auf dich.« Sabine Körner machte eine kurze Pause, warf Braig einen nachdenklichen Blick zu. »Montags ist unser Ruhetag, wissen Sie. Deshalb erinnerte ich sie extra noch einmal an den Termin, den wir miteinander vereinbart hatten. Wir haben nur noch wenige Nudeln, wir brauchen Nachschub. Sie stammelte irgendetwas von einem Unglück, war kaum fähig zu reden. Wo bist du, fragte ich sie. Unterwegs nach Oettingen, ich muss mich verstecken.« Sie unterbrach ihren Bericht, weil neue Gäste den Raum betraten, winkte ihnen zu, grüßte sie.

»Ich muss mich verstecken?«, vergewisserte er sich.

Sabine Körner nickte mit dem Kopf, überlegte dann einen Augenblick, bevor sie weitersprach. »Weshalb willst du dich verstecken? Ich weiß noch genau, dass ich ihr die Frage stellte und was sie dann antwortete.«

Braig sah, wie sich die beiden Männer an einem Tisch niederließen, dann von der jungen Frau bedient wurden. »Und?«, fragte er. »Was sagte sie?«

»Ich habe den Kerl gesehen, der Manuel auf dem Gewissen hat.«

Er riss seinen Kopf in die Höhe, starrte die Frau überrascht an. Derselbe Satz, überlegte er, den der Wirt vom *Zum alten Wetzstein* ebenfalls gehört hatte, nur diesmal vollständig. »Manuel?«, fragte er. »Marianne Kindlers Sohn?«

Sabine Körner nickte.

»Was ist mit ihm?«

»Sie wissen es nicht?«

Er versuchte nachzudenken, benötigte ein paar Sekunden, sich zu erinnern. »Er hatte einen Unfall, ist seitdem behindert, ja?«

»Er studierte Lebensmittelchemie und wollte die Firma übernehmen. Bis er von einem Auto angefahren wurde.«

Blitzschnell glaubte er zu wissen, was geschehen war. »Frau Kindler hat am Montagabend den Mann getroffen, der am Elend ihres Sohnes Schuld trägt?«

»Der ihn mit seinem Auto angefahren hat?« Sabine Körner schüttelte den Kopf. »Nein, das wäre gar nicht mehr möglich. Der verunglückte selbst. Ein Jahr später etwa. Überhöhte Geschwindigkeit. Ausgleichende Gerechtigkeit, sozusagen.«

Braig wusste nicht weiter. »Wen meinte sie dann?«

Die Frau schaute zur Seite, vergewisserte sich, dass die neuen Gäste bedient wurden. »Um Manuel war es nach dem Unfall schlecht bestellt. Teile des Gehirns beeinträchtigt, Lähmungen, Erinnerungslücken, Bewusstseinsverlust. Sie schleppten ihn von Klinik zu Klinik. Es half alles nichts. Er wurde nie mehr er selbst. Das einzige, was blieb, war ein Wrack von einem Menschen: Unfähig zu selbständigem Leben, nur noch unter Anleitung zu gebrauchen. Sie konnten ihn nicht einmal in ihrer Fabrik beschäftigen, es war zu gefährlich.«

»Zeitweise nahm sie ihn mit auf ihre Verkaufstouren.«

»Manchmal, ja. Aber das waren nur einzelne Tage. Zum Glück fanden sie eine Stelle für ihn. Nach ewig langem Suchen. Das Diakoniezentrum in Stetten hatte sie vermittelt. Er durfte Hilfsarbeiten in einer Firma in Ludwigsburg verrichten. Zuerst auf Probe, dann in fester Anstellung. Manuel blühte auf. Unter Anleitung eines erfahrenen Gärtners half er mit, die Außenanlagen des Unternehmens in Schuss zu halten. Die Arbeit war seine Rettung. Er goss die Pflanzen, harkte den Boden, entfernte das Unkraut. Ich weiß noch, wie froh Marianne war, als sie mir erzählte, dass Manuel zeitweise selbständig arbeiten dürfe. Ich kann Ihrem Sohn Aufträge erteilen, die er allein ausführt, hatte der verantwortliche Gärtner ihr mitgeteilt, er wird von Tag zu Tag routinierter. Er hat sein Glück gefunden, sagte sie zu mir, stell dir vor, wir haben nicht mehr daran geglaubt, aber das Wunder ist geschehen.«

Braig betrachtete sein Gegenüber, wartete auf die Fortsetzung des Berichts. Die Frau ließ ihren Blick im Restaurant umherschweifen, bemerkte seine Anspannung.

»Und?«, fragte er, mit der rechten Hand auf den Tisch klopfend, »damit hat es sich noch nicht, oder?«

»Nein«, sagte sie, »damit hat es sich noch nicht. Manuel war drei Jahre bei der Firma, als diese von einem anderen Unternehmen übernommen wurde. Innerhalb weniger Monate wurde ein Drittel der Belegschaft entlassen.«

»Frau Kindlers Sohn ebenfalls.«

Sabine Körner nickte. »Obwohl er die Firma keinen unnötigen Cent kostete. Sie erfüllten mit seiner Anstellung nur die gesetzliche Vorgabe, eine bestimmte Anzahl Behinderter zu beschäftigen. Aber dazu waren die neuen Manager nicht bereit. Das spielte in ihrer Strategie keine Rolle. Sie glauben nicht, wie Manuel darunter litt. Marianne konnte es kaum mit ansehen.«

»Wann war das?«, fragte er.

»Vor einem halben Jahr etwa.«

»Und dann?«

»Manuel lebt seitdem in Stetten. Aber so sehr sich die Therapeuten dort auch bemühen, der Schock, seiner Arbeit nicht mehr nachgehen zu können, hat ihn völlig aus der Bahn geworfen. Behinderte Menschen reagieren auf Veränderungen nicht so flexibel wie wir. Diese Unfähigkeit, sich neuen Bedingungen anzupassen, ist Teil ihrer Behinderung. Marianne nahm ihn zwar ab und zu mit auf ihre Touren, übernachtete sogar unterwegs mit ihm, aber das war kein Ersatz für seine Anstellung bei der Firma. Sie litt mit ihm und wurde mehrfach bei der neuen Geschäftsführung vorstellig, ihren Sohn wieder einzustellen, vor allem, als sie hörte, dass das Unternehmen immer glänzende Gewinne eingefahren hatte und weiter einfuhr. Sie fand kein Gehör. Die Beschäftigung Behinderter passe nicht zum neuen Konzept, wurde ihr unverblümt mitgeteilt. Ein Betriebsratsmitglied eröffnete ihr, dass dieses neue Konzept nur noch einen Zielpunkt habe: noch höhere Gewinne zu erreichen.«

Braig trommelte nervös mit der Hand auf dem Tisch, starrte Sabine Körner an. »Was ist Frau Kindler am Montag passiert?«, fragte er.

»Sie war unterwegs zu einem Lokal in Fellbach, erzählte sie mir, kam in der Nähe der *Schwabenlandhalle* vorbei. Da sah sie ihn, umringt von einem Pulk anderer Herren.«

»Wen? Den Manager, der ihren Sohn entlassen hatte?«

Sabine Körner nickte. »Sie war wie von Sinnen. Sie sah den Mann dort stehen und heftig diskutieren. Alles feine Herren in Anzug und Krawatte. Wie sie zu dem Lokal kam, wusste sie nicht mehr. Sie erzählte mir nur, dass sie dort wie in Trance ihre Nudeln verkaufte und dann wieder zu ihrem Auto ging. Sie hätte ein weiteres Lokal in Fellbach besuchen sollen, sagte sie, aber plötzlich merkte sie, dass sie zurück fuhr, Richtung *Schwabenlandhalle*. Ohne nachzudenken. Und da stand er immer noch, jetzt allerdings nur noch in Begleitung eines Mannes und ein paar Meter entfernt.«

Braig ahnte, was jetzt kam, sie brauchte es nicht zu erzählen. Er seufzte laut auf, stieß die Luft von sich. »Am Montagabend in Fellbach?«

Sie nickte. »Ich habe ihn überfahren, sagte sie.« Sabine Körner erhob sich von ihrem Stuhl, schaute auf ihn herunter. Er sah die Tränen, die sich aus ihren Augen lösten. »Was auch immer sie getan hat, sie ist meine Freundin und so bleibt sie auch in meiner Erinnerung, verstehen Sie?«

10. Kapitel

Wie lange er an dem Tisch sitzen geblieben war, grübelnd, mit aufgewühlten, verwirrten Gedanken – Braig wusste es später nicht mehr zu sagen. Er hatte die Frau mit tränenverschleiertem Blick in der Küche verschwinden sehen, war nicht dazu in der Lage, zu entscheiden, was jetzt zu tun war. Das Pochen hinter seinen Schläfen hatte blitzartig eingesetzt, hatte ihm jede Chance geraubt, den Fortschritt seiner Ermittlungen nüchtern zu analysieren. Müde und erschöpft war er auf seinem Stuhl sitzen geblieben, hatte von dem Wasser getrunken, war dann aufgestanden und vor die Tür des Lokals getreten, das Handy und sein Notizbuch in der Hand.

Er gab Neundorfs Nummer ein, musste eine Weile warten, bis sie endlich abnahm. »Ich bin's«, meldete er sich, »wie weit bist du?«

»Einen Augenblick.« Er schien Neundorf in einem unpassenden Moment überrascht zu haben, hörte, wie ein Stuhl zurückgeschoben wurde, Schritte, dann das Quietschen einer Tür.

»Tut mir Leid«, sagte sie, »ich kann noch nicht kommen. Das zieht sich in die Länge.«

»Weshalb?«

»Der Mann hat ein Alibi. Bis jetzt jedenfalls. Ziemlich überzeugend. Und ich weiß nicht, was dafür sprechen soll, dass das getürkt ist.«

»Du glaubst ihm?«

»Er hat zwei Zeugen für den Montagabend. Zwei Freunde. Sie bestätigen unabhängig voneinander, dass sie zusammen saßen. In Sulzbach an der Murr, gute dreißig Kilometer von Fellbach entfernt.«

»Was ist mit dem Lack seines Wagens?«

»Die Techniker prüfen noch. Ich warte auf ihre Analyse.«

»Ich glaube, die können sich ihre Arbeit sparen.«

Neundorf blieb einen Moment ruhig. »Was meinst du?«, fragte sie dann.

»Wann wurde dieser Miethoff überfahren?«

»Am Montagabend.«

»Zu welcher Zeit?«

»Kurz vor neunzehn Uhr.«

»Wo war das genau?«

»In Fellbach. Bei der *Schwabenlandhalle.* Keine hundert Meter von ihr entfernt.«

Es passte alles, überlegte er. Um 18.30 Uhr war Marianne Kindler im *Zum alten Wetzstein* erschienen, durcheinander, in heller Aufregung. Ich habe den Kerl gesehen, der meinen ... auf dem Gewissen hat, hatte sie dem Wirt erklärt. Sie war so verwirrt, dass sie die falschen Nudeln lieferte. Um neunzehn Uhr hätte sie das *Gleisdreieck* beliefern sollen, stattdessen war sie zurückgefahren zur *Schwabenlandhalle.* Ich habe ihn überfahren, hatte sie kurz darauf Frau Körner am Telefon erzählt.

»Weshalb fragst du? Warum willst du das so genau wissen?«

Neundorfs Worte rissen ihn aus seinen Überlegungen. »Das Fahrzeug – ein alter grüner Passat, richtig?«

»Ja«, bestätigte sie.

»Ich fürchte, ich weiß, wer diesen Miethoff überfahren hat.«

»Wer soll es gewesen sein?«

»Marianne Kindler.«

Sie schwieg mehrere Sekunden, war offensichtlich zu keiner Antwort fähig. Ein ganzer Pulk Autos jagte auf der nahen Bundesstraße vorbei, wirbelte Wolken von Blüten, Schmutz und Gräsern auf. Ein kleiner Vogel geriet in den Sog eines Lastwagens, wurde zur Seite geschleudert, prallte auf die Scheibe eines entgegenkommenden Autos. Braig sah, wie das Tier auf den Asphalt katapultiert, dann mehrfach überrollt wurde.

»Es gibt keine Zweifel?«, drang Neundorfs Stimme an sein Ohr.

»Mir fehlt nur ihr Auto«, antwortete er. »Ich muss versuchen, es zu finden. Ich melde mich wieder.« Er brach die Verbindung ab, gab die Nummer der Nudelfabrik ein. Nach mehrmaligem Läuten hatte er Hermann Kindler schwer atmend in der Leitung. Wahrscheinlich war er gerade wieder unter seiner defekten Maschine hervorgekrochen, überlegte Braig. »Ihre Frau fuhr einen alten grünen Passat«, sagte er, nachdem er sich kurz vorgestellt hatte.

»Sie wisset's doch. Hent Sie ihn gfunde?«

»Leider nicht. Sie ist am Montagabend aber wohl noch nach Oettingen gefahren. Sie wollte sich und das Auto verstecken.«

»Verstecke? Mei Marianne wollt sich verstecke? Was isch denn des für a dämliches Gschwätz? Warum sollt sich mei Marianne verstecke wolle?«

»Sie hatte einen Menschen überfahren.«

»Was?«, rief Hermann Kindler. »Mei Marianne? Ja, welcher Bachel behauptet denn sowas?«

»Am Montagabend. In Fellbach.«

»Wer soll des gwä sei?«

Braig trat zur Seite, weil eine Frau und ein Mann das Lokal verließen, wartete, bis die beiden ihn passiert hatten. »Miethoff heißt der Mann. Ich nehme an, der Name sagt Ihnen etwas.«

Es hörte sich an, als ringe Kindler heftig um Luft. Sein Atem ging stoßweise, er hustete, ließ ein paar unverständliche Worte hören, legte dann ohne jede Vorankündigung auf. Braig hatte Schwierigkeiten, die Reaktion seines Gesprächspartners sofort zu begreifen, weil der Lärm der nahen Straße die gewohnte Qualität der Verständigung verhinderte, das Symbol auf seinem Display ließ jedoch keinen Zweifel. Hermann Kindlers Verhalten sprach Bände, der Verlust des Arbeitsplatzes ihres Sohnes hatte die Familie schwer getroffen.

»Darf ich Sie zum Essen einladen?« Sabine Körner stand im Eingangsbereich des Lokals, wies zur Tür. »Es tut mir Leid, Marianne war eine Freundin, das nimmt mich einfach mit.«

»Sie müssen sich nicht entschuldigen. Gefühle für einen nahe stehenden Menschen zu zeigen ehrt Sie.«

Er nahm die Einladung an, lief zu dem Tisch zurück, an dem noch sein Wasserglas stand, ließ sich Rostbraten mit Spätzle servieren. Das Essen schmeckte vorzüglich; er versuchte, seine Ermittlungen zu vergessen und sich ganz dem unverhofften Genuss hinzugeben, wurde jedoch nach wenigen Minuten vom Läuten seines Handy gestört. Er legte Messer und Gabel aus der Hand, hatte Neundorf am Ohr.

»Ich komme dich jetzt abholen«, sagte sie.

»Du bist fertig?«

»Der Lack-Vergleich ist negativ, das Alibi Herrn Müllers perfekt. Ich habe mich bei ihm entschuldigt.«

»Ich möchte nicht in seiner Haut stecken. Er ist völlig unschuldig in Verdacht geraten, oder?«

»Ein böser Nachbar und Kochs Verfolgungswahn. Schlimmeres kann dir kaum passieren. Du hast den Wagen Frau Kindlers?«

»Keine Spur. Vielleicht kannst du mir helfen.« Er bat sie, sich Zeit zu lassen, um in Ruhe fertig essen zu können, steckte das Handy weg.

Der Rostbraten hatte nichts von seinem guten Geschmack verloren. Er aß den Rest der Mahlzeit, sah die Wirtin an seinen Tisch treten.

»Darf ich Ihnen noch etwas bringen?«

Braig bedankte sich, schaute auf seine Uhr. Zehn nach eins. »Meine Kollegin holt mich ab. Sie wird jeden Moment kommen.«

»Wer hat Marianne getötet? Sie wissen es immer noch nicht?«

»Nein.« Er seufzte, legte Messer und Gabel auf den Teller.

»Sie haben keinen Verdacht?«

Braig wusste nicht, was er antworten sollte, schaute zu Sabine Körner auf. »Kennen Sie einen Asiaten im Umfeld Frau Kindlers?«

»Einen Asiaten?« Sie schüttelte den Kopf. »Marianne war letzte Woche in Thailand, hat es damit zu tun?«

»Wir wissen es nicht. Sie erzählte am Montagabend nichts von einem Asiaten, der sie bedrohte?«

»Jetzt am Montag?«

»Bei ihrem letzten Gespräch, ja.«

»Nein, da bin ich mir absolut sicher. Sie hatte nur ein Thema, ich habe es Ihnen erzählt.«

Er nickte mit dem Kopf, versuchte, sich auf ihr Gespräch zu konzentrieren. »Sie wissen nicht zufällig, wo Frau Kindler gerade war, als sie bei Ihnen anrief? Ich meine, in welcher Stadt?«

»Sie war unterwegs in ihrem Auto. Ja, natürlich, das ist verboten, aber in ihrer Situation ...«

Er wusste, was sie andeuten wollte, war sich darüber im Klaren, dass Marianne Kindler in jenem Moment zu keinerlei rationalen Verhaltensweisen mehr fähig war. Dass sie während der Fahrt telefonierte, fiel angesichts dessen, was vorher geschehen war und sich bald darauf ereignen sollte, nicht ins Gewicht. »Mich interessiert nur, wo sie sich gerade befand, als sie mit Ihnen sprach«, sagte er deshalb, »vielleicht erinnern Sie sich an eine Bemerkung, ein Wort, das sie in dem Zusammenhang sagte oder auch nur an ein Geräusch, irgendeinen zufälligen Laut aus dem Hintergrund.«

Er sah, wie die Frau überlegte, wusste, wie schwierig es war, jetzt im Nachhinein noch eine Antwort auf seine Frage zu finden. Sabine Körner legte die Stirn in Falten, warf ihm einen gequälten Blick zu.

»Ich bin unterwegs nach Oettingen, ich muss mich verstecken. Das ist der einzige Hinweis, den ich Ihnen geben kann«, sagte sie schließlich.

»Unterwegs nach Oettingen«, wiederholte er, »sich verstecken. Warum? Hatte sie Angst vor einem Verfolger?«

»Die Polizei«, erwiderte die Frau, »sie hatte Angst vor Ihren Kollegen. Überlegen Sie doch, was gerade passiert war!«

Braig hörte, dass die Tür zur Gaststube geöffnet wurde, sah Neundorf am Eingang stehen. Er erhob sich seufzend, reichte der Wirtin die Hand, bedankte sich für die Gastfreundschaft und ihre Auskunft. »Vielleicht fällt Ihnen doch noch etwas ein.« Er zog seine Karte aus der Tasche, gab sie ihr.

»Sie wollte das Auto in Oettingen verstecken«, sagte die Frau, »an einem Ort, wo sie es in Sicherheit wusste.«

»Und wo soll das sein?«

»Das müssen Sie ihren Mann fragen«, antwortete sie, »wer sonst soll das wissen?«

Er verabschiedete sich von ihrer Tochter, folgte Neundorf auf die Straße, hörte den Lärm der vorbeijagenden Fahrzeuge.

»Du suchst den grünen Passat«, erklärte seine Kollegin, »ohne jeden Anhaltspunkt?«

»Sie war unterwegs nach Oettingen, um sich dort zu verstecken. Das erzählte sie jedenfalls Frau Körner.«

»Dann müssen wir uns dort umhören, bevor wir nach Alternativen suchen.«

»Herr Kindler ist heute nicht besonders gesprächig. Er brach vorhin unser Telefonat ohne jeden Kommentar ab.« Er nahm neben Neundorf Platz, berichtete ihr von seiner Unterhaltung, während sie sich in den Verkehr einfädelte.

»Dann versuchen wir es bei Frau Heller«, schlug sie vor, »du hast ihre Nummer?«

Braig schaute in seinem Notizbuch nach, gab die Ziffern ein. Monika Heller war sofort am Apparat.

»Braig. Ich bin es wieder. Kann ich Sie einen Moment sprechen?«

»Sie lassen mich wohl überwachen, oder woher wissen Sie sonst, dass ich gerade nach Hause komme?«

»Sie haben gearbeitet?«

»In Ludwigsburg auf dem Markt. Haben Sie das vergessen?«

»Tut mir Leid. Herr Kindler ist nicht gerade der ideale Gesprächspartner. Ich hoffe, Sie können mir helfen.«

»Aber nur, wenn es schnell geht.«

»Wir suchen Frau Kindlers alten Passat. Kann es sein, dass sie ihn in Oettingen oder irgendwo in der Umgebung versteckt hat?«

»Versteckt? Wie kommen Sie auf diese abstruse Idee?«

Er berichtete in aller Kürze von dem, was er gerade erfahren hatte, wurde mitten in seinen Ausführungen unterbrochen.

»Marianne? Sie glauben wirklich, Marianne soll das getan haben – absichtlich?«

»Wir brauchen ihren Wagen. Dann haben wir den Beweis.«

»Ich kann es nicht fassen.« Er hörte, wie sie die Luft von sich stieß, dann leise vor sich hin murmelte. »Das gibt es doch nicht. Das kann nicht wahr sein.«

Braig ließ ihr Zeit, wartete, bis sie sich etwas beruhigt hatte. »Sie kennen diesen Miethoff?«, fragte er dann.

Ihre Antwort ließ nicht lange auf sich warten. »Wenn es sich um *den* Miethoff handelt, allerdings. Dem weint niemand eine Träne nach.«

»Weshalb?«

»Sie wissen es doch. Manuel ist nicht sein einziges Opfer.«

»Haben Sie noch nichts von seinem Tod gehört? Die Zeitungen sind voll davon.«

»Ich habe im Moment anderes zu tun als Zeitung zu lesen. Nach dem, was gerade passiert ist.«

»Wo könnte ...« Er wollte gerade seine nächste Frage stellen, als sie ihm mitten ins Wort fiel.

»Wieso kommen Sie gerade auf Marianne? Kann es sein, dass ihr jemand den Tod dieses Miethoff in die Schuhe schieben will, jetzt, wo sie sich nicht mehr wehren kann?«

Braig schwieg überrascht, wusste zunächst nicht, wie er diesem Verdacht begegnen sollte. »Helfen Sie uns, das Auto zu finden«, entgegnete er dann, »entweder wir finden an ihm Spuren des Verbrechens oder nicht.«

»Wo soll es sein?«

»Das frage ich Sie. Wenn Frau Kindler es wirklich verstecken wollte, wo kann sie das getan haben?«

»Ich kann es mir einfach nicht vorstellen.«

»Das hilft mir nicht weiter«, antwortete er, »irgendwo muss das Auto schließlich stehen. Spurlos vom Erdboden verschwunden wird es nicht sein.«

»Mein Gott, Sie haben Sorgen!«, schimpfte sie. »Was wollen Sie hören? Irgendein heimlicher Verschlag, den sich Marianne eigens für den Zweck ausgesucht hat, dass es ihr gelingt, Miethoff zu überfahren? Sollten Sie nicht versuchen, endlich herauszufinden, wer Marianne ermordet hat anstatt über ein angebliches Versteck zu spekulieren?«

»Das eine hat garantiert mit dem anderen zu tun.« Braig konterte ihren Vorwurf sofort. »Natürlich wollen wir den Mörder Frau Kindlers finden. Aber dazu müssen wir erst feststellen, wo sie sich kurz vor ihrem Tod aufgehalten und wen sie da getroffen hat. Und deshalb suche ich nach ihrem Auto. Finden wir es, weist es uns vielleicht den Weg zu ihrem Mörder. Oder wir kennen wenigstens den Ort, an dem wir nach ihm suchen müssen.« Er hörte keine Reaktion, fürchtete schon, seine Gesprächspartnerin habe einfach aufgelegt. »Sind Sie noch da?«

Monika Heller ließ einen tiefen Seufzer hören. »Ja natürlich, was glauben Sie denn?«

»Dann bitte ich Sie um Ihre Hilfe. Wo könnte Frau Kindler das Auto versteckt haben?«

»Sie meinen, hier bei uns?«

»Angeblich war sie auf dem Weg nach Oettingen, ja. Haben die Kindlers neben ihrer Fabrik noch anderen Besitz, wo sich ein Auto unterstellen ließe?«

»Nicht dass ich wüsste.« Monika Heller hustete, entschuldigte sich. »Aber offen gesagt bin ich im Moment viel zu schockiert, um ernsthaft daruber nachdenken zu konnen. Dass Marianne kurz vor ihrem Tod diesen Kerl überfahren haben soll, ich weiß nicht, was ich davon halten soll.« Sie schwieg, holte tief Luft. »Geben Sie mir Zeit, ich muss das erst verdauen.«

Braig verstand ihre Betroffenheit, bat sie, ihn zu benachrichtigen, falls ihr doch noch etwas einfallen sollte, verabschiedete sich dann von ihr.

»Die Frau ist am Ende«, sagte Neundorf, die über die Freisprechanlage alles mitgehört hatte, »das ist verständlich, ja?«

Er lehnte sich im Sitz zurück, nickte.

»Damit hat sie nicht gerechnet.« Sie starrte nach vorne, wich einem Sportwagen aus, der einen LKW überholend weit in die Mitte der Straße ausscherte. »Sie war gut befreundet mit Frau Kindler«, fuhr sie, heftig den Kopf schüttelnd, fort.

»Fast ein familiäres Verhältnis«, bestätigte Braig, »wie Mutter und Tochter. Die ganze Firma scheint so zu funktionieren.«

»Und das in unserer Zeit.« Sie trommelte nervös aufs Steuerrad, warf ihrem Kollegen einen Blick zu. »Warum musste diese Frau sterben?«

»Du meinst, irgendwo hat auch Marianne Kindler ihren wunden Punkt?«

»Nein, ich verstehe nur den Zusammenhang nicht: Erst überfährt sie in einem Akt der Verzweiflung, wenn ich das richtig interpretiere, diesen skrupellosen Manager und kurz darauf wird sie selbst getötet. Wie passt das zueinander, wie hat das miteinander zu tun?«

Braig glaubte, die Intention ihrer Fragen zu verstehen. »Du meinst, das eine ist die Folge des anderen? Weil Frau Kindler Miethoff tötete, musste sie selbst sterben?«

»Ich weiß es nicht«, gab Neundorf zu, »aber nicht nur der Manager, auch Frau Kindler wurde von einem Auto überfahren. Ist das nicht ein Hinweis, dass es eine Verbindung gibt?«

»Sie wurde niedergeschlagen und erst anschließend mehrfach überrollt.«

Seine Kollegin gab keine Antwort, starrte schweigend auf die Fahrbahn. Sie hatten den Kappelbergtunnel bei Fellbach passiert, fuhren wieder ins Freie. Das grelle Licht der Sonne schmerzte in den Augen.

»Miethoff stand nicht allein vor der *Schwabenlandhalle*. Vielleicht gelang es einem seiner Kollegen, Freunde oder Partner, Marianne Kindler zu verfolgen, um den Tod des Mannes zu rächen? Er jagte der Frau hinterher, schlug sie nieder und überfuhr sie dann mehrfach in seiner maßlosen Wut«, überlegte Neundorf laut.

Braig schaute zweifelnd zu ihr hinüber. »Miethoffs Kollegen? So schnell konnten die doch unmöglich reagieren. Die waren garantiert traumatisiert, als der Mann plötzlich von einem Auto überrollt wurde.« Er blickte wieder nach vorne, schüttelte den Kopf. »Frau Kindler wurde nicht verfolgt. Oder glaubst du, sie ruft in der *Germania* an, teilt dort mit, dass sie nicht kommen kann, weil sie gerade einen Mann überfahren hat und erwähnt mit keinem Wort, dass jemand hinter ihr her ist und sie bedroht? Nein, das passt nicht. Frau Körner hatte den Eindruck, sie wollte das Auto vor der Polizei verstecken, nicht vor einem aggressiven Verfolger.«

»Dann müssen wir nach dem Wagen suchen. Wir stellen dieses Oettingen auf den Kopf. Irgendwo muss er zu finden sein.«

Braig stimmte ihr zu, sah, wie sie von der Bundesstraße abbog und Kurs auf Bad Cannstatt nahm. Der markante Bau des Landeskriminalamtes ragte vor ihnen aus dem Häusermeer. Sie parkten das Auto in der Tiefgarage, nahmen die Treppen zu ihren Büros.

»Ich schreibe den Bericht für die Staatsanwaltschaft und informiere die Herren«, sagte Neundorf. »Wie ich die Lage einschätze, wird das eine Weile dauern. Schließlich hat sich unser Erkenntnisstand in der letzten Stunde grundlegend verändert. Willst du jetzt gleich nach Oettingen fahren?«

Braig nickte. »Ich denke, das ist das Beste. Ich muss noch einmal mit Hermann Kindler und seinen Angestellten sprechen, auch wenn ich heute Morgen schon dort war. Wenn seine Frau einen Unterschlupf für das Auto wusste, wo es absolut sicher zu verstecken ist, muss einer von denen diesen Ort doch kennen. Außerdem gibt es da eine Meldung über eine vermisste Frau ein paar Häuser neben der Nudelfabrik. Ich muss das überprüfen, ob es da eventuell einen Zusammenhang gibt.«

Neundorf blieb mitten auf der Treppe stehen, musterte ihren Kollegen mit überraschter Miene. »Was für eine vermisste Frau? Das ist mir völlig neu.«

Er verharrte schwer atmend, musste sich konzentrieren, um zu einer Antwort zu finden. »Ich weiß selbst noch nichts Genaueres. Die Meldung liegt auf meinem Schreibtisch.«

Sie liefen die Stufen vollends hoch, stießen vor seinem Büro auf Erwin Beck. Der Kollege trug einen Packen Papier in der Hand, blieb erwartungsvoll stehen. »Was Neues für Koch?«, fragte er.

Neundorf nickte. »Es sieht so aus. Wir haben seinen Killer.«

»So schnell? Respekt. Dann kann sich der feine Herr endlich wieder im Glanz seiner Erfolge sonnen.«

»Soll er doch. Solange der seine Fresse in die versammelten Kameras dieser Republik hält, haben wir ihn vom Hals. Womit bist du beschäftigt?«

Beck hielt den Papierstapel in die Höhe, blätterte ihn durch. »Der Abschlussbericht über den Mord mit dem Samuraischwert. Am vergangenen Sonntag in der Methodistenkirche in Zuffenhausen. Ihr habt davon gehört?«

Braig nickte, erinnerte sich an die Berichte über das Aufsehen erregende Verbrechen. Ein fünfundzwanzigjähriger Tamile war an jenem Nachmittag mit einer Pistole und einem Samuraischwert in den Händen in das evangelisch-methodistische Gotteshaus des Stuttgarter Vororts gestürmt, wo die tamilische Gemeinde wie jeden Sonntag ihre Andacht feierte. Etwa fünfundsechzig Personen, davon über die Hälfte Kinder hatten an dem Gottesdienst teilgenommen. Der Attentäter war auf die Menschen losgegangen, hatte wahllos mit dem Schwert um sich geschlagen. Mehrere Landsleute waren getroffen worden, davon eine Frau mit tödlichen Verletzungen. Ein Mann hatte seine Hand verloren, ein anderer einen Stich in die Brust erhalten. Per Handy war es den Gottesdienstbesuchern gelungen, die Polizei zu alarmieren, die innerhalb weniger Minuten am Tatort eintraf und den Täter mit Pfefferspray überwältigte. Die Kirche hatte ein Bild der Verwüstung geboten: Überall Stuhlbeine und Armlehnen, Überreste der Stühle, mit denen die Menschen sich gegen die Attacken des Mannes gewehrt hatten. Was den Tamilen zu seinem Verbrechen veranlasst hatte, war vorerst unbekannt geblieben.

»Ihr habt das Motiv des Mannes?«

Beck rückte seine Brille zurecht. »Die Staatsanwaltschaft lässt ihn noch untersuchen. Es kann sein, dass er in der Psychiatrie landet. Andererseits gibt es Hinweise auf eine Beziehungstat. Eifersucht.« Er wedelte mit den Papieren durch die Luft, winkte ab. »Immer der gleiche Mist. Wir ändern uns nie.«

»Nein«, stimmte Neundorf ihm zu, »wir bleiben immer dieselben alten Affen. Nur haben das einige immer noch nicht begriffen.«

Sie verabschiedeten sich von dem Kollegen, betraten Braigs Büro. Der Raum war von würzigem Kaffeeduft erfüllt.

»Das ist genau die Droge, die ich jetzt dringend benötige«, erklärte Neundorf.

Er nickte, eilte zur Anrichte, sah, dass er vergessen hatte, die Kaffeemaschine auszuschalten. Ein winziger Rest dunkler Brühe schwappte aus der Kanne, als er sie über dem

Waschbecken ausspülte. Er füllte Pulver und frisches Wasser ein, hörte das explosionsartige Zischen, mit dem das Gerät seinen Betrieb wieder aufnahm.

»Eifersucht«, sagte Neundorf. »Damit haben wir nichts zu tun, oder?«

Er blieb neben der Kaffeemaschine stehen, sah zu ihr hinüber. »Du meinst Frau Kindler?«

»War es doch eine Beziehungstat?«, bestätigte sie seine Vermutung.

Braig spürte seinen müden Kopf, seufzte. »Lass uns zuerst das Auto suchen. Ich weiß im Moment keinen anderen Weg.«

Neundorf nickte, wandte sich seinem Schreibtisch zu. »Ist das die Vermisstenmeldung?«, fragte sie, auf ein Blatt auf seiner Ablage deutend.

Er durchquerte den Raum, überflog den Text, reichte ihn ihr. »Felsentretter brachte sie heute Vormittag vorbei.«

»*Sabine Layer*«, las Neundorf laut, »*Klaus-Röder-Weg* 12. Drei oder vier Häuser neben der Nudelfabrik, richtig?«

»Ich denke, ja.«

»*Letztes Lebenszeichen Montag neunzehn Uhr*. Ist das nicht genau die Zeit ...?« Sie ließ den Rest der Frage offen, sah sein zustimmendes Nicken. »Kann das Zufall sein?«

»Ich weiß es nicht. Aber ich habe kein gutes Gefühl. Irgendwie ist mir das zu viel Zufall auf einmal.«

Sie nickte, bestätigte seinen Verdacht. »Wir müssen überprüfen, ob es Verbindungen zwischen Marianne Kindler und der vermissten Frau gibt. Haben wir sie im Register?«

Braig schaltete seinen Computer ein, loggte sich in die entsprechende Datei, gab den Namen ein. Sekunden später hatte er das Ergebnis. Eine Sabine Layer war unbekannt.

»Ein unbeschriebenes Blatt«, sagte sie, »wissen wir etwas über Verwandte oder Bekannte der Frau?«

»Keine Ahnung«, antwortete er, »das Papier ist meine einzige Informationsquelle. Am besten versuche ich es bei den Kollegen, bei denen die Anzeige aufgegeben wurde.«

Er gab die am oberen Rand des Blattes in nur schwer lesbaren Ziffern aufgedruckte Telefonnummer des Ludwigsburger Polizeireviers ein, hatte nach kurzem Warten einen Kollegen am Apparat. Braig schilderte sein Anliegen, erfuhr, dass die Vermisstenmeldung am frühen Morgen von einer Frau Bachmann aufgegeben worden war.

»Bachmann?«, fragte er überrascht.

»Bachmann, Frieda«, bestätigte der Kollege, »wohnhaft in Oettingen, Klaus-Röder-Weg. Wollen Sie die Rufnummer der Frau?«

Braig bat darum, notierte sie.

»Du kennst die Frau?«, fragte Neundorf, nachdem er das Gespräch beendet hatte.

»Kennen ist zu viel gesagt. Ich habe sie gestern zufällig getroffen, als ich in Oettingen war. Sie äußerte sich ziemlich abfällig über die Kindlers und die Qualität ihrer Nudeln.«

»Abfällig? Weshalb?«

»Ich weiß es nicht. Es kam mir nur seltsam vor. Wieso kaufen so viele Restaurants ihre Produkte, wenn die angeblich nichts wert sind?«

»Da steckt etwas anderes dahinter. Wir sollten uns die Frau vornehmen, vor allem jetzt nach dieser Vermisstenmeldung.«

»Ich rufe sie sofort an. Noch bevor ich fahre.« Er lief zur Anrichte, griff sich zwei Tassen, füllte sie mit Kaffee und Milch, reichte eine davon seiner Kollegin.

Neundorf bedankte sich, zeigte auf ihr Büro. »Ich mache mich an meinen Bericht. Ich hoffe, du hast mir alles korrekt erklärt. Wir hören voneinander.«

Er nickte, kehrte mit der Tasse in der Hand zu seinem Schreibtisch zurück. Sein Kopf schmerzte, er fühlte sich müde und ausgelaugt. Der Duft des Kaffees strich in seine Nase; er setzte sich, trank Schluck für Schluck, sah auf seiner Uhr, dass es auf halb drei zuging. Er stellte die Tasse zurück, griff zum Telefon.

Frieda Bachmann nahm schon nach dem ersten Läuten ab. »Ja, was isch?«

»Braig«, stellte er sich vor, dachte an die beiden Gespräche, die er vor und nach seinem Besuch der Nudelfabrik mit ihr geführt und wie sie ihn dabei bezeichnet hatte, »der Kriminaler, mit dem Sie sich gestern unterhalten haben.«

»Ja und?«

»Sie haben eine Vermisstenanzeige aufgegeben.«

»Achso, deswege rufet Sie a. Ja, des mit dem streunende Dier isch a Sauerei. Die Kugelfuhr goht mir gewaltig uf de Seier.«

»Wovon sprechen Sie?«

»Von was i red? Hano, jetzt dehnt Se doch net so. Sie waret doch dabei, wie der mei Angela agfalle hot.«

Braig überlegte, wovon die Frau sprach, erinnerte sich dann wieder an die Szene auf der Straße. »Dieser streunende Hund«, er warf einen Blick auf die Vermisstenanzeige, las den Namen des Tieres, »*Woody,* gehört Frau Layer«, versuchte er mitzudenken.

»Uf die Idee, dem Ziefer so en verrückte Name zu gebe, muss oiner erscht komme. Des fällt bloß so überkandidelte Städter ei.«

»Frau Layer stammt aus einer größeren Stadt?«

»Was woiß i? Fraget Se doch die Nudelpfuscher, die wissets bestimmt!«

»Die Kindlers? Was haben die mit Frau Layer zu tun?«

»Hano, die hent des Weib doch nach Oettinge bracht. Ohne die Fabrik wär die doch net da her zoge!«

Braig nahm die Antwort der Frau überrascht zur Kenntnis, erkundigte sich nach den Zusammenhängen zwischen der Vermissten und der Nudelfabrik.

»Des dürfet Se mi net frage«, wurde er beschieden, »i hoiß net Kindler.«

»Aber Sie haben Frau Layer als vermisst gemeldet.«

»Isch des verbote? Es isch schließlich mei Angela, die von dem Streuner ständig belästigt wird.«

»Seit wann?«

»Dienstag«, sagte Frieda Bachmann, »seit Dienstagmorge saut des Ziefer durch die Gegend. Dabei hat die sonscht immer genau ufpasst, dass der ja net frei rumlauft.«

»Frau Layer führt ihren Hund normalerweise an der Leine?«

»Immer. Nur drauße uf de Wiese lässt die den springe.«

»Warum haben Sie sich nicht bei ihr beschwert, dass ihr Hund herumstreunt?«

»I hans ja scho dreimal probiert - aber die isch net dahoim. Am Dienstag han i bei ihr vorbei guckt, gestern wieder und dann heut Morge – jedes Mal für d' Katz. I sag Ihne, des isch net koscher. Mit dere isch was net in Ordnung. Die dät ihren Hund net mehrere Däg allei lasse.«

»Frau Layer lebt allein?«

»Fraget Se mi was Leichteres! In Oettinge jedenfalls hat se niemand bei sich.«

»Und ihre Verwandten? Eltern oder Geschwister, wissen Sie einen Namen oder eine Adresse?«

»Bin i von der Polizei oder Sie?«

Braig merkte, dass die Unterhaltung nicht mehr viel brachte, bedankte sich für die Auskunft Frieda Bachmanns. So bruchstückhaft seine Informationen über die angeblich verschwundene Frau auch waren, er fühlte sich verpflichtet, ihren Verbleib zu überprüfen, schien es doch tatsächlich engere Verbindungen zwischen ihr und den Nudelfabrikanten zu geben, als er bisher gewusst hatte.

Er nahm seine Tasse, lief zur Anrichte, füllte den Rest des Kaffees ein, gab Milch dazu. Dass der Hund einer Frau, die ihr Haustier sonst akribisch an der Leine führte, frei herumstreunte und die Herrin selbst spurlos verschwand, mochte einem Versehen entspringen – vielleicht war Sabine Layer aus beruflichen oder privaten Gründen gezwungen gewesen, Oettingen Hals über Kopf für ein paar Tage zu verlassen, hatte dabei aber vergessen, ihr Tier ins Haus zu schließen und die Nachbarn von ihrer Situation zu unterrichten. Dass dies aber genau in dem Moment geschehen war, als eine Nachbarin, mit der sie – weshalb auch immer – näher zu tun gehabt hatte, getötet wurde, ließ die Sache in einem anderen, weit problematischeren Licht erscheinen. Hatte Sabine Layer mit dem Verbrechen zu tun? War sie demselben Täter in die Hände gefallen, der auch Marianne Kindler ermordet hatte?

Braig spürte die Schweißtropfen, die von seiner Stirn perlten, trank den Kaffee, schaltete die Maschine aus. Er hatte Mühe, sich zu konzentrieren, wusste nicht, in welche Richtung er seine Gedanken lenken sollte. Eine andere Schlussfolgerung nämlich, die das plötzliche Verschwinden Sabine Layers nicht weniger logisch erklärte, trat ihm immer deutlicher vor Augen: War die Frau vielleicht deswegen nicht mehr zu finden, weil sie ihre Nachbarin ermordet und dann blitzschnell in einen fernen Unterschlupf abgetaucht war?

11. Kapitel

Zehn Minuten vor vier überquerte Braig den Bahnhofsvorplatz in Oettingen, nahm Kurs auf die Tordis-Hoffmann-Straße. Der Zug war bis auf den letzten Platz besetzt gewesen, müde Gesichter, vor sich hindämmernd oder hinter großformatigen Zeitungen versteckt rings um ihn verteilt, die ersten Abkömmlinge des meist in den frühen Morgenstunden begonnenen Arbeitstages. Braig hatte darauf gehofft, die Fahrzeit als Ruhepause zu genießen, wenigstens in diesen Minuten Abstand von seinen beruflichen Ermittlungen zu finden, doch so sehr er sich auch darum bemühte, seine Gedanken kreisten insgeheim weiter um die Frage, welche Rolle die vermisste Frau wohl in dem Mord an Marianne Kindler spielte. War es möglich, dass die Nudelfabrikantin von ihrer Nachbarin getötet worden war?

Erst die lauten Signale eines Handys, die denen seines eigenen verblüffend ähnlich waren, hatten ihn aus seinem Grübeln erwachen lassen. Automatisch hatte er in seine Tasche gefasst, dann aber an der Reaktion seines Gegenüber erkannt, dass der Anruf einem anderen Adressaten galt. Der Mann hatte das Gespräch mit müdem Gesichtsausdruck angenommen, war dann aber im Verlauf der Unterhaltung in solche Euphorie verfallen, dass seine Stimme fast alle Mitreisenden aus ihrem Dämmerschlaf riss. Braig wie alle anderen hatten schnell begriffen, was der Anlass des Anrufs war.

»Des gfrait mi aber, dass du mir gratuliersch«, hatte der Mann ein ums andere Mal lauthals wiederholt, »i han denkt, du hättsch mein Geburtstag scho lang vergesse!«

Wer den Gratulationsreigen eröffnet hatte, wusste Braig später nicht mehr zu erinnern. Irgendein Mitreisender war an den Mann herangetreten, kaum dass sein Gespräch beendet war, hatte sich vergewissert, richtig gehört zu haben und ihm dann mit festem Händedruck gratuliert. Die Stimmung im ganzen Wagen hatte sich schlagartig verändert. Einer nach dem anderen, Braig eingeschlossen, hatte seine Glückwünsche dargebracht. Wer die prall gefüllte Schachtel Pralinen spendiert hatte, spielte keine Rolle, sie machte unter lauten Kommentaren und vielfältigem Lachen die Runde. Aus der zufälligen Ansammlung schläfrig-gleichgültiger Heimkehrer war eine gutgelaunte, eifrig in vielstimmige Gespräche vertiefte Runde geworden, die ihre am Ziel angelangten Mitreisenden von Bahnhof zu Bahnhof lauthals verabschiedete.

Braig fühlte sich um Jahre jünger, als er der Tordis-Hoffmann-Straße folgte und die Klingel an Monika Hellers zitronengelbem Haus drückte. Dass er eine Weile warten musste, bis die Tür endlich geöffnet wurde, brachte ihn daher nicht aus der Ruhe. Er schaute die Straße auf und ab, sah, dass zahlreiche Menschen unterwegs waren. Mehrere Autos parkten auf beiden Seiten, vor dem Haus Margarethe Geisslers stand eine Gruppe älterer Frauen, in intensive Gespräche vertieft. Braig betrachtete die Leute, überlegte, ob es um ein erneutes Erscheinen des angeblichen Engels ging.

»Morgen kommt er wieder«, sagte eine Stimme hinter ihm, »er will Bescheid geben, was es mit dem Verschwinden Frau Layers auf sich hat.«

Braig drehte sich um, sah Monika Heller vor sich stehen. Sie trug ein langes schwarzes Kleid, streckte ihm die Hand entgegen.

»Von wem sprechen Sie?«, fragte er.

»Der Engel«, antwortete sie lächelnd, auf die andere Straßenseite deutend, »das ist neben Mariannes Tod zur Zeit das wichtigste Thema hier.«

»Frau Layers Verschwinden.«

»Morgen früh soll er kommen. Noch vor Mariannes Beerdigung.«

Er reichte der Frau die Hand, rümpfte die Nase. »Der Engel weiß, wohin sie verschwunden ist, ja?«

»So heißt es, genau.«

Er entschuldigte sich, dass er sie schon wieder mit seinem Besuch belästigte, sah ihr Kopfschütteln.

»Sie stören nicht«, erwiderte sie, »im Gegenteil. Es ist gut, dass Sie kommen. Ich wollte Sie gerade anrufen.« Sie bat ihn ins Haus, führte ihn in ihr Wohnzimmer.

Braig kämpfte sich durch die Ansammlung von Puppen, Tierfiguren und Bällen in der Diele, nahm überrascht den Mann wahr, der auf dem blauen Sofa saß. »Sie haben Besuch«, sagte er.

Monika Heller nickte. »Darf ich vorstellen, Herr Decker, Kommissar Braig.«

Er musterte den Mann, der bleich und krank wirkte, von eingefallenen Wangen und viel zu weiter Kleidung gekennzeichnet war, reichte ihm die Hand. Er schätzte ihn auf Mitte fünfzig.

»Hans wurde gestern aus dem Krankenhaus entlassen. Es geht ihm noch nicht besonders.«

Braig begriff, um wen es sich bei dem Mann handelte. »Sie arbeiten bei der Firma Kindler?«, fragte er.

Decker nickte, ohne ein Wort zu äußern.

»Du brauchst nichts zu sagen. Ich rede für dich«, erklärte Monika Heller, fuhr dann, zu Braig gewandt, fort. »Hans hatte eine schwere Mandeloperation. Er kann nur unter Schmerzen sprechen.«

Der Mann bestätigte ihre Worte durch ein erneutes Nicken.

Braig sah, wie seine Hände zitterten. »Sie sollten nicht im Bett liegen?«, fragte er.

Monika Hellers Antwort klang fest und bestimmt. »Er will morgen auf die Beerdigung. Es ist nicht gut, vorher bis zur letzten Minute im Bett zu bleiben. Außerdem hat er es nicht weit. Er wohnt auf der anderen Straßenseite, ein Haus weiter.«

»Neben Frau Bachmann?«, fragte Braig.

Seine Gastgeberin riss die Augen weit auf, winkte heftig ab. »Nehmen Sie Platz, bitte.«

Er setzte sich auf das Sofa, dort wo er zwei Tage vorher den spielenden Kindern und den jungen Katzen Gesellschaft geleistet hatte, fragte nach der Nachbarin. »Frau Bachmann scheint den Kindlers nicht besonders freundlich gesinnt.«

Monika Heller warf ihre blonden Haare zurück, setzte sich ebenfalls, ließ ein kurzes Lachen hören. »Wer kauft scho a sottichs Gfräs«, ahmte sie die Stimme der Frau verblüffend naturgetreu nach.

»Woher diese bösen Worte?«, fragte Braig.

»Dafür gibt es eine einfache Erklärung«, sagte sie, »Hermann Kindler war Friedas große Jugendliebe. Beide stammen aus Oettingen. Aber leider wollte er von ihr nichts wissen. Und dann kam Marianne aus Ludwigsburg und schnappte ihr den Traum des Lebens weg. Die Hexe aus der großen Stadt. So habe ich es jedenfalls gehört. Aber das ist richtig, Hans, oder?«

Decker ließ ein kurzes, zustimmendes Brummen hören, nickte heftig mit seinem Kopf.

»Und irgendwann später fand sie dann doch noch einen anderen. Aber der alte Groll steckt tief.«

»Aus Liebe wurde Hass?«

»So kann man das formulieren. Sie macht uns schlecht, wo es nur geht. Mich warnte sie monatelang davor, für Marianne zu arbeiten. Seit ich es doch tue, stehe ich auch auf ihrer

Abschussliste. Sie dreht sich zur Seite, wenn wir uns auf der Straße begegnen.«

»Wie weit geht ihr Hass?«, fragte Braig.

Monika Heller begriff sofort, wohin seine Gedanken zielten. »Um Gottes Willen, Marianne? Nein, niemals!« Sie schüttelte den Kopf. »Das ist unmöglich. Frieda ist eine verbitterte Frau, aber Marianne etwas antun, nie!«

»Weshalb sind Sie sich so sicher?«

Ihre Antwort ließ nicht lange auf sich warten. »Weil ich sie zu gut kenne. Verschwenden Sie Ihre Zeit nicht mit diesem Gedanken. Das ist absurd. Frieda giftet mit Worten, gründlich, ja. Aber Marianne etwas antun, nein!«

Braig sah, wie beide eifrig den Kopf schüttelten, ließ das Thema fürs Erste fallen. Soviele Verbrechen schon genau aus dieser extremen Veränderung menschlicher Gefühle heraus verübt worden waren, auch ihm bereitete es Schwierigkeiten, Frieda Bachmann, so wie er sie auf der Straße und am Telefon erlebt hatte, mit diesem Gedankengang in Verbindung zu bringen. Marianne Kindler war von ihrem Mörder mit brutaler Gewalt attackiert worden, sich Frau Bachmann in dieser Szene vorzustellen, gelang ihm, auch wenn er sich noch so sehr bemühte, nicht – aller beruflichen Erfahrung zum Trotz, die ihn längst hatte erkennen lassen, dass grundsätzlich *jeder* zu jeder noch so unmenschlichen Übeltat fähig war, vorausgesetzt, die jeweiligen Umstände trugen ihren Teil dazu bei. Nein, es war sinnvoller, sich auf das zu konzentrieren, was er bisher ermittelt hatte und dessentwegen er wieder hierher gefahren war. »Sabine Layer, die Frau, die verschwunden ist«, sagte er daher, »Sie kennen sie?«

Seine Gastgeberin fuhr sich mit der Hand durch die Haare, nickte. »Ja, sicher. Frau Layer arbeitet seit einiger Zeit mit uns zusammen. Wir haben intensiven Kontakt miteinander.«

»Wie kann ich mir diese Zusammenarbeit vorstellen? Offiziell heißt es, sie schreibt an ihrer Promotion.«

»Genau«, erklärte Monika Heller, »ihre Doktorarbeit ist der Grund, weshalb sie mit den Kindlers in Berührung kam. Sie erstellt ein Konzept, um kleinen, für unsere Region typischen Betrieben langfristige Existenzchancen zu vermitteln. Dazu gehören Winzer, Landwirte, Gasthöfe, Hotels, Bäcker, Metzger, Mühlen und eben auch Nudelfabrikanten. Frau Layer setzt auf die Zusammenarbeit dieser Betriebe mit den Fremdenverkehrs- und Touristikverbänden, um Gäste anzulocken und zugleich neue Abnehmer für die heimischen Produkte zu finden. Für unsere Firma erarbeitete sie ein Programm, das Besuchern den Einblick in die Produktion ermöglicht und *Kindler Nudeln* als landestypische Erzeugnisse bester Qualität vermarktet, die hier auch Brot und Arbeit schaffen.«

»Das klingt in der Theorie ja ganz nett«, überlegte Braig laut, »aber lässt sich das auch realisieren?«

»Ich glaube, Sie haben mich nicht ganz richtig verstanden. Wir reden nicht von theoretischen Spielereien. Frau Layer erstellt ihr Konzept im Auftrag und in Zusammenarbeit mit mehreren Behörden. Im Rahmen ihrer Ausführungen werden nicht nur Vorschläge entwickelt, sie sind vielmehr von günstigen Kreditzusagen für die Ausführung und entsprechenden Werbemaßnahmen flankiert. Frau Layer hat für die gläserne Nudelproduktion der Firma Kindler ein komplettes Konzept ausgearbeitet. Die Verträge liegen unterschriftsreif vor, Marianne hätte sie diese Woche gleich nach ihrer Rückkehr aus Thailand unterschreiben sollen.«

»Sie hat es noch nicht getan?«

»Wie denn? Sie wissen doch, was passiert ist.«

»Der Vertrag beinhaltet einen Kredit zum Kauf einer neuen Maschine zur Nudelproduktion?«

»Unter anderem, ja. Keine hypermoderne Anlage, die wir niemals finanzieren könnten, aber eine bessere Ausführung als die vorhandene. Die alte Maschine taugt nichts mehr. Wenn Hermann nicht so gutmütig wäre, hätte er es schon längst aufgegeben.«

Braig nickte, hatte die Unzulänglichkeit der Produktionsanlagen zur Genüge miterlebt.

»Außerdem beinhaltet diese Vertragsunterschrift die Aufnahme unserer Firma in die *Schwäbische-Tüftler-Straße*. Sie soll typisch schwäbische Produktionsstätten miteinander verbinden und professionell mit Geld der Tourismusverbände und des Landes vermarktet werden. Von *Kindlers Nudelträumen* direkt zu den *Hessigheimer Felsengärten* mit ihren Trollinger- und Lemberger-Lagen. Es ist unverhohlen die einzige Chance für eine kleine Firma wie unsere zu überleben. Marianne hat das sofort begriffen. Für sie war das Konzept Frau Layers ein Geschenk des Himmels. Das ist unsere Zukunft, war sie überzeugt, *eine andere haben wir nicht*.«

»Wird Herr Kindler unterschreiben?«

Monika Heller seufzte laut, legte ihren Kopf in die geöffnete Hand, stützte sich auf der Lehne des Sofas ab. »Fragen Sie mich etwas Leichteres«, sagte sie, »Hermann ist nicht ganz von dieser Welt. Ich weiß nicht, ob er begriffen hat, dass es wirklich unsere letzte Chance ist.«

»Und das Verschwinden Frau Layers? Hat es Einfluss auf die Verwirklichung ihres Konzepts?«

Er sah die hilflose Reaktion seiner Gastgeberin. Sie richtete sich langsam auf, streckte ihre Hände weit von sich.

»Ich weiß es nicht«, antwortete sie, atmete dann kräftig durch. »Hoffentlich taucht sie bald wieder auf. Wenn ihr Projekt nicht realisiert wird, sind wir am Ende. Für die Kleinen gibt es auf Dauer keinen Platz auf dieser Welt.«

»Wo kann sie sein?« fragte Braig. »Sie kennen sie näher?«

Monika Heller schüttelte den Kopf. »Tut mir Leid. Marianne arbeitete mit ihr, sie trafen sich zeitweise alle paar Tage. Sie war hellauf von ihr begeistert, fand ihr Konzept revolutionär. Dieser Frau haben wir es zu verdanken, wenn wir überleben, hat sie mir mehrfach erklärt, ihr Plan gibt uns eine reelle Chance. Ich habe Frau Layer öfter getroffen, ja, und auch mit ihr gesprochen, aber dabei ging es um die Firma oder um meine Kinder, Sie wissen ja, wie das so läuft. Privat weiß ich nichts von ihr, tut mir Leid.«

»Sie wohnt ein paar Häuser neben den Kindlers?«

»Noch nicht lange. Sie hat eine kleine Wohnung genommen, solange sie ihrer Arbeit wegen hier in der Umgebung zu tun hat. Für ein oder zwei Jahre, soweit ich weiß.«

»Und sie achtet streng darauf, ihren Hund an der Leine zu führen. Das ist richtig?«

»Ich denke schon. Ich habe ihren Woody nie allein herumstreunen sehen. Abends führt sie ihn meistens aus. Übers Feld und die Wiesen Richtung Ludwigsburg.«

»Sonst können Sie mir über die Frau nichts erzählen?«

Monika Heller runzelte nachdenklich die Stirn, schaute zu Decker, der ihrem Gespräch mit interessierter Miene gefolgt war. »Ich kenne sie zu wenig«, sagte sie mit bedauerndem Ton, »fällt dir etwas ein, Hans?«

Der Mann schüttelte den Kopf, formulierte mit krächzender Stimme eine Antwort. »Ich habe nie mit ihr gesprochen.«

Braig atmete kräftig durch, wusste nicht, was er noch fragen sollte. Er musste sich nach dem früheren Wohnsitz Sabine Layers erkundigen, zudem ihr Umfeld an der Universität untersuchen. Frau Heller noch länger auf die Vermisste hin anzusprechen, schien ihm überflüssige Mühe. Er betrachtete das nachdenkliche Gesicht seiner Gastgeberin, erinnerte sich an die Worte, mit denen sie ihn empfangen hatte.

»Sie wollten mich anrufen«, sagte er, »darf ich wissen, weshalb?«

Monika Heller zeigte auf den Mann auf dem Sofa. »Ich habe meine Mutter gebeten, die Kinder noch zu behalten, nachdem wir miteinander telefoniert und Sie mir das mit Miethoff berichtet hatten. Ich kann es immer noch nicht begreifen. Marianne soll ihn überfahren haben, voller Absicht? Das ist zu viel, nach all dem, was in den letzten Tagen passierte. Ich brauchte jemand, mit dem ich reden konnte, deshalb bin ich zu Hans und habe ihm alles erzählt. Und dann fiel ihm der alte Schuppen ein, der für Sie von Interesse sein könnte.«

»Ein altes, abgelegenes Gebäude?« Braig spitzte die Ohren, begriff sofort, was das bedeuten konnte. »Groß genug, um ein Auto darin unterzubringen?« Er drehte sich zur Seite, betrachtete Decker, sah, wie er mit dem Kopf nickte. »Es gehört den Kindlers?«

Monika Heller wedelte abwehrend mit ihrer rechten Hand durch die Luft. »Nicht direkt. Eigentlich gehört es Hermanns Cousine. Aber die kann wohl nichts damit anfangen und kümmert sich auch nicht um das Anwesen. Ich glaube, sie ist schon über siebzig. Der Schuppen und das ganze Gelände drum herum sind ziemlich verwahrlost, so hat Hans es jedenfalls in Erinnerung. Vor ein paar Jahren, beim Umbau der Fabrikationsräume, lagerten sie dort die alten Steine. Hans meint, es biete genügend Platz, ein Auto abzustellen, ohne dass es irgendjemand bemerken würde.«

»Wo steht dieser Schuppen? Hier in Oettingen?«

Die Frau winkte ab. »Nicht direkt. Aber es ist nicht weit. Am Rand von Hoheneck. Kugelberg nennt man das Gebiet.«

Sie sah den fragenden Blick Braigs. »Nördlich vom Favoritepark. Sie kennen ihn, ja?«

Er überlegte, erinnerte sich, vor Jahren im Rahmen von Ermittlungen dort unterwegs gewesen zu sein. »Befinden sich dort nicht eine große Strom-Umspannanlage und das Tierheim?«

Monika Heller stimmte ihm zu. »In der Nähe, ja. Außerdem liegt dort ein weitläufiges Areal mit wunderschönen Gärten. Sollen wir uns den Schuppen ansehen?«

Braig sprang vom Sofa auf, schaute überrascht zu ihr hinunter. »Sie würden mich begleiten?«

Monika Heller erhob sich von ihrem Platz, zeigte auf ihren Arbeitskollegen. »Hans wird uns fahren. Ich glaube kaum, dass Sie das Gelände sonst finden. Jedenfalls nicht so schnell.«

12. Kapitel

Mit einem Donnerschlag hatte die Sache begonnen. Ein Donnerschlag, der unvermeidlich war, wenn man den Verlauf der vergangenen Jahre betrachtete. Bestimmte Probleme ließen sich nicht anders lösen. Es war wie in der Medizin: Einer bösartigen Geschwulst mit Schmerzmitteln zu Leibe zu rücken war sinnlos. War ein Organ in weiten Teilen vom Krebs befallen, half nur noch eine Operation.

Ob man es einsehen wollte oder nicht, es gab Menschen, die waren nur mit einer solchen Geschwulst zu vergleichen. Sie freundlich zu bitten, den Weg freizumachen, bereits im Fortschreiten befindliche Entwicklungen nicht länger zu behindern, stieß unablässig auf taube Ohren. Man konnte sie auf Alternativen hinweisen, ihnen die richtige Entscheidung verdeutlichen – es half alles nichts. Sie rührten sich nicht vom Fleck. Wie hoch aufragende Gebirge versperrten sie den Weg.

Damit war es jetzt endgültig vorbei. Der erste Angriff hatte den Durchbruch ermöglicht. Jetzt hieß es, den Weg geradlinig weiter zu gehen, beharrlich in Richtung des Ziels zu marschieren, sich nicht von der Spur abbringen zu lassen. Kompromisse konnte es keine geben: Wer den Erfolg wollte, musste mit hoch erhobenem Kopf als Sieger voranschreiten – sonst drohte die totale Niederlage.

Gefühle konnte man sich in dem Zusammenhang nicht leisten. Sollte die Sache wirklich zu einem guten Ende kommen, gab es nur einen Weg: Alles Persönliche außen vor lassen, allein das Ziel im Auge behalten und die erforderlichen Maßnahmen durchführen: Ohne Rücksicht auf Verluste.

Die würde es geben, ohne Zweifel. Das gehörte nun einmal unvermeidlich dazu. Ohne Verluste letztendlich kein Erfolg. Wo gehobelt wird, da fallen Späne. Und gehobelt wurde in diesem Fall, und wie!

Hauptsache, man befand sich auf der richtigen Seite. Alles andere konnte egal sein. Musste egal sein. Sonst lief man Gefahr, den klaren Kopf zu verlieren. Das konnte tödlich sein. Im wahrsten Sinn des Wortes.

13. Kapitel

Kurz nach siebzehn Uhr hatten sie das hügelige Gelände erreicht. Frisch ausgesäte ebene Felder waren blühenden Obstbaumwiesen gewichen, später dann mehr und mehr von hohen Zäunen eingefasste, liebevoll gepflegte Gärten mit schmucken Holzhütten hinzugekommen. Vielstimmiges Hundegebell überlagerte die Ruhe der Landschaft.

»Das kommt vom Tierheim«, erklärte Monika Heller, als sie das Auto verließen und dem schmalen Weg bis zu einem von dichtem Gestrüpp bewachsenen Areal folgten, »es liegt dort oben.« Sie deutete in Richtung des Hügels, der von dieser Stelle aus unsichtbar hinter einem lichten Hain verborgen lag.

Braig schaute in die Ferne, sah in wenigen hundert Metern Entfernung eine S-Bahn fast lautlos vorübergleiten. Unweit dahinter waren die Umrisse des Schlosses Monrepos zu erahnen, in dessen See sie im Vorjahr ein Auto mit der Leiche eines Mannes entdeckt hatten. Er erinnerte sich noch gut an die langwierigen Ermittlungen, die notwendig waren, auf die Spuren des Mörders zu stoßen.

»Dort vorne muss es sein«, hörte er die krächzende Stimme Deckers. Der Mann hatte den Weg verlassen, war auf einen kleinen Erdhaufen geklettert, der an dieser Stelle aus dem noch winterlich tristen grau-braunen Gestrüpp ragte, starrte hügelan.

»Der Schuppen, in dem ihr die Steine verwahrt habt?«, fragte seine Begleiterin.

Decker nickte, spurtete mit wackligen Schritten den Weg entlang bis zu einer Biegung, blieb dann stehen. Braig folgte dem Mann, sah die Umrisse einer großen Holzhütte aus dem

Gestrüpp ragen. Es handelte sich um eine dem Augenschein nach im Verlauf der letzten Jahrzehnte weitgehend sich selbst überlassene alte Scheune, in der früher wohl Heu und Stroh gelagert worden waren. Sie wirkte dermaßen baufällig, dass es nicht ratsam schien, das Gelände in ihrer unmittelbaren Umgebung zu betreten. Große Teile der Bretter waren verzogen, von Rissen und Spalten durchbrochen, die Ziegel auf dem spitz zulaufenden Dach brüchig und von breiten Moosbänken bedeckt. Steine, Sand und Holz lagerte an den Wänden, wie das gesamte Areal von dichtem Gestrüpp überwuchert. Ein alter, etwa zwei Meter hoher Maschendrahtzaun, der nur an wenigen Stellen aus dem tristen grau-braunen Buschwerk hervorragte, umgab das Grundstück. Decker zeigte auf ein breites, zweiflügeliges Tor, das auf den ersten Blick nicht zu seiner Umgebung zu passen schien. Es bestand aus Maschendraht, der in einen stabilen Metallrahmen eingefasst war, wurde in der Mitte von einem einfachen Schnappschloss zusammengehalten.

Braig näherte sich dem Tor, erkannte, was den irritierenden Eindruck verursachte. Die beiden Metallrahmen des Eingangsbereichs bildeten die einzigen Flächen im gesamten Umkreis, die fast vollständig von den sonst allgegenwärtigen Ausläufern des Gestrüpps frei geräumt waren. Er nahm einen der holzigen Zweige in die Hand, sah die helle Wunde an dessen Ende. »Das sieht gut aus«, sagte er, »da war erst vor Kurzem jemand da.« Er wies auf das Schloss, drehte sich zu seinen Begleitern. »Sie haben einen Schlüssel?«

Beide streckten abwehrend ihre Hände von sich.

Er musterte die stabile Ausführung des Metallrahmens, verwarf den Gedanken, die Hilfe seiner Techniker-Kollegen in Anspruch zu nehmen. Auch wenn er sich Hoffnung machte, das gesuchte Fahrzeug im Inneren der baufälligen Scheune zu finden – ein Misserfolg war nicht auszuschließen. Der Aufwand, extra einen Mann aus Stuttgart herbeizuordern, schien ihm nicht vertretbar. Er betrachtete das Tor, glaubte, es aus eigener Kraft überwinden zu können.

»Sie versuchen es selbst?«, fragte Monika Heller.

Er warf ihr einen erstaunten Blick zu, nickte. »Ich denke, das ist die beste Lösung. Wir haben keine Garantie, dass das Auto wirklich in dem Schuppen versteckt ist.« Er griff nach dem rechten Torflügel, schob ihn vorsichtig vor und zurück, merkte, dass das Schloss nicht besonders fest saß. Fremden würde es nicht allzu schwer fallen, das Grundstück zu betreten. Er zog den Metallrahmen in die Höhe, sah den Riegel aus seiner Verankerung schnappen.

»Es ist offen?«, fragte die Frau überrascht.

Braig gab keine Antwort, zog den rechten Torflügel so weit nach vorne, dass er die schmale Öffnung passieren konnte, bat seine beiden Begleiter, ihm nicht zu folgen, um etwaige Spuren nicht zu beschädigen. Er betrat das Grundstück, schätzte die Entfernung zur Scheune auf etwa fünfzehn Meter. Das Gestrüpp, das in diesem Bereich den Boden bedeckte, war zwar nicht mutwillig zerrissen wie draußen vor dem Eingang, schien aber im Abstand von ungefähr eineinhalb Metern platt gewalzt – geradeso, als sei vor kurzer Zeit ein Fahrzeug in Richtung der Scheune gerollt.

Braig bückte sich nieder, vergewisserte sich, dass dieser Eindruck korrekt war, lief dann weiter ins Innere des Geländes. Die Ranken und Zweige des Buschwerks ächzten und knackten bei jedem Schritt. Er näherte sich dem Gebäude, schrak zusammen, als unmittelbar vor ihm eine Elster kreischend in die Höhe schoss. Er schaute dem schwarz-weiß gefiederten Vogel nach, sah, wie er in die Äste des nahen Wäldchens abtauchte.

Die Scheune lag jetzt unmittelbar vor ihm, offenbarte aus dieser Nähe noch deutlicher ihren baufälligen Zustand. Der Boden rings um sie herum war mit zersplitterten Ziegeln, die irgendwann in den letzten Monaten oder Jahren vom Dach gerutscht waren, übersät. Fingergroße Lücken zwischen den Brettern der Wände erlaubten an unzähligen Stellen Einblicke ins Innere.

Braig lief vollends zu dem Gebäude, drückte mehrere dornige Ranken zur Seite, presste sein Gesicht an das Holz. Er spürte das Netz einer Spinne auf seiner Stirn und in den Haaren, streifte es mit der Hand ab, starrte dann durch die Lücke. Der Innenraum lag im Dunkeln. Er versuchte, seine Augen an das Dämmerlicht zu gewöhnen, merkte, wie sich nach und nach die Umrisse verschiedener Gegenstände vor ihm abzeichneten.

»Ist das Auto da?« Monika Hellers Stimme ließ ihre Neugier deutlich spüren.

Er suchte den Raum mit seinen Augen ab, fühlte das Kribbeln auf seiner Wange. Braig drückte sich von der Scheune weg, wischte mit seiner Rechten übers Gesicht.

»Und? Ist es da?«, wiederholte seine Begleiterin.

Er hatte Mühe, etwas zu erkennen, fand sich nur schwer zurecht. Stapel alter, völlig verbogener Bretter, hintereinander aufgeschichtete, teilweise zerbrochene Steine, alte, von unzähligen Spinnweben überzogene Maschinen und Geräte, eine hoch aufgetürmte Ansammlung ineinander verschachtelter Kisten und links vor ihm, von den hier aufgeschichteten Steinen weitgehend verborgen, die Umrisse eines Autos. Er drückte sich hoch, stellte sich auf die Zehenspitzen, versuchte, das Fahrzeug genauer unter die Lupe zu nehmen. Ein Teil der Windschutzscheibe war zu erkennen, dazu eine Partie des Daches, alles aber nur bruchstückhaft und in kaum zu durchdringenden Dämmer getaucht. Braig merkte, dass er sich vergeblich mühte, ließ von der Scheune ab. Er schaute sich um, sah die neugierigen Blicke seiner Begleiter. »Es ist zu dunkel«, rief er ihnen zu, »ich kann nichts erkennen.«

Er lief auf das Tor des Schuppens zu, musterte den breiten Riegel, mit dem es verschlossen war, ein etwa fünfzehn Zentimeter langes und fünf Zentimeter hohes, an der Oberkante sichtbar angerostetes Monstrum. Mit gezielt eingesetzter Kraft musste er zu bewegen sein.

Braig nahm beide Hände, setzte zu einem ruckartigen Griff an, spürte den Widerstand. Er betrachtete das Tor, sah, dass es leicht verbogen war, drückte mit dem rechten Knie dagegen, versuchte es erneut. Mit heftigem Knirschen schwang der Riegel zur Seite.

Er trat zurück, öffnete das Tor. Ein Schwall muffiger Luft strömte ihm entgegen, vermischt mit dem Geruch nach Reifen und Benzin. Er starrte ins Innere der Scheune, musste erst gar nicht warten, bis sich seine Augen an das dämmrige Licht gewöhnt hatten: Unmittelbar vor ihm, mitten im Eingangsbereich des Gebäudes stand ein dunkelgrüner VW Passat. Er musterte das Auto, sah, dass es sich um ein älteres Modell mit einem gültigen Nummernschild handelte, rief seine Begleiter zu Hilfe.

Monika Heller stakste vorsichtig auf Zehenspitzen durch das Gelände, um möglichst wenige Spuren zu hinterlassen, betrachtete das Fahrzeug, nickte mit dem Kopf. »Das ist er«, sagte sie mit lauter Stimme, »Mariannes Passat.«

»Sie sind sich sicher?«

Die Frau warf ihm einen kritischen Blick zu. »Soll ich Ihnen erzählen, wie oft ich mit dem unterwegs war?«

Braig zog sein Handy vor, informierte Rauleder über seinen Fund, gab ihm unter der Mithilfe Monika Hellers genaue

Anleitung, wie die Scheune zu finden war. Der Kollege versprach, sich gemeinsam mit Rössle sofort auf den Weg zu machen. Braig beendete das Gespräch, bat seine beiden Begleiter, gemeinsam mit ihm das Grundstück zu verlassen, um den Spurensicherern die Arbeit nicht unnötig zu erschweren.

»Und Sie glauben wirklich, Marianne selbst hat das Auto hier versteckt?« Monika Hellers Zweifel waren ihr ins Gesicht geschrieben. Ihre Stirn lag in Falten, die Mundwinkel waren nach oben gezogen.

»Wer sonst?«, fragte Braig.

»Wer wohl? Ihr Mörder.«

»Woher soll der das Grundstück hier gekannt haben?«

»Vielleicht hat er sie gezwungen, es ihr zu verraten, damit er das Auto verstecken konnte.«

»Weshalb sollte er das tun?«

Monika Heller zuckte ratlos mit der Schulter. »Keine Ahnung. Ich versuche nur, das alles zu verstehen.« Sie schwieg, schaute den Weg entlang, auf dem ihnen eine jüngere Frau mit zwei angeleinten Hunden entgegen kam. Die Tiere trotteten hechelnd vor ihr her, schienen es nicht besonders eilig zu haben. Die junge Frau grüßte, musterte das offene Tor, lief dann weiter.

»Frau Kindler äußerte selbst am Telefon, dass sie unterwegs nach Oettingen sei, um dort das Auto zu verstecken«, sagte Braig, »das erzählte sie jedenfalls Frau Körner. Ich denke, das ist der Grund, weshalb wir es hier gefunden haben.« Er sah, wie seine Begleiterin mit sich rang, wartete auf eine Antwort.

»Ich kann es einfach nicht glauben.«

»Irgendwann unterwegs wird ihr die Scheune eingefallen sein.« Er betrachtete den Eingang, wandte sich an Decker. »Das Tor war früher nicht besser gesichert?«

Der Mann schüttelte den Kopf. »Hier gibt es nichts zu stehlen«, krächzte er dann schwerfällig.

Braig sah die baufällige Scheune, fand die Antwort plausibel.

»Und dann begegnete sie ihrem Mörder?«, fragte Monika Heller.

»Wahrscheinlich wurde sie auf einem Feldweg getötet«, sagte Braig. »Oder auf einem Acker. Die Techniker fanden Reste von Erde an ihrer Kleidung.« Er sah keinen Grund, diese Information vor seinen Begleitern geheim zu halten, hoffte insgeheim, ihre Erwähnung könne dazu beitragen, seinen Ermittlungen auf die Sprünge zu helfen.

»Auf einem Feldweg oder einem Acker?« Die Frau betrachtete ihn stirnrunzelnd. »Und auf dem Rückweg von hier in den Ort?«

Braig erinnerte sich, vor wenigen Minuten gleich am Rand Oettingens mehrere Ackerflächen passiert zu haben, fragte nach dem Weg, den Marianne Kindler am Abend ihres Todes wohl eingeschlagen hatte, um zu ihrer Wohnung zu gelangen. »Ist es derselbe, auf dem wir hergefahren sind?«

»Es war dunkel«, ließ sich Decker schwer verständlich vernehmen, »ja?«

Braig nickte, bestätigte die Vermutung des Mannes. »Es wird gegen zwanzig Uhr gewesen sein. Da ist es zur Zeit Nacht, vollkommen dunkel.«

»Vielleicht ist sie über die Äcker gelaufen.« Decker benötigte mehrere Anläufe, den Satz zu Ende zu sprechen, schaute fragend zu ihrer Begleiterin.

»Du meinst, unten vor dem Ort?«, fügte Monika Heller hinzu.

Der Mann nickte, ersparte sich eine weitere Antwort.

»Gegen zwanzig Uhr.« Die Frau atmete kräftig durch, fuhr sich durch die Haare. »Um diese Zeit führt Sabine Layer dort ihren Hund aus.«

Braig schaute überrascht auf. »Wo?«

»Am Ortsrand von Oettingen. Dort, wo die Äcker in Obstbaumwiesen übergehen.«

»Jeden Abend?«

»Keine Ahnung. Ich habe nur die Leute schon darüber reden hören. Wenn Sie es genau wissen wollen, müssen Sie Frau Bachmann fragen.«

»Und Frau Kindler muss dort vorbeigekommen sein, wenn sie von hier nach Hause lief?«

»Wenn sie nicht einen riesigen Umweg gelaufen ist, ja.«

»Das heißt, die beiden Frauen könnten am Montagabend dort aufeinander getroffen sein.«

»Sie wollen doch nicht sagen, dass...« Monika Heller warf ihre Haare zurück, verharrte mitten in ihrer Bewegung, starrte den Kommissar an.

»Gar nichts will ich sagen«, gab er zurück, »ich weiß so wenig wie Sie, was dort passiert ist. Könnten Sie mir die Ackerflächen nachher bitte zeigen?«

Sie nickte, betrachtete ihn mit nachdenklichem Blick. »Frau Layer und Marianne, nein.« Sie schüttelte den Kopf. »Das können Sie nicht glauben. Es ist absurd.«

»Wir wissen nicht, was an jenem Abend vorgefallen ist«, erwiderte er, »falls sie sich wirklich begegnet sind. Noch ist das eine bloße Vermutung.«

»Ob Vermutung oder nicht, das kann nicht sein«, beharrte seine Gesprächspartnerin, »zwischen Marianne und Frau Layer gab es nicht die geringste Differenz. Es ist ein einziger Glücksfall, dass die beiden aufeinander getroffen sind.« Sie hielt erschrocken inne, weil ihr der doppelte Sinn ihrer Worte bewusst wurde, winkte heftig ab. »Beruflich, meine ich natürlich.« Sie warf ihm einen wütenden Blick zu, schüttelte den Kopf. »Und selbst wenn sie sich an diesem Abend dort am Ortsrand getroffen hätten, wer sagt denn, dass nicht beide Opfer desselben Täters wurden?«

»Weshalb haben wir dann nur Frau Kindlers Leiche gefunden?«

»Was fragen Sie das mich?«, konterte Monika Heller, »ich bin keine Polizeibeamtin.«

Braig schwieg ein paar Minuten, wartete, bis sie sich wieder beruhigt hatte, fragte dann nach dem Auto Sabine Layers. »Wissen Sie, was für ein Modell sie fährt?«

»Einen roten Polo. Ich sah sie mehrfach damit.«

»Sie wissen nicht zufällig, ob der Wagen ebenfalls verschwunden ist?«

»Nein, darauf habe ich nicht geachtet.«

Er wurde vom Läuten seines Mobiltelefons unterbrochen. Braig zog das Gerät vor, hatte Helmut Rössle am Ohr.

»Alle Idiote von Sindelfinge, des isch a wahres Labyrinth hier.«

»Wo bist du?«

»Wenn i des wüsst. Kurz hinter dem Ludwigsburger Tierheim. Vor und unter uns standet tausend Obschtbäum und links mindeschtens genauso viele Elektroleitungsmaschte. Wo müsset mir jetzt na?«

Braig bat Monika Heller, dem Kollegen zu helfen, hörte, wie sie ihm den Weg beschrieb. Keine zwei Minuten später sah er den grauen Kombi auf sie zukommen. Er steckte sein Handy weg, stellte Rössle und Rauleder vor, zeigte den Männern die Scheune und den dunkelgrünen Passat.

»Du willsch wisse, ob dieser Miethoff oder wie der Kotzbrocke sonscht heißt, mit dem Karre überfahre worde isch?«

Braig nickte, fügte eine weitere Bitte hinzu. »Und ob sich in oder an dem Auto irgendwelche Spuren auf ein weiteres Verbrechen, nämlich den Mord an Frau Kindler finden lassen. Sie wurde mehrfach von einem Fahrzeug überrollt, wenn ihr euch erinnert.«

»Jawohl, der Herr. Ganz so verkalkt wie en Sindelfinger bin i net. Sonscht noch was?«

Braig zögerte, wusste nicht, wie er sein Anliegen formulieren sollte. »Ihr erinnert euch an die Erde, die ihr an Frau Kindlers Leiche entdeckt habt?«

Rössle und Rauleder deuteten ein kurzes Nicken an.

»Es kann sein, dass die Frau am Montagabend kurz vor ihrem Tod ihr Auto hier in dieser Scheune abstellte und dann nach Oettingen lief. Gegen zwanzig Uhr, im Dunkeln also. Kurz vor dem Ort gehen die Wiesen in Ackerflächen über. Vielleicht ist es dort passiert.« Er schwieg, schaute vom einen zum anderen seiner Kollegen. »Hier an der Scheune sind jedenfalls keinerlei Spuren einer Auseinandersetzung festzustellen. Wie es dort auf diesen Äckern aussieht, weiß ich nicht, ich will es mir jetzt anschauen. Möglicherweise könnten wir noch etwas entdecken, wenn es wirklich dort geschah.«

»Wir?«, fragte Rössle skeptisch.

»Na ja, vielleicht kann einer von euch mal einen flüchtigen Blick darauf werfen.«

Der Spurensicherer zog demonstrativ seine Uhr vor, klopfte auf seinen Arm. »Zehn vor sechs. Wie lange isch es noch hell?« Er starrte zum Himmel.

»Höchstens eine Stunde«, erklärte Rauleder.

»Ond geschtern hats gregnet!«

»Ja, ich weiß, wie gering die Chancen sind, heute, drei Tage nach dem Verbrechen noch etwas zu entdecken«, gab Braig zu, »aber ich will mir später nicht vorwerfen, es nicht wenigstens versucht zu haben. Wenn wir uns beeilen, könnte es reichen.«

Rössle winkte murrend seinem Kollegen, bedeutete Rauleder, Braig zu begleiten. »I kümmer mi derweil um den

Krempel do.« Er wies auf die Scheune, wandte sich dem Dienstwagen zu, öffnete die Heckklappe, packte die nötigen Arbeitsgeräte aus.

Der Weg zu den Ackerflächen am Rand Oettingens kam Braig weit kürzer vor als auf der Herfahrt. Er ließ seinen Blick über die schmucken Gartengrundstücke und die über mehrere Hügel verteilten Obstbaumwiesen schweifen, überlegte, welche Route Marianne Kindler am Abend ihres gewaltsamen Todes wohl genommen hatte, um zu ihrer Wohnung zu gelangen. »Ist das die kürzeste Variante?«, fragte er.

Decker bremste ab, zeigte die Hügel abwärts in ein schmales Tal. »Quer über die Wiesen ist es noch kürzer.«

Er folgte dem Hinweis des Mannes, betrachtete die alten Obstbäume, deren Äste und Zweige in den Strahlen der untergehenden Sonne dunkle Schatten auf den Boden zauberten. Hatte Marianne Kindler den Weg über die Wiesen genommen, zwischen den im Abstand von wenigen Metern gewachsenen Bäumen hindurch?

Er sah, wie der asphaltierte Feldweg zunehmend an Höhe verlor und sich dem von Decker aufgezeigten Pfad näherte. Die von hohen Zäunen eingefassten Gärten blieben zurück, machten wie die Obstwiesen frisch ausgesäten ebenen Äckern Platz.

Decker fuhr langsam, zeigte auf die unmittelbare Umgebung. »Hier musst du auf jeden Fall vorbei«, krächzte er.

Braig bat ihn, anzuhalten, winkte Rauleder, der ihnen mit seinem Dienstwagen folgte. Er stieg aus, trat an den Rand des Ackers, musterte die landwirtschaftlich genutzte Fläche, die sich mehrere hundert Meter bis an den Rand Oettingens zog. »Hier irgendwo könnte es gewesen sein«, sagte er, als er den Kollegen neben sich auftauchen sah.

Rauleder seufzte laut, drehte den Kopf, überflog das gesamte Gelände mit kritischem Blick. »Hier irgendwo«, brummte er.

Braig spürte seinen Unwillen, versuchte ihn zu besänftigen. »In der Nähe eines Feldwegs«, setzte er hinzu, »die Frau wurde mehrfach überfahren.«

»Wie viele Wege gibt es hier?«

Er wusste keine Antwort, wandte sich an Monika Heller, die im Auto geblieben war. Sie legte die Stirn in Falten, wog den Kopf hin und her.

»Einige«, sagte sie dann, »die meisten laufen parallel zu unserem hier, andere verbinden sie miteinander.«

»Und wo führt Frau Layer abends ihren Hund aus?«

Monika Heller überlegte nicht lange. »Links und rechts von unserem Weg hier«, sagte sie, deutete ins Gelände, »je nachdem, ob es trocken ist oder nicht. Ich weiß nur, dass die Bauern sich schon beschwert haben, weil so viele mit ihren Hunden über die Felder stapfen.«

»Die Gegend wird von vielen Leuten genutzt, die ihre Tiere ausführen?«

»Es nimmt immer mehr zu. Vor allem im Frühling und im Sommer.«

Braig schaute die Frau überrascht an. »Dann könnte es vielleicht sein, dass irgendjemand etwas beobachtet hat. Wenn es wirklich hier geschehen ist.«

»Sie glauben tatsächlich, Marianne wurde hier, wenige Meter vor dem Ort ...« Monika Heller brach mitten im Satz ab, wandte sich zur Seite.

Braig hörte, wie sie die Nase hochzog, sah die Tränen, die ihr über die Wangen liefen. Er wartete, bis sie sich beruhigt hatte, bedankte sich für ihre und Deckers großzügige Hilfe, versprach, alles zu tun, den Mörder Marianne Kindlers zu finden. »Vielleicht haben Sie uns entscheidend weitergebracht«, fügte er hinzu, »wie wertvoll manche Hinweise sind, wissen wir meist erst im Nachhinein.« Er sah, wie das Auto davon fuhr, wandte sich an Rauleder. »Hat es einen Sinn?«

Der Spurensicherer schaute ins Gelände, zuckte mit der Schulter. »Gibt es eine andere Chance?«

»Nein«, antwortete Braig, »auch wenn wir dafür eine ganze Hundertschaft benötigen.«

Rauleder schüttelte den Kopf. »Die würden alles vollends zertrampeln. Wenn schon, müssen wir es selbst tun. Aber heute«, er zeigte zum Himmel, wies auf den im Westen fast vollständig verschwundenen Ball der Sonne, »schaffen wir das nicht mehr.«

»Was sagt der Wetterbericht?«

»Es bleibt trocken. Wir haben ein ausgeprägtes Hochdruckgebiet.«

»Könntest du dir die Zeit nehmen?«

»Ich denke, es muss sein. Wenn du es als Chance siehst, die Sache zu klären.«

Braig nickte, bedankte sich für die Hilfsbereitschaft des Kollegen, schlug vor, wenigstens das Gelände links und rechts des Feldwegs, auf dem sie standen, noch einer kurzen Prüfung zu unterziehen. »Du links, ich rechts, einverstanden?«

Rauleder signalisierte seine Zustimmung, fuhr das Auto an den Rand des Wegs, parkte es dort. Braig wartete, bis er wieder zu ihm aufgeschlossen hatte, lief dann langsam neben ihm her, das Gelände feldeinwärts aufmerksam musternd. Von einem schmalen Saum mattgrüner Gräser vom gerade verlaufenden asphaltierten Weg getrennt erstreckte sich die Ackerflur mehrere hundert Meter weit bis zu einem schmalen, von niedrigen Hecken gesäumten Damm, auf dem die Schienen der S-Bahn verliefen. Die Böden waren akkurat eingeebnet, von dunklem Lehm geprägt, eine weite, gleichförmige Masse, von den Reifenspuren der Traktoren gezeichnet, mit denen die Landwirte ihre Arbeit verrichtet hatten. Deren Profile zogen sich wie mit einem Lineal abgemessen schnurgerade über die Äcker, die einzige Abwechslung in einem eintönig langweiligen Areal.

Braig und Rauleder schritten den Weg bis zu den ersten Häusern der Ortschaft ab, nahmen ab und an die Abdrücke von Schuhen oder tierischen Pfoten wahr, die meist nur wenige Meter vom Weg auf den Acker und dann in spitzem Winkel oder in einem halbkreisförmigen Bogen wieder zurückführten – Relikte jener Spaziergänger, die hier ihre Hunde auszuführen pflegten, bedeutungslos für ihre Suche nach Spuren eines eventuell in dieser Gegend verübten Verbrechens.

»Das war es dann wohl«, sagte Braig, als sie Oettingen fast erreicht hatten, wurde mitten im Satz vom Läuten seines Mobiltelefons unterbrochen. Er verabschiedete sich von Rauleder, zog das Handy vor, nahm das Gespräch an.

»I denk, die Sach isch klar«, meldete sich Rössle.

Braig wusste sofort, wovon der Kollege sprach. »Miethoff wurde von dem Passat überfahren?«

»Die Spure sind eindeutig: Zwoi Delle vorne ond oine an de Seit. Des kenn i. So siehts meistens aus, wenns wieder en Mensch erwischt hat. Obs der Kotzbrocke war, woiß i nadierlich net, aber ...«

»Vielleicht kannst du bei der Gerichtsmedizin Miethoffs genaue Verletzungen abgleichen.«

»I kümmer mi drum. Soviel fürs Erschte.«

Braig bedankte sich für die Nachricht, informierte Rössle, dass Rauleder auf dem Weg zu ihm war. Er sah, wie die Dämmerung langsam von der Umgebung Besitz ergriff, hoffte, dass es den Spurensicherern nicht allzu schwer fallen würde, ihre Arbeit vollends zu tun. Er spürte, wie er fror, hüllte sich fester in seine Jacke, zog den Reißverschluss zu. Die Temperatur war im Verlauf der letzten halben Stunde spürbar gefallen. Aus dem Dorf hörte er das Bellen von Hunden, er passierte die ersten Häuser, sah zwei Retriever mit weit heraushängenden Zungen auf sich zuspringen. Die Tiere jagten einander hinterher, hatten offensichtlich die Äcker außerhalb Oettingens zum Ziel. Er blieb stehen, als sie an ihm vorbeisprinteten, bemerkte den Radfahrer, der, zwei Leinen um die rechte Hand gewickelt, um die Ecke kam. Der Mann beachtete ihn nicht, pfiff zweimal durch die Zähne, starrte zu den Hunden. Die Tiere blieben kurz stehen, warfen einen hastigen Blick zurück, setzten sich dann wieder in Bewegung.

Braig schaute auf seine Uhr. Kurz nach halb sieben. Die Zeit, in der die ersten Hundehalter ihren Tieren Auslauf gewährten. War das die Chance, auf Menschen zu treffen, die am Montagabend in dieser Gegend irgendetwas Auffälliges bemerkt hatten?

Er spürte die kalte Luft, fröstelte, schritt schneller aus. Er musste die Namen all derer ermitteln, die hier ihre Vierbeiner auszuführen pflegten und sich dann einen nach dem anderen vornehmen, um ihn auf jenen Abend hin zu befragen.

Das Signal aus seiner Jackentasche riss ihn aus seinen Überlegungen. Er zog sein Handy vor, erkannte auf dem Display Neundorfs Nummer.

»Tut mir wirklich Leid«, begann seine Kollegin, »aber ich war bis jetzt beschäftigt. Ohne Unterbrechung. Koch wollte es nicht wahrhaben, dass Miethoffs Tod auf dessen rücksichtslose Geschäftspraktiken zurück zu führen ist. Frau Kindler als Täterin – die kann der Presse nicht als die Mordbestie verkauft werden, nach der er die ganze Zeit suchte. Und der Heiligenschein des erfolgreichen Managers ist jetzt unwiderruflich zerstört.«

»Es gibt keinen Zweifel mehr«, sagte Braig, »wir haben das Auto mit eindeutigen Spuren eines Aufpralls eines menschlichen Körpers entdeckt. Rössle ist noch dabei, es zu untersuchen.«

»Er hat uns informiert. Ich habe es schon an die Presse weitergegeben. Wie weit bist du?«

Er vermittelte ihr einen kurzen Überblick über den Stand seiner Ermittlungen, erhielt sofort ihre Zusage, bei der Befragung der Hundebesitzer zu helfen.

»Morgen früh«, erklärte sie, »ich bin dabei. Für heute ist es genug. Ich bekomme nichts mehr auf die Reihe.«

Braig bedankte sich für ihre Bereitschaft, fühlte sich zu müde, die Befragung jetzt noch zu beginnen, eilte mit großen Schritten die Straße entlang. Vielleicht konnten sie morgen früh von Frau Heller oder Frau Bachmann erfahren, wer die Hundebesitzer des Ortes waren und wo sie wohnten, um so schneller zu ihrem Adressatenkreis zu gelangen.

Er lief zum Bahnhof, wartete auf den Zug, nutzte die Gelegenheit, Ann-Katrin über seine Rückkehr zu informieren. Keine Reaktion. Er ließ es zwölfmal läuten, versuchte es erneut. Wieder vergeblich. Vielleicht hatte sie den Dienst beendet, war längst nach Hause gegangen. Er gab die Nummer ihres gemeinsamen Festnetz-Anschlusses ein, wartete darauf, ihre Stimme zu hören. Irgendwann meldete sich der Anrufbeantworter mit dem gewohnten Text.

»Annka«, sagte er, »wenn du zuhause bist, melde dich doch.« Er hielt das Handy noch eine Weile am Ohr, ohne Erfolg. Als er es endlich wegsteckte, fuhr die S-Bahn ein. Er überlegte fieberhaft, was mit seiner Freundin los war.

14. Kapitel

Braig lag lange wach in dieser Nacht. Als der Wecker kurz vor sieben Uhr läutete, schien es ihm, als ob er sich erst vor wenigen Minuten ins Bett gelegt hätte.

Ann-Katrin hatte bereits geschlafen, als er nach Hause gekommen war. Er wusste nicht, was mit ihr war, hatte den Tisch in der Küche sauber abgeräumt vorgefunden, sich zwei Brote mit Camembert belegt und ein Glas mit Gurken geöffnet, dazu Pfefferminztee getrunken. Anschließend hatte er ausgiebig mit seiner Mutter telefoniert, mehr als vierzig Minuten, wie ihm überrascht bei einem Blick auf seine Uhr klar geworden war, wenig Neues, kaum Wichtiges, überwiegend Belanglosigkeiten ausgetauscht. Sie war erst vor wenigen Tagen aus Hamburg zurückgekehrt, hatte dort über zwei Wochen bei seiner ehemaligen Nachbarin Elisabeth Ungemach verbracht und mit ihr gemeinsam unzählige Ausflüge ins Umland unternommen. Er erinnerte sich noch genau, wie erstaunt er war, als sie ihm von diesem Plan erzählt hatte. Seine Mutter – ohne Begleitung so weit unterwegs? Er hatte sich bereit erklärt, sie zum Bahnhof zu bringen, war nach Mannheim gefahren, hatte sie eigenhändig in den Zug gesetzt. Ihren Anrufen und Karten war die Begeisterung anzumerken gewesen, die sie während ihres Ausflugs und auch noch danach gepackt hatte. »Elisabeth und ich werden uns bald wieder sehen«, hatte sie ihm erklärt, »entweder in Hamburg oder in Mannheim.« Erfreut hatte er diese Botschaft wahrgenommen, sie als weiteren Schritt einer aus eigener Initiative erfolgten Bereicherung ihres letzten Lebensabschnitts verstanden.

Irgendwann mitten in der Nacht war er am lauten Schreien Ann-Katrins erwacht. Er hatte ihr die Hand auf die Schulter gelegt, sie sanft gestreichelt, dann ihren erstaunten Blick bemerkt.

»Was ist los?«

»Du hast geschrien.«

»Geschrien? Entschuldige bitte. Ich habe geträumt.« Sie hatte gegähnt, mit müden Augen aufgeblickt.

»Nichts Angenehmes.«

»Nein. Ich stand mitten in einer Zelle und vor mir am Fenstergitter hing Torsten.«

»Mein Gott, du tust mir Leid.« Er hatte sie in den Arm genommen, fest an sich gedrückt.

»Warum?«, hatte sie gefragt. »Warum?«

»Es gibt keine Erklärung. Nicht einmal den Ansatz dazu.« Jede Antwort auf diese Frage wurde dem Problem nicht gerecht, jedes Wort war unbefriedigend.

Er hatte, mitten aus dem Schlaf gerissen, keine Lust gehabt, sich Gedanken über das Leid und die Aggressionen dieser Welt hinzugeben, dennoch aber im Verlauf der restlichen Stunden dieser Nacht lange über Ann-Katrins Fragen gegrübelt. Seine Freundin war nur langsam wieder zur Ruhe gekommen. Sandra Rehles und Torsten Ralls Tod hatte sie so mitgenommen, dass sie selbst im Schlaf keine Erholung von der Tragik der Ereignisse fand.

Kurz vor acht im Büro angelangt, stieß er auf Rössles Abschlussbericht über die Untersuchung von Marianne Kindlers dunkelgrünem Passat. Seine Mail unterrichtete ihn darüber, dass das Auto aufgrund winziger Faserreste, die sie an der Karrosserie aufgespürt hatten, eindeutig als das Fahrzeug identifiziert werden konnte, mit dem Miethoff in Fellbach getötet worden war.

Braig atmete kräftig durch, fühlte sich spürbar erleichtert. Wenigstens ein kleiner Fortschritt in seinen Ermittlungen. Er hörte Neundorfs Stimme auf dem Gang, sah die Kollegin in sein Büro treten. Sie grüßte, erkundigte sich nach seinen Plänen.

»Der Passat ist identifiziert«, sagte er, »Rössle hat Spuren von Miethoffs Kleidung entdeckt.«

»Das klingt gut. Dann fahren wir nach Oettingen?«

Braig stimmte ihr zu. »Vielleicht hat einer der Hundebesitzer etwas beobachtet.«

Sie studierte sein Gesicht, runzelte die Stirn. »Dir fehlt Schlaf, ja?«

»Sieht man es mir so deutlich an?« Er erhob sich von seinem Stuhl, lief zum Waschbecken, klatschte sich kaltes Wasser ins Gesicht. Dann nahm er das Handtuch, massierte seine Wangen, die Stirn, das Kinn. »Ann-Katrin«, sagte er, »sie kommt nicht über Sandras Tod hinweg.«

»Das kann ich nachfühlen. Alle Kollegen sind schockiert.«

»Es lässt ihr keine Ruhe, wieso Torsten dazu fähig war.«

»Sandra wollte die Beziehung beenden«, erklärte Neundorf, »deshalb. Die männliche Methode, Probleme zu lösen.«

Braig hängte das Handtuch zurück, lief zu seinem Schreibtisch. »Ist das nicht etwas zu einfach gedacht?«

»In welcher Welt lebst du? Warum seid ihr Männer so gewalttätig?«

»Nicht alle«, erwiderte er.

»Aber viele«, beharrte sie, »viel zu viele.«

»Ihr werdet anders erzogen als wir. Vielleicht hat es damit zu tun.«

Sie warf ihm einen kritischen Blick zu, fuhr sich über die Haare. »Mag sein. Wir können auf jeden Fall besser mit Problemen umgehen als ihr. Wir tauschen uns aus, sprechen darüber, reden uns den Frust von der Seele. Das befreit vom schlimmsten Druck. Ihr seid dazu unfähig, fresst alles in euch hinein und verwandelt euch in lebende Pulverfässer. Irgendwann zündet ein Funke und ihr explodiert. Und es gibt unzählige unschuldige Opfer, weil eure Fähigkeit, euch mit anderen auszutauschen, völlig verkrüppelt ist. Warum nur sind wir Frauen so dämlich, freiwillig mit euch behinderten Existenzen zusammenzuleben?«

Braig hörte ohne Widerrede zu, versuchte im Stillen, sich mit ihren Worten auseinander zu setzen.

»Und ihr fühlt euch dazu noch in eurer Ehre verletzt«, fuhr sie fort, »ein Mann, dieses wertvolle Wesen, wird nicht einfach so von seiner Partnerin verlassen. Wo kämen wir denn hin, wenn *er*«, sie betonte das Wort, »das zuließe? Wenn uns Frauen der Partner davon läuft, ist das normal. Dazu wurden wir schließlich geboren und erzogen, um eine Zeit lang unserem Herrn zu dienen und dann, wenn wir ihm nicht mehr knackig genug sind, gegen eine Jüngere, Attraktivere ausgetauscht zu werden. Verlassen zu werden – weshalb sollen wir uns darüber aufregen – es ist schließlich unsere Bestimmung, unser Schicksal. Aber wehe, wir erdreisten uns, selbst die Initiative zu ergreifen! Unser Herr und Meister kann das nicht dulden, es verletzt seine männliche Ehre.«

Er wusste nicht, was er antworten sollte, gestand ihr insgeheim zu, bestimmte männliche Charaktere korrekt beschrieben zu haben. Ob sie Torsten Ralls Beweggründen damit nahe kam, konnte er nicht beurteilen, was immer in dem Kollegen vorgegangen war und ihn letztendlich zu der schrecklichen Tat veranlasst hatte, blieb wohl immer verborgen. Das Läuten des Telefons befreite ihn von der Verpflichtung, sich noch länger auf das Thema einzulassen; ohne lange zu überlegen, griff er nach dem Hörer, legte ihn ans Ohr. Die weibliche Stimme am anderen Ende der Leitung war ihm unbekannt.

»Dorothee Mauser hier. Ich rufe an wegen Sabine Layer. Haben mich Ihre Kollegen richtig verbunden?«

»Sabine Layer?«, fragte er überrascht. »Sie kennen sie?«

»Deshalb rufe ich an.«

»Dann sind Sie bei mir richtig. Braig ist mein Name. Was wissen Sie von Frau Layer?«

»Wir sind befreundet. Ich mache mir Sorgen, weil Sabine verschwunden sein soll.«

Sie hatte eine wohl temperierte angenehme Stimme, war Braig auf Anhieb sympathisch. »Sie haben keine Ahnung, wo sie sich aufhält?«, fragte er.

»Nein. Ich las in der Zeitung, dass sie vermisst wird.«

»Sie wohnen in Oettingen?«

»Nein, in Murrhardt. Sabine und ihre Mutter lebten mehrere Jahre in meiner Nähe, daher kennen wir uns.«

»Die Mutter von Frau Layer?«, fragte Braig. Deren Adresse war das Erste, was er sich besorgen musste, sobald er die Suche nach der Vermissten aufnahm. »Könnten Sie mir bitte deren Anschrift geben?«

»Ihre Anschrift?« Dorothee Mauser stockte einen Moment, fuhr dann mit leicht belegter Stimme fort. »Das geht leider nicht.«

»Weshalb?«

»Sie ist tot. Seit zwei Monaten.«

»Oh, das ist mir neu. Was können Sie mir über Frau Layer erzählen?«

»Sie wird wirklich vermisst?«

»Soweit ich informiert bin, ja.«

»Ich mache mir Sorgen, ernsthafte Sorgen.«

Er glaubte, Angst in der Stimme seiner Gesprächspartnerin zu vernehmen, hakte nach. »Darf ich wissen, weshalb?«

»Sabine fühlte sich bedroht«, erklärte die Frau.

Braig wurde vollends hellhörig. »Bedroht? Von wem?«, fragte er.

Dorothee Mauser ließ einen lauten Seufzer hören. »Ein sehr einflussreicher Mann. Ich glaube, sie ist da jemand in die Quere gekommen. Aber das ...« Sie verstummte, wandte sich vom Telefon ab. Braig hörte eine Stimme im Hintergrund, hatte die Frau kurz darauf wieder am Ohr. »Ich mache mir ernsthaft Sorgen um Sabine«, sagte sie, »und ich meine, ich sollte wirklich mit Ihnen darüber reden, was sie mir erzählt hat. Aber hier, am Telefon ...«

Braig reagierte sofort. »Sie sind bereit, sich persönlich mit mir darüber zu unterhalten?«

»Gerne. Ich muss Sie allerdings bitten, zu mir zu kommen. Ich bin an meine Buchhandlung gebunden. Wenn Sie es einrichten könnten?«

»Sie haben eine Buchhandlung?«

»Im Zentrum von Murrhardt. Sie können sie nicht verfehlen.«

»Ich komme, so schnell es geht. Wenn Sie mir bitte kurz Ihre genaue Anschrift geben.« Er nahm einen Stift, notierte sich den Weg, versprach, noch am Vormittag bei ihr vorbeizuschauen, beendete dann das Gespräch.

»Ich fahre nach Murrhardt«, sagte er, nachdem er den Telefonhörer aufgelegt hatte, »wärst du bereit, allein nach Oettingen zu gehen? Ich komme, sobald...«

Neundorf winkte ab. »Kein Problem. Es geht um die vermisste Sabine Layer?«

»Die Anruferin, eine Freundin von ihr, glaubt, sie wurde bedroht. Irgendein einflussreicher Typ, dem sie in die Quere gekommen sei. Ich muss mich darüber informieren. Dass Frau Layer genau seit dem Zeitpunkt vermisst wird, als Frau Kindler ermordet wurde, scheint mir problematisch. Und dazu noch die Tatsache, dass sie genau dort ihren Hund ausgeführt haben soll, wo wir den Angriff auf die Tote vermuten ... Ich will nicht ausschließen, dass es Zusammenhänge gibt.«

»Obwohl du Frau Layer bisher eher als Täterin denn als weiteres Opfer vermutet hast.«

Braig streckte beide Hände abwehrend in die Höhe, suchte im Internet die Verbindung nach Murrhardt, sah, dass der nächste Zug in zwanzig Minuten fuhr. »Ich muss mich beeilen«, sagte er, »ich möchte die Frau möglichst bald sprechen.«

Neundorf nickte, lief aus dem Büro. »Wir hören voneinander«, sagte sie.

Er fuhr den Computer herunter, nahm den Notizblock und seine Jacke, eilte zum Bahnhof. Die Luft war immer noch frisch; die niedrigen Temperaturen erinnerten daran, dass der Winter auch jetzt im frühen März offiziell immer noch im Kalender stand. Braig knöpfte seine Jacke sorgsam zu, passierte die modernen Fassaden des Cannstatter Carrees, dessen Ladenflächen, wie an den Werbeschildern zu erkennen, immer noch nicht komplett vermietet waren, erreichte den Bahnhof. Er war um jeden Meter, den er zu Fuß zurücklegte, froh, erinnerte sich nur ungern an die mahnenden Worte seines Arztes, endlich für mehr Bewegung zu sorgen.

Der Zug war nur dürftig besetzt. Braig nahm in einer freien Vierergruppe Platz, ließ die Landschaft an sich vorbeifliegen. Fellbach, Waiblingen, die hohe Brücke über die Rems, Schwaikheim und Winnenden folgten einander in raschem Abstand, dann Backnang, Oppenweiler, der Blick auf die mächtige Burganlage von Reichenberg. Er erinnerte sich an die spektakuläre Aktion, in der sie vor Jahren oben an der Burg versucht hatten, eine Frau festzunehmen, die sie als mehrfache Mörderin verdächtigten: Ein Unterfangen, das schmählich scheiterte, war es ihr doch gelungen, sich vor seinen Augen selbst zu richten.

Kurze Zeit später hatte der Zug Murrhardt erreicht. Er benötigte nur wenige Minuten, vom Bahnhof zur Buchhandlung zu gelangen, staunte über die Schönheit der Landschaft, obwohl er die Stadt schon mehrfach besucht hatte. Dicht bewaldete Berge, wohin er auch blickte, mittendrin das schmale langgestreckte Tal mit seinen wie in einem großen Park ins Grüne eingebetteten Häusern, auf einem Hügel darüber das ins Mittelalter zurückreichende Gebäude der Walterichskirche. Unzählige im ersten Frühlingskleid aufblühende Bäume. Ein Panorama, das kühnsten Urlaubsträumen mehr als gerecht wurde.

Braig betrat die von einem großflächigen Schaufenster gezeichnete Buchhandlung gegenüber der alten Stadtmauer, sah zwei jüngere Frauen im intensiven Gespräch miteinander neben der Kasse stehen, einen großformatigen Bildband in den Händen. Er hörte, dass es um ein Geschenk für die Hochzeit eines befreundeten Paares ging, grüßte, betrachtete die gut bestückten Regale. Sie präsentierten eine große Auswahl an verschiedenen Büchern. Romane, Krimis, Ratgeber, Biographien. Er nahm eines in die Hand, sah den Titel *Unser armer Schiller*, blätterte es durch, las vom arrogant-egomanischen Gehabe Goethes und seinem rücksichtslosen Verhalten dem schwäbischen Dichterfürsten gegenüber. Als er die Seite umblätterte, hörte er das Klingeln der Kasse. Die Kundin bezahlte, steckte den Bildband in ihre Tasche, verabschiedete sich. Braig stellte das Buch ins Regal zurück, lief nach vorne.

»Sie haben einen besonderen Wunsch?« Die hübsche schwarzgelockte Frau hinter der Kasse warf ihm einen erwartungsvollen Blick zu.

Er erkannte sie an ihrer wohlklingenden Stimme, zog seinen Ausweis, stellte sich vor. »Braig vom LKA. Wir haben miteinander telefoniert.«

»Sie sind tatsächlich schon hier?«, fragte sie. »So schnell?« Die Überraschung war ihr ins Gesicht geschrieben. »Wie haben Sie das geschafft?«

Er schätzte sie auf Mitte dreißig, bewunderte ihre üppig schwarzen Locken. »Ich bin an einer raschen Aufklärung interessiert«, sagte er, »was Sie mir angedeutet haben, scheint von einiger Brisanz.«

Sie hob die Hände, schaute ihn mit besorgter Miene an. »Ich hoffe nur, dass das alles ein einziges großes Missverständnis ist. Dass Sabine irgendwo in der Sonne liegt und sich ein paar freie Tage gönnt, ohne jemand davon zu sagen oder dass sie beruflich für eine Woche unterwegs ist. Dass wir uns hoffentlich völlig unnötig Sorgen um sie machen.«

»Sie kennen den Hund von Frau Layer? Er streunt seit Dienstag durch Oettingen.«

»Woody, oh nein! Das würde sie nie zulassen.« Er sah, wie sie deutlich erbleichte, dann heftig den Kopf schüttelte. »Woody ist ihr viel zu sehr ans Herz gewachsen.«

»Dann ist es gut, wenn wir miteinander reden.«

Sie nickte, fuhr sich mit der Hand über die Stirn. »Wenn ich daran denke, was Sabine mir bei der Beerdigung erzählte, wird mir ganz übel.«

»Bei welcher Beerdigung?«

»Ihre Mutter. Vor zwei Monaten.«

»Woran ist sie gestorben?«, fragte er. Hat auch dieser Tod mit dem Verschwinden Frau Layers und dem Mord an Marianne Kindler zu tun, arbeitete es in ihm. Wo führt das noch alles hin?

Eine Frau um die vierzig betrat den Laden, kam langsam auf sie zu.

Dorothee Mauser blickte auf, drehte sich zur Seite. »Oh, Martina, es ist gut, dass du kommst«, sagte sie, »darf ich vorstellen, meine Mitarbeiterin Martina Maier. Herr Braig von der Polizei.«

Er nickte der Frau freundlich zu, sah, wie sie hinter der Kasse Aufstellung nahm, um einem Kunden, der kurz hinter ihr in den Laden getreten war, Rede und Antwort zu stehen.

»Wären Sie einverstanden, ein paar Schritte an die frische Luft zu gehen?«, fragte Dorothee Mauser. »Ich komme sonst nur selten dazu. Und wir könnten ungestört miteinander reden.«

Braig willigte sofort ein, freute sich über den Vorschlag. Es gab wohl kaum eine angenehmere Umgebung für ein Gespräch als einen erwachenden Frühlingstag in dieser reizvollen kleinen Stadt. Er folgte der Buchhändlerin auf die Straße, sah, dass sie den Weg an der Stadtmauer vorbei in die Fußgängerzone einschlug.

»Sie wollten wissen, woran Sabines Mutter gestorben ist«, sagte die Frau.

Braig nickte, wartete auf die Antwort.

»Sie wurde von einem Auto angefahren. Bei einem Besuch in Ludwigsburg.«

»Wen besuchte sie? Ihre Tochter?«

»Ja, Sabine. Aber kurz, bevor sie sich trafen, wurde sie überfahren.«

»Dann kann es also einen Zusammenhang geben.« Der Satz war ihm herausgerutscht, noch ehe er genauer darüber nachgedacht hatte.

Dorothee Mauser bog in die Fußgängerzone ein, musterte ihn einen Moment. »Sie glauben, das war Absicht?«

»Ich glaube gar nichts. Ich weiß überhaupt nichts von Frau Layer. Erzählen Sie bitte weiter.«

Sie warf ihm einen fragenden Blick zu, schien irritiert. Eine ältere Frau kam ihnen entgegen, grüßte sie. Die Buchhändlerin grüßte zurück, winkte ihr zu. Es dauerte eine Weile, bis sie weitersprach. Sie bogen um eine Ecke, passierten das mächtige Gebäude der Stadtkirche, erreichten die weitläufigen Wiesen des Stadtparks. Zwei Männer liefen an ihnen vorbei, grüßten.

»So habe ich das noch nie gesehen«, erklärte Dorothee Mauser.

»Was meinen Sie?«

»Dass es da einen Zusammenhang gibt. Mit Sabines Verschwinden.«

»Es ist mein Fehler. Ich habe zu voreilig reagiert. Vielleicht liegt es an meinem Beruf. Ich bin oft zu misstrauisch.«

Sie blieb einen Moment stehen, schaute nach oben. »Ich hoffe nur, dass das stimmt. Dass Sie sich täuschen.«

Er verharrte ebenfalls, betrachtete die Kirche auf dem Hügel über ihnen.

»Die Walterichskirche«, erklärte sie.

»Erzählen Sie weiter. Wer ist der Mann, der Sabine Layer bedroht?« Er ließ seinen Blick über die traumhaft grüne Umgebung streifen, folgte der Buchhändlerin auf dem leicht ansteigenden Weg.

»Sabine arbeitet seit über einem Jahr an ihrer Promotion. Um es deutlich zu sagen: Tag und Nacht. Die Arbeit ist ihr großer Traum. Sie versucht, kleinen, für unsere Region typischen Unternehmen neue Überlebenschancen zu vermitteln. Betriebe, die unter immer größerer Konkurrenz leiden und zugrunde zu gehen drohen. Familienunternehmen, bei denen alle mitarbeiten und die trotzdem auf keinen grünen Zweig kommen, weil Produkte aus anderen Ländern billiger sind. Sie hat ein geniales Konzept entwickelt, mit dem sie diesen Leuten hilft: Alle werden gemeinsam vom Land und den Tourismusverbänden gefördert und vermarktet. Die oft noch in Handarbeit oder mit einfachsten Maschinen erstellten Erzeugnisse von Weingärtnern, Bauern, Bäckereien oder

Nudelmanufakturen müssen jetzt nicht mehr mit den Massenprodukten von riesigen Abfüllereien, Backfabriken oder italienischen Nudelkonzernen im Supermarktregal konkurrieren, sondern werden als in bester schwäbischer Familientradition hergestellte landestypische Unikate von besonderem Wert angeboten, deren Kauf zugleich Garant für den Erhalt vieler eigenständiger Arbeitsplätze darstellt. Inbegriffen ist die Vermittlung günstiger Kredite zur Verbesserung der Produktionsbedingungen. Sie glauben nicht, wie vielen kleinen Unternehmen Sabine mit ihrem Konzept schon neue Überlebenschancen vermitteln konnte. Die Interessenten stehen Schlange, in ihre Arbeit aufgenommen zu werden.«

Sie hatten den ersten Absatz des Hügels erklommen, sahen einen kleinen See mit einer hoch aufsteigenden Fontäne unter sich liegen.

»Sabine kennt kein anderes Thema mehr. Ihre Arbeit ist ihr Leben. Sogar ihre Beziehung ist letztendlich an ihrem Eifer zerbrochen, weil alles andere hinten anstehen muss. Ihre Beweggründe sind biographischer Natur: Sie will anderen ersparen, was ihrem Vater geschehen ist.«

»Er hatte ein kleines Unternehmen?«

»Er produzierte Spätzle. Typisch schwäbische Spätzle.«

»Und musste aufgeben.«

Dorothee Mauser nickte. »Weil fast nur noch italienische Billignudeln verkauft werden. Er war ziemlich verbittert.«

Sie hatten die von einem Friedhof gesäumte Walterichskirche erreicht, liefen an den Gräbern vorbei hügelan. »Sabines Arbeit rettet viele Arbeitsplätze«, sagte die Frau, »eigentlich sollte man glauben, dass sie nur Zustimmung erntet.«

»Das tut sie nicht?«, fragte Braig skeptisch.

»Ich wollte es auch nicht glauben«, antwortete sie.

Sie überquerten eine schmale gewundene Straße, die den Friedhof an dieser Stelle teilte, stiegen weiter durch die Grabreihen in die Höhe.

»Dort liegt es«, sagte Dorothee Mauser.

Er folgte ihr zu einem offensichtlich noch frischen, mit einem naturbelassenen anthrazitfarbenen Stein ausgestatteten Grab, las die Inschrift.

Helmut Layer
1940-1995
Susanne Layer geb. Bay
1950-2005

»Bei Susannes Beerdigung kamen wir darauf zu sprechen.«

Er musterte die Vielzahl der Blumen und Pflanzen auf dem Grab, sah, wie seine Begleiterin ihren Blick in die Umgebung wandte, tat es ihr nach. Braig glaubte zu träumen. Das ganze Tal lag ihnen zu Füßen. Tausende im Frühlingskleid knospende und blühende Bäume, die Stadt mit ihren alten herrschaftlichen Villen auf den gegenüberliegenden Hängen, rote Dächer, in grüne Vegetation gebettet, die beiden Kirchen, terrassenförmig übereinander platziert. Darüber, wohin er auch sah, von dichtem Wald bewachsene Berge. So makaber es schien, an diesem von der Schönheit der Natur so verwöhnten Ort einen Friedhof zu errichten, es war eine der anmutigsten Begräbnisstätten, die er je erblickt hatte. Ein Stück heile Welt inmitten des Gedenkens an die Verstorbenen.

»Sie genießen die Aussicht«, sagte die Frau.

Braig hatte Mühe, sich vom Anblick der Umgebung zu lösen. »Ich kann es kaum fassen«, gab er zu, »es ist einmalig schön.«

»Mir geht es genauso. Ich komme, sooft ich kann, hierher.«

Er wandte sich wieder dem Grab zu, erinnerte sich an ihre letzten Worte. »Wer hat etwas gegen Frau Layers Arbeit?«

Dorothee Mauser starrte versonnen auf die Inschrift, atmete kräftig durch. »Vielleicht liegt Murrhardt zu weit entfernt vom Trubel dieser Welt – ich habe jedenfalls immer noch Schwierigkeiten, vollkommen zu begreifen, was Sabine mir erzählte. Es geht um die Betriebe, die von ihrem Konzept profitieren. Sie existieren oft seit Generationen. Bäckereien, Metzgereien, Nudelmanufakturen – sie entstanden im Kern der Dörfer und Städte. In kleinen Häusern, in Anbauten, Ställen oder Garagen. Mittendrin, wo die Menschen leben. Nur wenige wurden an den Rand verlagert, als nach dem Krieg der große Bevölkerungszuwachs begann. Müssen ihre Besitzer aufgeben, sind sie längst über beide Ohren verschuldet. Sie haben alles versucht, Kredit auf Kredit erbettelt – am Ende bleibt ihnen oft nicht einmal ein Cent zum Leben. Sie müssen alles verkaufen, Haus, Hof, allen Besitz – so schnell als möglich.«

»Ein trauriges Schicksal«, warf Braig ein, »aber es scheint immer mehr dieser kleinen Unternehmer zu drohen.«

»Ja«, bestätigte die Frau, »darum geht es. Sabines Konzept vermag die Entwicklung nicht zu stoppen. Aber es kann die Anzahl dieser Unglücklichen wenigstens reduzieren. Und genau das darf nicht sein.«

»Wie bitte?«, fragte Braig. Er sah eine Amsel leichtfüßig über den benachbarten Grabstein hüpfen, wandte sich Dorothee Mauser zu. »Wie soll ich das verstehen?«

»Je größer die Zwangslage, in der sich diese über und über verschuldeten Unternehmen befinden, desto hektischer ihre Anstrengungen, Grund und Boden, allen Besitz möglichst schnell zu verkaufen. Da heißt es nur, den richtigen Moment abzuwarten und dann schnell zuzugreifen.«

»Sie meinen...«

»Die Häuser, Ställe und Garagen sind nicht viel wert. Oft ziemlich vergammelt, in finanzieller Not heruntergekommen. Aber sie liegen meist mitten im Ort. Verstehen Sie, was das bedeutet? Sie müssen nur die alten Gebäude abreißen und Eigentumswohnungen oder Reihenhäuser aus dem Boden stampfen...Die Gemeinden sind froh darüber, das bringt zusätzliche Steuereinnahmen. Und wissen Sie, welche Gewinne sich damit erzielen lassen? Sie kennen die Preise für Häuser und Wohnungen hier im Umland von Stuttgart?«

Braig dämmerte, worauf die Buchhändlerin hinauswollte. Er pfiff durch die Zähne, presste die Hände aufeinander. »Es gibt Firmen, die darauf spezialisiert sind, den Besitz dieser kleinen Unternehmen zu erwerben, sobald die am Ende sind?«

Dorothee Mauser nickte mit dem Kopf. »Sabine erzählte es mir nach der Beerdigung, ja. Es geht um viele Millionen.«

»Sie wurde von einer dieser Firmen bedroht?«

»Einem Unternehmer, ja. Ihr Konzept bedroht seinen Profit. Er stand in intensiven Verhandlungen mit einer kleinen Firma in Oettingen. Der Besitzer habe bereits resigniert, nur das Schicksal seiner Arbeiter halte ihn noch davon ab, alles sofort zu verkaufen, erzählte Sabine. Aber seine Frau habe sich standhaft geweigert. Nur über meine Leiche, habe sie betont.«

Braig starrte die Frau ungläubig an. Er hatte Mühe, die Information zu verarbeiten. »Nur über meine Leiche?«, fragte er.

»Genau so. Und die Besitzerin sei eine energische, engagierte Person, ohne die der Betrieb schon längst am Ende wäre.«

Gab es noch Zweifel, um welche Firma es sich handelte? Er konnte sich die Frage eigentlich sparen, stellte sie trotzdem. »Hat Frau Layer Ihnen mitgeteilt, um was für einen Betrieb es geht?«

Die Frau schüttelte bedauernd ihren Kopf.

»Ob es sich um eine kleine Nudelproduktion handelt?«

»So genau haben wir nicht darüber gesprochen.«

Welche Firma sonst sollte es sein, überlegte er, auf welche Familie in Oettingen passt diese Beschreibung, wenn nicht auf die Kindlers? Er musste den Namen des Unternehmers erfahren, der den Besitz der Nudelfabrikanten unbedingt erwerben wollte. »Haben Sie von Frau Layer erfahren, wie der Mann heißt, der seinen Profit durch ihr Konzept bedroht sieht?«

Dorothee Mauser schaute über die Gräber hinaus ins Tal. »Er ist Immobilienmakler und wohnt in Oettingen. Bosbach ist sein Name. Ich erinnere mich noch genau daran, wie Sabine mir von seinen Drohungen erzählte.«

15. Kapitel

Braig hatte jedes Gefühl für die Schönheit der Landschaft verloren. Was die Buchhändlerin von ihrer Freundin erfahren hatte, klang in der Tat besorgniserregend, brachten die angeblichen Drohungen dieses Immobilienmaklers doch gleich zwei Frauen in Gefahr: Sabine Layer und Marianne Kindler. Und was mit der verkaufsunwilligen Nudelfabrikantin geschehen war, hatte Braig zur Genüge gesehen. Dennoch stellte sich zuerst die Frage nach der Ernsthaftigkeit dieser Drohungen: Handelte es sich dabei um unüberlegt im Affekt geäußerte Worte, die von Frau Layer überinterpretiert worden waren oder musste man ihnen wirklich die Bedeutung zusprechen, die sie im schlimmsten Fall beinhalteten? Sie mussten diesen Bosbach überprüfen, soviel war klar.

Braig begleitete Dorothee Mauser zurück in die Stadt, bedankte sich für ihren Hinweis und eilte zum Bahnhof, um den nächsten Zug nach Stuttgart zu erreichen. Er war gerade dabei, sich von der freundlichen Buchhändlerin zu verabschieden, als der Signalton seines Handys ertönte.

Rauleder war in der Leitung. »Ich habe Spuren entdeckt«, verkündete der Kollege.

»Was für Spuren?« Braig, ganz in Gedanken über die vor Kurzem beendeten Gespräche mit Frau Mauser, benötigte einen Moment, sich auf den Mann einzulassen.

»Fasern von der Kleidung eines Menschen auf dem Feld bei Oettingen«, polterte Rauleder leicht genervt, »dazu Reifenabdrücke genau dort, wo dieser Mensch gelegen haben könnte. Verstehst du jetzt?«

Braig blieb mitten auf der Straße stehen, das Handy am Ohr. »Du bist in Oettingen auf dem Feld?«

»Allerdings. Seit über zwei Stunden. Was haben wir denn gestern besprochen?«

Ein Auto hupte, bremste wenige Meter vor ihm ab. Braig überquerte die Straße, pfiff durch die Zähne. »Du glaubst, dass du die Stelle entdeckt hast, wo Marianne Kindler getötet wurde?«, fragte er im Weiterlaufen.

»Deshalb rufe ich an. In wenigen Minuten wird Volker Seibert auftauchen, dann versuchen wir eine erste genaue Analyse. Ich glaube, ich habe Reste von Blut entdeckt.«

»Meine Hochachtung«, erklärte der Kommissar, »darauf habe ich selbst nicht mehr gehofft.«

»Ich offen gesagt auch nicht. Aber jetzt scheint es dennoch geglückt. Die Stelle hier liegt ungefähr zweihundert Meter von dem Weg entfernt, an dem wir uns gestern umsahen. Unmittelbar neben einem parallel verlaufenden Feldweg.«

»Ich werde mich bemühen, so schnell als möglich bei dir vorbeizuschauen.«

Rauleders Antwort ließ keine Sekunde auf sich warten. »Nein, das wirst du nicht. Ich habe, wie erwähnt, Verstärkung angefordert. Wir werden einen Teil des Feldes absperren und alles genau untersuchen. Das wird Stunden dauern. Bevor ich mich wieder bei dir melde, will ich keinen von euch hier sehen. Das gilt auch für deine Kollegin, die im Ort herumschnüffelt wegen der Köter, die hier ausgeführt werden. Wir müssen in Ruhe arbeiten können.«

Braig konnte das Anliegen des Spurensicherers gut nachvollziehen, lief vollends zum Bahnhof, wartete auf den Zug. Er beauftragte Stöhr, Bosbach zu überprüfen, erhielt den Bescheid, dass der Mann tatsächlich in Oettingen wohne, seine Firma aber in Ludwigsburg und Esslingen Büros unterhalte und sowohl privat als auch beruflich ein unbeschriebenes Blatt sei. Er notierte sich Bosbachs Telefonnummern, beschloss,

Neundorf über seine neuen Erkenntnisse zu informieren und sich mit ihr über das weitere Vorgehen zu beraten.

Wenige Minuten später fuhr der Zug in den Bahnhof. Er suchte sich einen Platz im letzten Wagen, der völlig leer war, wählte die Nummer seiner Kollegin. »Wo bist du?«, fragte er, als sie das Gespräch annahm.

»In Oettingen«, antwortete sie, »mit zwei Hundebesitzern habe ich mich bereits unterhalten. Jetzt bin ich auf dem Weg zum dritten.«

»Und? Was hat es gebracht?«

»Bis jetzt nichts. Die erste Frau war am Montag bereits gegen achtzehn Uhr mit ihrem Vierbeiner draußen, der andere, ein älterer Mann, fühlte sich zu schwach, so musste das Tier an dem Abend auf seinen Ausgang verzichten. Ich fürchte, so wird es weitergehen.«

»Wie viele Namen hast du auf deiner Liste?«

»Acht. Es werden aber von Besuch zu Besuch mehr. Jedem fällt ein neuer Hundebesitzer ein, der dort ab und an ausgeht. Wie weit bist du?«

Braig unterrichtete sie über die Ergebnisse seines Gesprächs mit Dorothee Mauser, hörte, wie sie anerkennend durch die Zähne pfiff.

»Das klingt verdammt brisant«, sagte sie, »wie heißt der Mann?«

»Bosbach.«

»Karl Bosbach?«

»Genau. Du hast von ihm gehört?«

»Er steht auf meiner Liste.«

Braig hielt betroffen inne. »Er hat einen Hund?«

»In der Tat. Einen Schäferhund, habe ich mir notiert. Dieser Rentner, den ich vorhin besuchte, Herr Roser, schimpfte über ihn, weil er abends oft mit seinem Daimler die Feldwege entlangfahre und seinen Köter vor sich her rennen lasse. Der falle derweil alles an, was vier Beine habe und Bosbach in seinem Karren kümmere sich nicht darum. Seit seine Frau ihn samt der beiden Kindern verlassen habe, nehme der auf niemand mehr Rücksicht.«

»Dann solltest du alle Leute danach befragen, ob dieser Bosbach am Montagabend gesehen wurde.«

»Das werde ich tun. Was unternehmen wir mit dem Makler selbst? Soll ich bei Herrn Kindler nachhaken, ob er wirklich bei ihm vorstellig wurde, um das Anwesen zu kaufen und ob er ihn bedrohte?«

Braig zögerte mit seiner Antwort. »Ich glaube nicht, dass das gut ist. Heute Mittag findet die Beerdigung statt.«

»Tut mir Leid, das hatte ich vergessen. Was machen wir dann mit Bosbach?«

»Ich bemühe mich um einen Termin bei ihm. Möglichst schnell.«

»Und wenn er tatsächlich mit der Sache zu tun hat?«

»Du meinst, wir sollten ihn nicht zu früh von unserem Verdacht in Kenntnis setzen?«

Neundorf wartete einen Moment mit ihrer Antwort. »Das war nur ein Gedanke. Aber nein, die Angelegenheit ist zu brisant. Es gibt keine Alternative. Wir müssen bei ihm anklopfen. Wenn er irgendwie mit all dem zu tun hat, darf er nicht länger außen vor bleiben. Aber vielleicht sollten wir ihn gemeinsam aufsuchen. Vier Augen und Ohren sehen und hören mehr.«

»Gerne. Ich versuche ihn zu erreichen und gebe dir sofort Bescheid.« Er brach das Gespräch ab, gab Bosbachs Handy-Nummer ein.

Eine sonore Männerstimme meldete sich nach kurzem Warten. »Bosbach«.

»Herr Bosbach persönlich? Das ist gut. Hier ist Braig. Ich würde Sie gerne sprechen.«

»Darf ich fragen, was Sie dazu veranlasst?«

Er wollte sich vorsichtshalber schon als potentiellen Kunden vorstellen, um den Mann nicht vorzuwarnen, verzichtete in letzter Sekunde darauf, brachte das Gespräch stattdessen auf den Punkt. »Ich arbeite beim LKA. Wir sind im Zusammenhang mit Finanzermittlungen auf Ihre Firma gestoßen. Ich sollte heute noch einen Termin mit Ihnen haben.«

Die Antwort ließ wenige Sekunden auf sich warten. Braig spürte seine Nervosität. War es falsch, sich als Kriminalbeamter erkennen gegeben zu haben?

»Um welche Finanzermittlungen geht es?«

»Immobilientransfers«, antwortete Braig, »die möchte ich aber wirklich im persönlichen Gespräch abklären.«

»Immobilientransfers? Das ist sehr allgemein. Davon lebe ich.«

»Ein Termin. Wann treffen wir uns und wo?«

Bosbach seufzte laut. »Sie sind ja wirklich hartnäckig.« Er ließ ein besänftigendes Lachen hören. »Also gut. Wie wäre es um vierzehn Uhr?«

»Vierzehn Uhr. Und wo?«

»Bei mir in Ludwigsburg in meinem Büro.« Er nannte Braig die Adresse, beschrieb ihm die Lage.

»Nicht weit vom Marktplatz«, vergewisserte sich der Kommissar, »ja?«

Der Mann bestätigte seine Vermutung, bat Braig, pünktlich zu sein. »Um sechzehn Uhr muss ich bei einem Kunden sein. Außerhalb.«

Er sagte ihm zu, informierte Neundorf über den Termin und die Lage von Bosbachs Büro und verabredete sich dort mit ihr.

Die Sonne schien von einem strahlend blauen Himmel, als er in Bad Cannstatt auf die Straße trat. Die Temperatur hatte spürbar zugelegt, Frühlingsstimmung lag in der Luft. Junge Leute in T-Shirts kamen ihm entgegen, Männer trugen ihre Jacken über dem Arm. Braig ließ sich Zeit, betrachtete die Baufortschritte des Cannstatter Carrees, folgte der Wörishofener Straße zum Amt. Er zog seine Karte, passierte die Sicherheitsschleuse, eilte die Treppen zu seinem Büro hoch. Als er sein Stockwerk betrat, sah er Stephanie Riedinger auf sich zukommen. »Wie geht's?«, fragte er.

Sie blieb stehen, verharrte unentschlossen auf der Stelle. Ihr sonst so freundliches Strahlen war einem gequält-bemühten Lächeln gewichen. »Na ja, es gab schon erfreulichere Tage«, antwortete sie.

»Deine Ermittlungen?«

Die junge Frau nickte.

»Du kommst nicht vorwärts?« Er kannte das Gefühl zur Genüge. Tage, oft Wochen lang gab es keinen Fortschritt in den Untersuchungen, jeder neue Ansatz, über unzählige Stunden hinweg verfolgt, erwies sich als Fehlschlag.

»Im Gegenteil«, erwiderte sie, »die Täter sitzen hinter Schloss und Riegel.«

»Wie bitte?« Er starrte sie überrascht an. »Dann aber herzlichen Glückwunsch.«

Stephanie Riedinger schüttelte den Kopf. »Ich weiß nicht, ob es dazu einen Anlass gibt.« Sie streckte ihm ein Kuvert mit mehreren Fotos hin, das sie in Händen trug, wartete, bis er die Bilder vorgezogen hatte und sie aufmerksam betrachtete.

»Der tote Obdachlose?«, fragte Braig. Er nahm sich ein Foto nach dem anderen vor, sah den Kopf und den Leib des vor wenigen Tagen in Untertürkheim ermordeten Mannes aus verschiedenen Positionen fotografiert vor sich. Die Aufnahmen ließen alle dem Vierzigjährigen zugefügten Verletzungen erkennen, entbehrten aber der sonst von Polizeifotos gewohnten Schärfe und Präzision. »Wer hat sie aufgenommen?«, fragte er.

Stephanie Riedinger verzog keine Miene. »Die beiden Täter.«

»Die...« Er begriff die Brisanz ihrer Aussage, brach mitten im Satz ab.

»Wenige Sekunden, nachdem sie ihn zu Tode getrampelt hatten«, fügte sie hinzu.

»Wie bitte?«

»Mit ihrem Handy.«

Er hielt die Fotos in seiner Hand, starrte seine Kollegin an. »Wozu?«, kam es ihm über die Lippen.

»Wozu?« Sie schnaufte durch die Nase. »Das wüsste ich auch gerne. Aus Lust und Laune. Deshalb haben sie ihn auch totgeschlagen.«

Braig holte tief Luft, steckte die Bilder in das Couvert zurück, reichte es ihr.

»Moment«, sagte sie, zog zwei weitere Fotos aus dem Umschlag, hielt sie ihm hin.

Er betrachtete die beiden Bilder, sah, dass es sich um Polizeiaufnahmen handelte. Sie zeigten zwei Jungen, die etwas verstört in die Kamera blickten. Braig schätzte sie auf vierzehn, fünfzehn Jahre. »Zwei typische pubertierende Milchgesichter«, meinte er.

Ihre Antwort war kurz und bündig. »Die Täter.«

Er wollte es nicht glauben, hoffte den Bruchteil einer Sekunde, sich verhört zu haben. Er öffnete den Mund zur Frage, sich ihrer Aussage zu vergewissern, verzichtete darauf. Ihr Gesichtsausdruck sprach Bände.

»Manchmal ist das Leben einfach beschissen«, presste sie hervor.

Braig hatte weiß Gott viel erlebt in den letzten Jahren als Polizeibeamter, mit Menschen aus den verschiedensten Schichten erfreuliche und weniger erfreuliche Kontakte gehabt, Auseinandersetzungen geführt und auch handgreifliche Streitereien und aggressive Gewaltakte durchstehen müssen. Was ihm bisher aber erspart geblieben war, waren gerade dem Kindesalter entwachsene Milchbubis als überführte Mörder, die das Leben eines Menschen auf dem Gewissen hatten.

»Sie haben gestanden und den Tathergang unabhängig voneinander detailliert geschildert.«

Er blieb mit unschlüssiger Miene vor ihr stehen, wusste nicht, was er sagen sollte. Irgendeinen billigen Trost aussprechen, um sie aus dem Elend ihrer so jungen Ermittlerkarriere zu befreien?

»Fünfzehn und sechzehn Jahre alt. Wir haben die Elternhäuser überprüft. Keine sozialen Außenseiter. Auch keine Anzeichen von Wohlstandsverwahrlosung, im Gegenteil. Typische Mittelschicht. Gut behütete Jungs, wie man so sagt, aus Familien, die Wert auf ein gemeinsames Familienleben legen. Die sind fassungslos, am Boden zerstört. Mein Junge? Niemals! Sie täuschen sich! Wir waren in ihrer Schule. Keine Rowdys, keine Krawallbrüder. Die Lehrer beschrieben sie übereinstimmend als normal. Die beiden? Nie! Sie waren auf dem Weg nach Hause, pöbelten den obdachlosen Mann an. Er wehrte sich kaum, da traten sie auf ihn ein, schlugen ihn nieder, trampelten auf ihm herum. Als er regungslos am Boden lag, zogen sie ihr Handy vor, machten die Bilder. Sie ließen ihn liegen, gingen nach Hause, legten sich in ihre Betten. Warum ist das Leben so beschissen?«

Sie riss ihm die Fotos aus der Hand, winkte ihm zu, stürzte davon.

Er bemerkte die Tränen, die ihr über die Wangen kullerten, versuchte ihr nachzulaufen und sie zu trösten, sah nur noch, wie sie in den gerade angelangten Lift sprang und nach unten fuhr. Braig starrte auf die verschlossene Fahrstuhltür, hatte Mühe, sich aus seiner Erstarrung zu lösen. Irgendwo im Hintergrund vernahm er die laut schimpfende Stimme Felsentretters, hörte, wie das Tremolo des Kollegen in ein polterndes unflätiges Fluchen überging. Er eilte über den Flur in sein Büro, wollte sich eine Begegnung mit dem oft schlecht gelaunten Beamten ersparen. Nicht jetzt, nach all dem, was er gerade erfahren hatte.

Braig sah einen Stapel Blätter neben seinem Fax liegen, nahm sie in die Hand, blätterte sie durch. Er glaubte, nicht richtig zu sehen. Es handelte sich um den Ausdruck der von Marianne Kindler am Tag ihres Todes durchgeführten Handy-Gespräche. Heute, am Freitag, hatte sich die zuständige Firma bequemt, die Ziffern zu übermitteln, zwei oder drei Tage, nachdem sie sie angefordert hatten. Er spürte seine Wut, sah auf der Uhr, dass es kurz nach zwölf war, schob die Blätter zur Seite. Ihm fehlte die Kraft und die Konzentration, sich jetzt auch noch darauf einzulassen. Er griff zum Telefon, rief Ann-Katrin an, erfuhr, dass ihre Schicht bis vierzehn Uhr ging. Sie hatte vor, sich anschließend zuhause noch eine Stunde auszuruhen, um für die Einladung am frühen Abend gerüstet zu sein.

»Du kommst rechtzeitig?«

Braig erschrak, sagte dennoch zu. Er hatte den Termin völlig vergessen. Marion, die Mitbewohnerin Theresas in Tübingen, hatte zu einer kleinen Feier geladen, weil die Wohngemeinschaft um ein weiteres Wesen ergänzt worden war. Die vierte Person war zwar wie die übrigen drei weiblichen Geschlechts, verfügte aber über vier Beine - wie alle gesunden Katzen. »Marion und Ragna wollen Theresa aufheitern«, hatte Ann-Katrin ihm erklärt, «von Mamas Elend ablenken, das ist der Sinn der Einladung.«

»Ich werde mich beeilen«, sagte er zu. Er hatte gerade aufgelegt, als der Apparat läutete. Braig nahm den Hörer wieder her, hatte eine männliche Stimme am Ohr.

»Völlinger vom Heilbronner Polizeirevier. Wir haben miteinander telefoniert wegen der beiden Männer, die beobachteten, wie die Leiche Frau Kindlers am Götzenturm abgelegt wurde.«

»Ich erinnere mich.«

»Sie haben den Täter noch nicht gefasst.«

»Nein. Es ist sehr mühsam. Die Sache wird immer komplizierter.«

»Dann will ich Sie nicht lange aufhalten. Aber ich denke, Sie sollten wissen, weshalb Reusch und Bergel, die beiden Zeugen, so früh unterwegs waren. Sie haben sich Gedanken gemacht, was die um diese Uhrzeit dort verloren hatten bei dem Nebel, richtig?«

Braig bestätigte die Worte des Kollegen.

»Es ging um eine Wette. Sie kennen die Skulptur an der Spitze des Götzenturms?«

»Ja«, sagte er, »ein Mann, der über dem Abgrund balanciert.«

»Sie hatten ein Luftgewehr dabei«, erklärte Völlinger. »Bergel sollte das Gesicht der Skulptur treffen und es beschädigen. Deshalb waren sie so früh unterwegs. Er hatte gerade das Gewehr angelegt, als das Auto auftauchte und der Kerl die Leiche ablegte. Was glauben Sie, wie die auf ihre Wette fluchten!«

Braig hörte das laute Lachen des Kollegen, bedankte sich für die Information und beendete das Gespräch. Er lief zum Waschbecken, wusch seine Hände und erfrischte sein Gesicht. Wenigstens diese Angelegenheit war geklärt. Was für Kindsköpfe es doch gab!

Er verließ sein Büro, nahm den Fahrstuhl ins Erdgeschoss, checkte sich aus und lief zur Kantine. Er schaute sich nicht um, wollte in Ruhe essen, wählte Fischfilet mit Kartoffeln, ließ sich an einem nur von zwei ihm unbekannten Männern besetzten Tisch nieder. Als er das Tablett zurückstellte und sich einen Kaffee holen wollte, hörte er Felsentretters dröhnende Stimme unmittelbar hinter sich.

»Du bist überhaupt nicht mehr im Büro!«, polterte der bullige Kollege. »Nur noch unterwegs, wie?«

Braig nickte, verzichtete auf den Kaffee, winkte dem Mann freundlich zu. »Du hast es erfasst. Der nächste Termin wartet schon wieder.«

Er hörte das laute Lachen des anderen, lief zum Ausgang, verließ die Kantine über die schiefe Rampe vor deren Eingang. Felsentretters Starke-Männer-Parolen waren das Letzte, was er jetzt brauchte. Er lief zum Bahnhof, trank dort im Stehen eine Tasse Kaffee, fuhr dann nach Ludwigsburg. Der Weg zum Marktplatz war ihm zur Genüge bekannt. Er hatte so oft schon in der Barockstadt zu tun gehabt, außerdem Ann-Katrin in der ehemaligen Wohnung ihrer Mutter besucht, als diese noch gesund war, dass er längst keinen Stadtplan mehr benötigte, um sich zurechtzufinden. Braig folgte der Myliusstraße, passierte den Arsenalplatz, auf dem zwei Jahre zuvor ein schrecklicher Mord an einer jungen Frau verübt worden war, den er mit der Hilfe einer Angestellten der gegenüber gelegenen Buchhandlung Aigner hatte aufklären können, kam dann über die Wilhelm- und die

Kirchstraße direkt zum Marktplatz. Er querte das weitläufige, von üppig verzierten Barockfassaden eingefasste Areal, sah Neundorf von Weitem schon winken. Der Platz war von unzähligen Passanten bevölkert, die Stühle der umliegenden Cafés und Restaurants fast vollständig besetzt. Frühlingshaft laue Luft prägte die Atmosphäre. Braig kämpfte sich an unzähligen Eis schleckenden, mit T-Shirts oder kurzärmeligen Hemden bekleideten Jugendlichen vorbei, fühlte sich langsam wieder besser. Er lief direkt auf seine Kollegin zu, reichte ihr die Hand.

»Traumhaftes Wetter, was?«, empfing sie ihn.

Braig nickte, folgte ihrem Blick.

»Am liebsten hätte ich noch einen Kaffee getrunken«, sagte sie, »den ersten Freiluftkaffee des Jahres.« Sie zeigte auf die gut besetzten Stühle auf dem Platz. »Aber leider reicht es nicht mehr mit der Zeit.«

Er schaute auf seine Uhr, sah, dass ihnen noch zehn Minuten blieben. »Du bist noch nicht lange hier?«

»Keine fünf Minuten«, antwortete sie, »diese Engelsanbeterin oder wie ich sie nennen soll, hielt mich auf.«

»Frau Geissler? Was hattest du mit der zu tun?«

»Sie unterhielt sich mit zwei Frauen, als ich am Haus vorbeikam, sprach mich an. Sie kannte mich, wusste, weshalb ich in Oettingen unterwegs war. In dem Kaff kannst du nichts unbeobachtet tun.«

»Doch«, erwiderte Braig, »eine Frau ermorden und eine andere verschwinden lassen. Oder sogar zwei ermorden, wenn wir Pech haben.«

Neundorf nickte, legte die Stirn in Falten. »Das ist das Paradoxe, ja. Einer überwacht den anderen, aber dann, wenn es darauf ankommt, ist niemand zur Hand.«

»Und? Was wollte sie von dir?«

»Mir weismachen, der Engel habe ihr am Morgen mitgeteilt, wo Sabine Layer zu finden sei.«

Braig betrachtete seine Kollegin, vermisste jeden Ansatz eines spöttischen Gesichtsausdrucks. »Und?«, fragte er. »Was sagt der Engel?« Er musste unwillkürlich grinsen, merkte, dass Neundorf ihre ernste Miene beibehielt.

»Der Mörder habe ihre Leiche vergraben. Auf dem Friedhof.«

Er seufzte laut, blies die Luft von sich. »Die hat Humor, was?«

»Mir ist nicht zum Lachen«, erwiderte sie, »die beiden Frauen, die dabeistanden, fragten sofort, warum wir nicht endlich auf dem Friedhof nach Frau Layer suchten. Die haben nur ein einziges Thema heute Mittag bei Frau Kindlers Beerdigung. Wenn wir die Frau nicht bald finden, greift die Revolverpresse das auf. Ich warte nur darauf, dass Bayer dort auftaucht. Und dann fangen die selbst an, den Friedhof umzugraben.«

»Das ist zu befürchten, ja. Nichts Neues sonst?«

»Nein. Niemand hat am Montagabend etwas Auffälliges gesehen. Auch nicht diesen Bosbach.«

»Er führte am Montag seinen Hund nicht aus?«

»Er wurde jedenfalls von niemandem gesehen. Was immer das zu bedeuten hat.«

»Schade. Ich hatte schon gehofft, wir könnten unser Gespräch genau damit beginnen.«

Neundorf winkte ab. »Ich habe mir überlegt, wie wir am besten vorgehen. Sollte er irgendetwas mit dem Mord oder dem Verschwinden Sabine Layers zu tun haben, muss er Angst bekommen. Ich hoffe, wir können ihn dann zu einer Kurzschlussreaktion zwingen.« Sie teilte ihm ihre Strategie mit, fand seine Zustimmung.

Braig schaute auf seine Uhr. »Wir können«, sagte er.

Sie verließen den Marktplatz, folgten der angegebenen Straße, suchten nach der Hausnummer.

»Eines soll ich dir von der Engelsanbeterin noch mitteilen«, erklärte sie.

»Ja?«

»Richten Sie Ihrem Kollegen, der mich diese Tage besucht hat aus, er solle sich vor dem Mörder in Acht nehmen. Er hat es auf ihn abgesehen.«

»Vielen Dank«, sagte Braig, »zum Glück weiß ich jetzt Bescheid.«

»Die Frau kam mir vor wie meine Mutter«, meinte Neundorf, »immer nur schwarz sehen, um andere Leute mit ihrem Geschwätz zu beeindrucken.«

Braig erinnerte sich, wie sie ihm vor längerer Zeit von der nervenaufreibenden Manie ihrer Mutter erzählt hatte, angeblich in die Zukunft sehen zu können, kam nicht mehr dazu, nach deren gegenwärtiger Verfassung zu fragen, weil sie die gesuchte Hausnummer erreicht hatten.

»Hier, Immobilien Bosbach.« Sie wies auf das Schild, schaute in die Höhe. »Im ersten Obergeschoss. Du bist soweit?« Sie sah sein Nicken, drückte auf die Klingel. Wenige Sekunden später summte der Türöffner.

Sie folgten den hellen marmorierten Stufen nach oben, kamen an mehreren hoch gewachsenen Blumenstöcken vorbei. Der Boden war frisch geputzt, roch angenehm nach dezentem Blütenduft. Sie erreichten das erste Obergeschoss, sahen einen freundlich lächelnden Mann Mitte vierzig an der Tür stehen, der sie aufmerksam musterte. Er hatte dünne blonde Haare, ein schmales, leicht gebräuntes Gesicht, trug einen anthrazitfarbenen Anzug, ein blauweiß gestreiftes Hemd und eine dezente dunkle Krawatte. Braig und Neundorf traten auf ihn zu, zeigten ihre Ausweise, stellten sich vor.

»Braig vom LKA«, sagte er, wies auf Neundorf, »das ist meine Kollegin Neundorf. Wir haben miteinander telefoniert.«

»Bosbach.« Ihr Gegenüber reichte ihnen der Reihe nach die Hand, öffnete vollends die Tür, bat sie einzutreten. »Freitagnachmittag genießt meine Sekretärin schon ihr Wochenende. Sie müssen also mit mir allein vorlieb nehmen. Aber ich denke, das ist sowieso in Ihrem Interesse.«

Die Kommissare betraten das Büro, das aus einem hellen, mit vielen Pflanzen geschmückten Vorzimmer und einem großen, von einer weiten Fensterfront geprägten Raum bestand, nahmen an einem schmalen Tisch Platz, auf dem gelbe Primeln einen süßlichen Duft verbreiteten.

»Darf ich Ihnen einen Kaffee anbieten?«

Braig sah die fragende Miene ihres Gastgebers, bemerkte die schwarze Thermoskanne und die Tasse auf dessen Schreibtisch.

»Sie sehen, es macht keine Arbeit. Er ist bereits fertig gekocht.« Bosbach hatte seinen Blick bemerkt, wies in Richtung seines Arbeitsplatzes.

»Wenn es Sie nicht aufhält, gerne.«

Der Mann holte die Kanne, stellte zwei leere Tassen samt Untertasse dazu, brachte sein eigenes Gedeck. »Milch, Zucker?«

Braig und Neundorf bedankten sich, warteten, bis Bosbach ihnen Kaffee eingeschenkt hatte. Der Kommissar nahm sich eine der winzigen Milchpackungen, öffnete sie, träufelte die weiße Flüssigkeit in die Tasse. Er merkte, dass der Mann sie beobachtete, griff nach seiner Tasse.

»Darf ich fragen, was Sie zu Ihrem Besuch veranlasst?«

Braig stellte seine Tasse zurück, wischte sich mit der Hand über den Mund. »Der Kaffee schmeckt sehr gut«, sagte er.

»Danke.« Bosbach hatte Mühe, seine Neugier in Zaum zu halten. Er schob sein Gedeck auf dem Tisch vor sich hin und her, trommelte mit dem Zeigefinger auf den Tellerrand.

Braig ließ sich Zeit. »Wie definiert sich Ihr Beruf?«, fragte er. »Immobilienmakler?«

»Ganz genau. Ich vermittle Immobilien, das heißt Häuser, Gebäude und Grundstücke an Interessenten.«

»Regional begrenzt?«

Bosbach nickte. »Das ergibt sich zwangsläufig aus der Lage meiner beiden Büros. Ludwigsburg und Esslingen decken so in etwa den Großraum Stuttgart samt Umland ab. In diesem Bereich findet sich der größte Teil der von mir vermittelten Immobilien.«

»Sie selbst sind nur in Ludwigsburg tätig?«

»Nein. Ich wechsle zwischen beiden Büros. Montag, Mittwoch, Freitag hier, Dienstag und Donnerstag in Esslingen. Es sei denn, es gibt einen besonderen Anlass, dann halte ich mich nicht an diese Regel. Aber ich habe in jedem Büro eine Mitarbeiterin. Beide sind immer besetzt – bis freitags um zwölf.« Er versuchte ein freundliches Lächeln, nippte an seinem Kaffee, betrachtete sein Gegenüber.

»Gibt es einen Schwerpunkt in Ihrer Arbeit?«, fragte Braig. »Ich meine, vermitteln Sie mehr Häuser oder mehr Grundstücke?«

»Das ist verschieden«, beeilte sich der Mann zu erklären, »je nachdem, was gerade anfällt.«

»Und – was fällt gerade an?«, fragte Neundorf.

»Jetzt, in diesen Wochen?«

Sie nickte.

Bosbach wusste offensichtlich nicht, wie er mit der Frage umgehen sollte. Er betrachtete seine Gesprächspartner mit gequälter Miene, legte die Stirn in Falten. »Das lässt sich nicht so einfach sagen. Mal dominiert der eine Bereich, mal der andere. Aber ...«, der Mann zögerte, sprach erst nach einer Weile weiter, »na ja, ich wollte sagen, für Polizeibeamte im

Dienst sind das außergewöhnliche Fragen. Aber«, fügte er schnell hinzu, »Sie werden wissen, warum Sie sie stellen.«

»Ich hoffe doch«, sagte Neundorf. »Uns geht es, wie mein Kollege Ihnen bereits am Telefon andeutete, um gewisse Gepflogenheiten in Ihrer Branche. Nach unseren Informationen sind auch im Immobilienbereich die goldenen Zeiten vorbei. Die ganz großen Gewinne sind wohl nur noch selten zu erzielen.« Sie sah das zustimmende Nicken ihres Gegenüber. »Es sei denn, man entdeckt eine Marktnische und spezialisiert sich darauf. Dann lassen sich auch heute noch gewaltige Profite erreichen.«

»Sie sprechen von einer konkreten Marktnische?«

»Alteingesessene Betriebe zum Beispiel, die die wirtschaftliche Entwicklung verschlafen haben und sich deshalb immer weiter verschulden müssen. Irgendwann stecken sie so tief in den roten Zahlen, dass sie ihre gesamten Anlagen verkaufen müssen – um jeden Preis. Wer dann im richtigen Moment zugreift, kann die Partie seines Lebens machen – vorausgesetzt, er sorgt dafür, dass anstelle der veralteten Produktionsgebäude moderne Eigentumswohnungen hochgezogen werden. Liegt das Gelände nahe dem Ortszentrum, ist das eine äußerst lukrative Angelegenheit.«

Braig sah, wie der Mann zunehmend unruhiger wurde, auf seinem Stuhl hin- und herrutschte, den Blick zwischen ihm und Neundorf pendeln ließ.

»Ist das verboten?«, fragte Bosbach.

Neundorf schüttelte den Kopf. »Nicht, solange alles mit ordentlichen Methoden zugeht.«

»Sie vermuten, dass das nicht immer der Fall ist?«

»Wir vermuten es nicht nur, wir haben Belege dafür«, sagte die Kommissarin. Sie beobachtete ihr Gegenüber, sah, wie Bosbach seine Stirn in Falten legte und sie misstrauisch beäugte.

»Aber Sie reden nicht von meinem Unternehmen«, erklärte der Makler.

Sie gab keine Antwort, ließ den Mann schmoren. Die Unruhe, die Bosbach ergriff, war nicht zu übersehen. Er wackelte auf seinem Sitz hin und her, schaute vom einen zum anderen seiner Gesprächspartner. »Jetzt sagen Sie doch schon!«, platzte es plötzlich aus ihm heraus.

»Das wissen Sie selbst doch am besten, ob wir von Ihnen sprechen!«, erwiderte Neundorf.

»Nein, das weiß ich nicht«, konterte der Mann wie ein patziges Kind, »ich selbst habe mir jedenfalls nichts vorzuwerfen.«

»Na, das ist doch mal eine erfreuliche Aussage«, meinte sie, nickte ihm freundlich zu.

»Von welchen Belegen sprechen Sie dann?«

»Nehmen wir einmal die Familie Kindler in Oettingen.« Neundorf kam ohne jede Vorwarnung auf den Namen zu sprechen, fixierte Bosbach mit ihrem Blick. Sie sah das Zucken seiner Mundwinkel, wartete auf weitere Reaktionen.

»Und?«, fragte er.

»Sie besitzen ein kleines, etwas altbacken arbeitendes Unternehmen, das sich nur mit Mühe am Leben erhalten lässt. Aber sie kämpfen um ihre Existenz und dank des Verkaufstalents von Frau Kindler sind sie bisher auch immer geradeso über die Runden gekommen. Dabei bräuchten sie ihr Firmenareal nur an Sie zu verkaufen und schon wären sie alle finanziellen Sorgen los.«

Bosbach zeigte keinerlei Regung. Er starrte Neundorf gebannt an, ließ mit seiner Antwort auf sich warten. »Ich habe den Kindlers ein Angebot gemacht, das ist richtig«, sagte er dann mit ruhiger Stimme.

»Das dummerweise von Marianne Kindler vehement abgelehnt wurde. Nur über meine Leiche«, mischte Braig sich ins Gespräch.

»Was soll das heißen?« Der Makler wandte dem Kommissar sein Gesicht zu, blickte ihm direkt in die Augen.

»Na ja, Sie haben es geschafft«, sagte Neundorf, »dem großen Geschäft steht nichts mehr im Weg. Wie viele Millionen Gewinn, schätzen Sie, bringt Ihnen Kindlers Anwesen ein?«

»Moment, Moment.« Bosbach sprang von seinem Stuhl auf. »Was wollen Sie damit behaupten? Nur weil Frau Kindler nicht mehr lebt ...«

»Sie wissen Bescheid?«

Der Mann ließ ein verächtliches Lachen hören. »Ich wohne in Oettingen«, erklärte er, »außerdem lese ich Zeitung. Von ihrem Tod hat inzwischen jeder im Ort gehört.«

»Dann wissen Sie wahrscheinlich auch, wo sie ermordet wurde.«

»Woher soll ich das wissen? Ich war nicht dabei.«

»Auf den Äckern am Ortsrand. Dort, wo Sie Ihren Schäferhund ausführen.«

»Ich?«

»Ja. Zum Beispiel am letzten Montagabend.«

»Am letzten Montag?« Bosbachs Mundwinkel zuckten. Er starrte Neundorf ins Gesicht, ließ sich wieder auf seinem Stuhl nieder.

»Wir haben eine Zeugin, die Sie gesehen hat. Am letzten Montagabend.«

»Wer soll das sein?«

»Eine Sabine Layer. Sie hat uns angerufen. Per Handy.«

»Wann?«

»Was tut das zur Sache?«, fragte Neundorf. »Sie hat uns angerufen und mitgeteilt, Sie am Montagabend zu dem Zeitpunkt dort gesehen zu haben, als Marianne Kindler dort ermordet wurde.«

»Blödsinn.« Bosbach schüttelte energisch seinen Kopf. »Am Montagabend war ich überhaupt nicht draußen, genauer gesagt, das gesamte letzte Wochenende nicht. Ich war erkältet, deshalb konnte ich nicht raus. Fragen Sie meine Sekretärin.«

»Ihre Sekretärin weiß darüber Bescheid, ob Sie abends Ihren Hund ausführen?«

»Sie weiß, dass ich schwer erkältet und somit unfähig war, abends raus zu gehen.«

»Na, wie dem auch sei«, fuhr Neundorf scheinbar unbeirrt fort, »Sabine Layer hat Sie jedenfalls am Montagabend draußen gesehen. Und sie hat uns das sofort mitgeteilt. Seltsamerweise ist sie seitdem verschwunden.« Sie machte eine kurze Pause, wandte sich ihrem Kollegen zu. »Aber das spielt keine Rolle mehr, denn wir haben heute Morgen das Reifenprofil des Wagens entdeckt, mit dem Marianne Kindler auf dem Feld überfahren wurde. Mehrfach überfahren. Wie lange dauert es noch, bis die Techniker das Profil dem Fahrzeug zuordnen können, von dem es stammt?«

Braig schaute auf seine Uhr, überlegte. »Gegen fünfzehn Uhr werden sie soweit sein. Eine halbe Stunde etwa noch.«

»Wir hätten deshalb gern einen Abdruck Ihrer Reifen«, erklärte Neundorf freundlich lächelnd, »betrachten Sie es bitte als reine Routine, so wie alle anderen Einwohner Oettingens auch, die wir darum ersuchen. Von jedem Ihrer Autos.«

»Ich habe nur einen Wagen. Meine ehemalige Frau und meine beiden Kinder kosten viel Geld. Mehr kann ich mir nicht leisten.«

»Gut. Dann untersuchen wir den. Dürfen wir Sie darum bitten?«

16. Kapitel

Karl Bosbach hatte nichts gegen den Vorschlag der Kommissarin einzuwenden gehabt. Neundorf war im LKA vorstellig geworden, hatte Markus Schöffler gebeten, Bosbachs Profil abzunehmen. Sobald der Techniker eingetroffen war, hatten sie sich von dem Makler verabschiedet.

»Und?«, hatte Braig gefragt, als sie sich auf den Weg zurück ins Amt gemacht hatten.

»Mich hat er nicht überzeugt.«

»Das mit der Zeugin vom Montagabend ist problematisch. Sie existiert nicht.«

»Noch nicht. Wenn er draußen unterwegs war, muss ihn doch irgendjemand bemerkt haben.«

»Sein Reifenprofil wird uns genauso wenig helfen. Wenn er mit der Sache zu tun hat, war er längst in der Werkstatt. Schöfflers Erscheinen ließ ihn völlig kalt.«

»Das lässt sich überprüfen.«

»Du willst bei allen Betrieben im Großraum Stuttgart nachfragen? Vielleicht hat er die Reifen selbst gewechselt.«

»Der feine Herr doch nicht.«

»Das ist kein Argument«, erwiderte Braig.

Neundorf zögerte einen Moment, gab ihm dann Recht. »Nein, das ist kein Argument. Aber wie sollte ich ihn sonst unter Druck setzen?«

Sie schwiegen, konzentrierten sich auf den Verkehr.

»Wann? hat er gefragt. Wann?«, bemerkte sie nach einer Weile.

»Wann?«

»Als ich ihm erklärte, Sabine Layer habe uns per Handy darüber informiert, ihn am Montagabend draußen auf dem Feld gesehen zu haben. Wann? war seine Antwort.«

»Das findest du seltsam?«

»Wann? Das ist doch nicht die normale Reaktion. Was interessiert es dich, wann eine angebliche Zeugin uns informiert? Das ist doch nicht von Belang.«

Braig wusste nicht, wie er Neundorfs Einwurf beurteilen sollte, fühlte sich müde und abgespannt. Er versuchte, das Verhalten und die Antworten Karl Bosbachs noch einmal zu rekapitulieren, kam zu keinem Ergebnis. Wenn der Makler in irgendeiner Weise in ihre Ermittlungen involviert war, hatte er das seiner Auffassung nach auf jeden Fall gut verbergen können. Entweder er war unschuldig oder äußerst clever.

Sie trennten sich vor ihren Büros, gingen jeder in den eigenen Arbeitsraum. Braig fand die Mail einer Kollegin des Stuttgarter Innenstadt-Reviers mit der Bitte, sie wegen eines Zeugen im Mordfall Kindler zurückzurufen. Er wunderte sich über die Mitteilung, ließ sich mit der Beamtin verbinden.

»Es geht um Herrn Banharn Kasemsi«, erklärte Lisa Stübner, nachdem sie sich gegenseitig vorgestellt hatten, »einen Bekannten der Frau Kindler.«

»Wie war noch einmal der Name?« Braig ließ sich die Buchstaben der Reihe nach nennen, notierte sie. »Was ist mit dem Mann?«

»Herr Kasemsi stammt aus Thailand. Er führt hier in Stuttgart ein Thai-Restaurant. Er hörte in den Nachrichten vom Tod Frau Kindlers und von unserer Suche nach einem Ostasiaten, der Frau Kindler am Montagnachmittag in Untertürkheim begleitete. Bei diesem Begleiter handelt es sich um ihn.«

Braig horchte überrascht auf. »Er hat sich von selbst bei Ihnen gemeldet?«

»Ja«, sagte Lisa Stübner, »heute Mittag.«

»Wo ist er zu erreichen?« Er ließ sich die Adresse des Mannes geben, bedankte sich bei der Kollegin, gab die Telefonnummer Kasemsis ein.

»Thai-Restaurant.« Eine hohe lispelnde Stimme meldete sich.

»Hier ist Braig. Ich hätte gerne Herrn Kasemsi.«

»Der spricht mit Ihnen. Was darf ich für Sie tun?«

»Sie haben sich bei der Polizei gemeldet wegen Frau Kindler. Ich bin der Kommissar, der ihren Tod bearbeitet. Sie kennen die Frau?«

Er hatte Schwierigkeiten, alles zu verstehen, weil der Mann viele Worte unkorrekt aussprach und etliche Endungen verschluckte, ihn dazu mit seinem Lispeln immer wieder auf falsche Gedanken brachte, begriff dann aber doch, was Herr Kasemsi ihm erzählte. Es handelte sich bei ihm um einen guten Bekannten Frau Kindlers, der schon seit Jahren ihr Kunde war und ihr auch Kontakte nach Thailand zu dortigen Restaurants vermittelt hatte, die sie inzwischen auch mit Nudeln belieferte. Er hatte sie am Montagmittag auf ihrem Handy angerufen, um sich nach ihrem Aufenthalt in Thailand zu erkundigen und dabei vereinbart, sich am selben Mittag noch mit ihr zu treffen, weil sie so viel über die Beseitigung der Tsunami-Folgen zu erzählen hatte. Sie war bei ihm im Restaurant vorbeigekommen, danach hatte er sie nach Untertürkheim begleitet, damit sie ihre Termine wahrnehmen konnte. Von Untertürkheim aus war er wieder zu seinem Restaurant zurückgefahren; er hatte Frau Kindler im Anschluss daran nicht mehr gesehen.

»Sie haben sie nicht nach Fellbach begleitet?«

Kasemsi betonte, sich noch in Untertürkheim von ihr verabschiedet und von der Haltestelle Schlotterbeckstrasse aus mit der Stadtbahn in die Innenstadt zurückgefahren zu sein.

Braig sah keinen Anlass, dem Mann zu misstrauen, bedankte sich für die Information. Nichts sprach dagegen, dass Kasemsi die Wahrheit sagte. Alles, was sie bisher ermittelt hatten, deutete in die von ihm angegebene Richtung.

Er hatte gerade aufgelegt, als sein Telefon läutete.

»Endlich«, sprudelte die Stimme am anderen Ende, »das war ein längeres Gespräch, wie?«

Braig hatte Volker Seibert erkannt, fragte nach dem Anlass seines Anrufs.

»Rauli sei Dank«, erklärte der Spurensicherer, »wir haben den Ort, wo Frau Kindler getötet wurde.«

»Ihr seid euch sicher?« Braig spürte seine Aufregung.

»Absolut«, sagte Seibert, »erstens Fasern ihrer Kleidung, zweitens Reste von ihrem Blut. Hier, ich gebe dir Rauli.«

Er wartete, bis der Kollege das Handy weitergereicht hatte, hörte dann Lars Rauleders Stimme.

»Fasern und Blut, beides ist sicher. Wir haben den jeweiligen Abgleich. Es gibt keine weiteren Zweifel. Die Frau wurde an dieser Stelle hier am Rand Oettingens erschlagen und dann mehrfach überfahren. Die Spuren sind eindeutig.«

»Ihr habt das genaue Profil der Reifen?«

»Bis ins Detail, die Erde und das Wetter machten es möglich. Markus Schöffler hat es bereits angefordert, er vergleicht sie mit irgendeinem Karren.«

»Das ist sehr gut. Herzlichen Dank für deine Arbeit.« Braig legte auf, lief zum Wasserhahn, füllte die Kaffeemaschine, wartete auf ihr Blubbern. Es ging vorwärts, endlich. Stück für Stück näherten sie sich dem entscheidenden Punkt. Marianne Kindler war auf dem Rückweg von dem alten Gebäude, wo sie ihr Auto abgestellt hatte, kurz vor den ersten Häusern Oettingens ermordet worden. Auf einem der Äcker, wo die Hundebesitzer des Ortes ihre Vierbeiner spazieren führten.

Zuerst niedergeschlagen, dann mehrfach von einem Fahrzeug überrollt worden. Von einer Person, die spätabends zwischen zwanzig und einundzwanzig Uhr dort draußen mit einem Auto unterwegs war. Bosbach?

Braig hörte das Blubbern der Maschine, holte seine Tasse. Die Reifenprofile waren identifiziert. Führten sie endlich zum Mörder?

Er wartete, bis der Kaffee vollends durchgelaufen war, schenkte sich eine Tasse voll, gab Milch dazu. Was war mit Sabine Layer? Hatte die Frau mit dem Mord an Marianne Kindler zu tun?

Er rührte den Kaffee um, nippte vorsichtig an seiner Tasse, sah Neundorf in sein Büro schießen. Ihr Gesicht war dunkelrot vor Wut. Braig starrte sie überrascht an.

»Schöffler hat angerufen«, zischte sie, »Bosbachs Reifen.« Sie fuhr sich mit der Hand über die Stirn, schnaufte verächtlich. »Es ist nicht sein Profil. Irrtum ausgeschlossen.«

17. Kapitel

Kurz nach neunzehn Uhr waren sie in Tübingen eingetroffen, einen von Ann-Katrin selbst gebackenen Elsässer Flammkuchen und einen großen Blumenstrauß im Gepäck. Marion und Ragna, die beiden Mitbewohnerinnen Theresas hatten in der gemeinsamen Küche ein reichhaltiges Büfett kalter und warmer Speisen vom griechischen Salat über eine Vielzahl inmitten verschiedener Kräuter und Früchte drapierter Käsesorten bis hin zu Süßspeisen wie Tiramisu und Mousse au Chocolat, dazu eine große Auswahl an Getränken aufgebaut. Ihre beiden Zimmer waren mit Sitzgelegenheiten aller Art ausgestattet, vom herkömmlichen Sofa über Stühle und Sessel bis zu zwei verschiedenen Garnituren von Gartenmöbeln, alles kunterbunt nebeneinander platziert.

Braig und Ann-Katrin Räuber widmeten sich zuerst der offiziellen Hauptperson des Abends, streichelten und massierten das sanfte graugetigerte Wesen, das seit ein paar Tagen zum lebenden Inventar der Wohnung zählte. *Fussel* wehrte sich nicht, ließ alles über sich ergehen. Dann zogen sie sich in Theresas Zimmer zurück, schenkten ihre Aufmerksamkeit Irene Räuber. Der Zustand der Kranken hatte sich nicht verändert. Leise atmend lag sie auf dem Rücken, alle paar Sekunden von einem der mit kräftigem Zischen an- oder abschwellenden Luftkissen in eine geringfügig veränderte Position geschoben. Ann-Katrin fuhr ihrer Mutter zärtlich über die Wangen, sprach leise auf sie ein. Das Verhalten der bisher fast reglos vor sich hin dämmernden Frau änderte sich innerhalb weniger Sekunden. Sie warf ihren Kopf hin und her, stöhnte leise auf, fing heftig an zu atmen.

Ann-Katrin presste ihr Gesicht auf das der Mutter, wartete, bis sie sich langsam wieder beruhigte. »Sie hat mich erkannt«, flüsterte sie Braig zu, »was immer von ihrem Geist noch vorhanden ist, hat sich an mich erinnert.«

Er nickte, hielt ihre Hand, blieb neben dem Bett sitzen, bis Ragna ins Zimmer trat und sie zu den anderen Gästen bat.

»Wir haben euch zu uns eingeladen«, betonte sie, »nicht nur zu ihr.« Sie zeigte auf ihre Uhr. »Wenn ich euch jetzt nicht hole, wird es überhaupt nichts mehr.«

Braig folgte ihrem Blick, sah, wie schnell die Zeit vergangen war. Kurz nach neun. Sie lösten sich von der Kranken, schoben sich durch die dicht gedrängten Reihen der Besucher, bedienten sich am Büfett.

»Hier sind zwei Plätze.« Theresa Räuber winkte aus Marions Zimmer, wies auf eine schmale Gartenbank aus lila Kunststoff, die gerade frei geworden war. Braig nahm seinen Teller und das Glas, ließ sich neben Ann-Katrin nieder.

»Mama hat sofort reagiert?«, fragte Theresa.

Ihre Schwester nickte.

»So geht es schon die ganze Woche. Kaum hört sie meine Stimme, wirft sie den Kopf hin und her und stöhnt leise.«

Sie aßen von ihren Tellern, ließen Theresa erzählen.

»Du hoffst immer noch, dass sie irgendwann zu sich kommt?«, warf Braig nach einer Weile ein.

»Ich antworte dir mit Martin Luther«, sagte Ann-Katrins Schwester, »wenn morgen die Welt untergeht, werde ich heute noch einen Baum pflanzen.«

Wahrscheinlich, überlegte er, war diese Einstellung die einzige Möglichkeit, die Situation zu ertragen.

»Hoffnung ist eine der elementarsten Kräfte, die wir alle benötigen, um das Leben zu bewältigen. Viele sind sich dessen nur nicht bewusst.«

»Ich will nicht wissen, wie viel von dem, was wir uns erhoffen, in Erfüllung geht«, meinte er, »ich fürchte, nur ein Bruchteil.«

Theresa schüttelte den Kopf. »Das tut nichts zur Sache. Wir können gut damit leben, dass sich nur ein kleiner Teil verwirklichen lässt. Entscheidend ist nicht die Erfüllung aller unserer Träume, sondern die Erfahrung, dass sich überhaupt etwas in dieser Richtung bewegt. Zum Glück bleibt uns unsere Zukunft verborgen.«

»Angeblich nicht allen. Es soll Menschen geben, für die die Überwindung der Zeit kein Problem darstellt.« Er dachte an seine Begegnung mit Margarethe Geissler, berichtete von dem Menschenauflauf in Oettingen und den angeblichen Prophezeiungen des Engels. »Wenn wir die Vermisste nicht bald finden, erfährt die Revolverpresse von diesen Behauptungen. Dann fangen die an, den Friedhof umzugraben. Wenn wir sie nicht daran hindern, bei Nacht und Nebel.«

»Vielleicht habt ihr Glück und sie lebt noch. Dann ist der ganze Spuk schnell vorbei.«

»Du bist wirklich ein Mensch voller Hoffnung.« Braig nickte ihr freundlich zu, trank sein Glas leer. »Ich frage mich nur, wo alle die Verrückten herkommen, die an diesen Engel und seine angeblichen Vorhersagen glauben. Das Mittelalter ist doch vorbei.«

»Du musst dein Menschenbild ändern«, konterte Theresa, »nur weil wir im einundzwanzigsten Jahrhundert leben, haben sich die entscheidenden Charakterzüge der Menschen nicht grundlegend verändert. Unsere Wünsche und Bedürfnisse entsprechen im Kern immer noch denen unserer Vorfahren. Wir sind angewiesen auf die Liebe, die Zuwendung, die Anerkennung anderer, sind süchtig nach dem Bewusstsein, dass unser Leben einen Sinn hat und alles, was wir tun, letztendlich einem guten Ziel zustrebt. Leider sind diese im Grunde religiösen Bedürfnisse in unserer globalisierten Welt nicht mehr so einfach zu stillen. Die großen

Kirchen haben keine Chance, sich dem multikulturellen Überangebot als allumfassende Sinnvermittler entgegenzustellen – das kann auch nicht ihr Ziel sein. Aber je mehr die etablierten Kirchen an Einfluss verlieren, desto mehr gewinnen obskure Kulte dazu. Und je einfacher, ja primitiver die Antworten ausfallen, die mir der Kult zuteil werden lässt, desto weniger muss ich über den Sinn meines Lebens nachdenken. Ich fürchte, wir ahnen noch gar nicht, was uns in Zukunft alles an obskuren Heilsverkündern erwartet. Was in den USA heute schon abgeht, mag ein Hinweis sein.« Sie erhob sich, zeigte ihr leeres Glas, fragte nach Braigs und Ann-Katrins Wünschen.

»Ich gehe mit«, sagte er, »ich will selbst schauen, was es noch gibt.« Er stand auf, schob sich hinter Theresa durch die Besucher, hörte das gedämpfte Signal eines Handys. Die Melodie schien ihm bekannt; er stellte sein Glas ab, griff in die Tasche, zog das Gerät vor. Zwei junge Frauen starrten ihn grinsend an. Er ließ Theresa stehen, schob sich weiter durch die Besucher, erreichte die Tür zur Toilette. Er drückte die Klinke nieder, betrat den kleinen Raum, nahm das Gespräch an. Die Stimme am anderen Ende war erst zu verstehen, als er die Tür hinter sich geschlossen hatte. Er verriegelte sie, konzentrierte sich auf seinen Gesprächspartner.

»Weisshaar hier, du bist noch nicht im Bett?«

»Nein. Was ist los?«

»Gerade ging eine Meldung der Kollegen aus Reutlingen ein. Sie könnte mit deinem Fall zu tun haben.«

»Worum geht es?«

»Es scheint sich um den Hilferuf einer Frau namens Sabine Layer zu handeln. Das ist doch die Person, nach der du suchst?«

»Ja, klar«, rief Braig überrascht. »Wer hat angerufen? Die Frau selbst?«

»Soweit ich weiß, ja. Sie fühlt sich bedroht, benötigt sofort Hilfe. Kannst du die Sache übernehmen? Ich gebe dir die Nummer der Reutlinger Kollegen, sie erwarten deinen Anruf. Anschließend informiere ich Katrin.«

Braig zeigte sich einverstanden, gab die Ziffern des Reutlinger Kommissariats ein, hatte eine Kollegin Deilinger in der Leitung. »Braig vom LKA«, stellte er sich vor, »Sabine Layer hat sich bei Ihnen gemeldet?«

»Ein Notruf, ja. Sie bearbeiten ihren Fall?«

»Ja. Es war wirklich Frau Layer persönlich?«

»Ich denke schon. Wir haben alles auf Band. Sie müssen es sich anhören. Es eilt.«

»Was wollte die Frau?«

»Sie scheint in großer Gefahr. Wir müssen sie sofort finden. Sie sprach von einem Mann, der sie in seiner Gewalt habe.«

»Wie heißt der Mann?«, rief Braig. »Ist sein Name bekannt?«

Die Antwort ging im lauten Klopfen an die Toilettentür unter. »Was ist los?«, brüllte eine weibliche Stimme. »Telefonieren können Sie auch woanders! Ich muss mal!«

Er presste das Handy ans Ohr, hörte nur die in nervösem Tonfall vorgetragenen Worte der Kollegin: »...wissen nicht, wo genau wir suchen sollen. Sie sind in Stuttgart?«

»Nein«, antwortete er, »ich bin in Tübingen.«

»In Tübingen? Mein Gott, das ist ja vor unserer Haustür. Können Sie nicht sofort kommen und uns bei der Suche nach der Frau helfen? Wir brauchen Anhaltspunkte für ihren Aufenthaltsort.«

Braig ließ die Verbindung stehen, sagte ohne jede weitere Überlegung zu. Er riss die Tür auf, drückte die junge Frau zur Seite, die mit verkrampfter Miene davor wartete, schob sich durch die dicht gedrängte Menschenmenge. Zwei Minuten später war er unterwegs nach Reutlingen, das Handy am Ohr.

18. Kapitel

Warum es so spät geworden war an jenem Abend? Sie hatte nicht auf die Zeit geachtet, nichts gegessen und kaum etwas getrunken, war nur in ihre Arbeit vertieft, besessen von dem Gedanken, möglichst viele der unzähligen Bittsteller berücksichtigen und in ihr Konzept einbeziehen zu können, hatte erst eine Pause eingelegt, als das Heulen und Jaulen des um Auslauf bettelnden Hundes nicht mehr zu überhören war. Der Blick auf die Uhr hatte sie erschrocken aufsehen lassen. Zwanzig nach acht. Sie hatte aus dem Fenster geschaut und wahrgenommen, dass es vollkommen dunkel war. Kein Wunder, dass das Tier so erbärmlich winselte.

Die Vorräte in der Küche hatten zu einer einfachen Mahlzeit gereicht. Zwei dünne Scheiben Roggenbrot, dazu etwas Magerquark, eine Tomate, der Rest einer Gurke. Sie hatte ein Glas Wasser getrunken, sich dann kurz erfrischt, hatte sich die dicke Winterjacke übergezogen, den Hund an die Leine gelegt, das Haus verlassen. 20.40 Uhr. Zufällig war ihr Blick beim Schließen der Tür auf die Uhr gefallen. Sie hatte sich die Brille fest auf die Nase gedrückt, war schnellen Schrittes den Straßen bis zum Ortsrand gefolgt, das wild an seiner Leine zerrende Tier vor sich. Sie liebte es nicht, so spät noch unterwegs zu sein, versuchte, Spaziergänge bei Dunkelheit zu vermeiden, weil die Sehkraft ihrer Augen durch einen lange zurückliegenden Unfall stark beeinträchtigt war, unternahm die Tour nur des Hundes wegen.

Nach wenigen Minuten hatte sie die Ackerflächen außerhalb des Ortes erreicht, war, das Tier nicht von der Leine lassend, mehrere hundert Meter dem asphaltierten Weg in

Richtung der Obstbaumwiesen gefolgt. Irgendwann hatte der Hund gezögert, war zuerst stehen geblieben, einem fernen Geräusch lauschend, hatte sich dann plötzlich wieder in Bewegung gesetzt, leise winselnd und immer kräftiger an seiner Leine zerrend. Sie war auf einen der rechtwinklig davon führenden Erdwege abgebogen, unwillig dem Tier folgend, ständig über neue Unebenheiten stolpernd.

Mit einem Mal hatte sie die seltsamen Geräusche ebenfalls vernommen: Ein leises Wimmern und Jammern, dumpfe Schläge, eine Art unregelmäßiges Stampfen, dann das Aufheulen eines Motors und der Lärm eines nicht allzu weit entfernten Autos. Erschrocken hatte sie innegehalten, alle Kraft darauf konzentrierend, den heftig an seiner Leine zerrenden Hund festzuhalten, hatte in die Richtung der unbekannten Geräusche gestarrt, trotz aller Mühe jedoch nichts entdeckt. Der Lärm des Fahrzeugs war deutlich zu hören, schien jedoch immer von ein- und derselben Stelle zu kommen, so als bewegte sich das Auto unablässig wenige Meter hin und her.

Sie hatte nicht gewusst, wie das seltsame Phänomen zu beurteilen war, hatte sich sicherheitshalber auch schon entschlossen, umzukehren und den Weg zurück ins Dorf zu nehmen, als plötzlich Scheinwerfer aufleuchteten und sie und den Hund in grelles Licht tauchten. Vor Schreck hatte sich das Tier von der Leine gerissen und war augenblicklich davon gerannt. Sie war sich wie gelähmt vorgekommen, hilflos, unbeweglich, hatte sich erst nach mehreren Sekunden von der Stelle lösen können. Sie hatte, die Leine in der Hand, nach ihrem Hund geschrien, immer noch voll im Kegel der Scheinwerfer stehend, war dann dem Weg quer über die Äcker gefolgt. Das Licht des Autos war für mehrere Sekunden erloschen; sie hatte schon geglaubt, dass es auf einen anderen Weg abgebogen und der Unbekannte hinter dem Steuer sie aus den Augen verloren habe, wurde aber plötzlich vom Gegenteil überzeugt. Ohne dass sie es in der Hast ihres Davonspringens wahrgenommen hatte, war das Fahrzeug auf ihre Spur eingeschwenkt, hatte direkt auf sie zugehalten. Sie hatte noch zur Seite springen, die holprige Fahrspur verlassen wollen, war aber mitten in der Bewegung von dem harten Metall erfasst und in die Höhe geschleudert worden: Ein grauenvoller Schlag, der ihr höllische Schmerzen zugefügt hatte. Unmittelbar danach war ihr Bewusstsein erloschen.

Wie viel Zeit seither vergangen war, wo sie sich befand – sie wusste es nicht. Sie litt unter höllischen Schmerzen im Kopf und in der Brust, hatte Mühe, kräftig durchzuatmen, glaubte, scharfe Klingen in ihrem Leib zu verspüren. Als sie die Augen aufschlug und ihren Blick über die Umgebung schweifen ließ, nahm sie, gehandicapt durch ihre fehlende Brille, verschwommen die Umrisse eines in dämmriges Licht getauchten, vollkommen leer geräumten schmutzigen Raumes wahr. Fenster konnte sie nirgends entdecken, es roch muffig und abgestanden, als befinde sie sich in einem seit Jahren von der Außenwelt abgeschotteten Verließ.

Sie stemmte sich mühsam vom Boden hoch, wirbelte eine Wolke aus Staub und Dreck in die Luft, musste heftig husten. Die Schmerzen waren kaum auszuhalten, jeder kräftige Atemzug schien von den Stichen unzähliger scharfer Klingen begleitet. Ihr Mund war wie ausgetrocknet, sie hatte Durst, benötigte dringend etwas zu trinken. Sie verharrte direkt vor ihrer Liegestätte, zwei lieblos aufeinander geschichteten Wolldecken, schaute sich um, sah das Licht aus zwei winzigen Ritzen in der Wand in den Raum dringen. Geräusche waren nur aus der Ferne wahrzunehmen: Der ständig an- und abschwellende Lärm von Motoren, ab und zu Hupen und das schrille Kreischen von Bremsen, die typischen Kennzeichen einer stark befahrenen Straße. Nur selten, in länger währenden Abständen, das Rauschen eines entfernt vorbeihuschenden Zuges.

Sie stand vollends auf, erkundete die Umgebung, tastete sich Schritt für Schritt durch den über und über mit Staub und Dreck angefüllten Raum. Hier hatte sich seit langer Zeit niemand mehr aufgehalten, ein unwirtliches abgelegenes Loch, das keinerlei menschlichen Kontakt versprach. Sie untersuchte, so gut es ging, die Wände, klopfte mit ihren Fäusten dagegen, jammerte und schrie, verstärkte ihre Aktivitäten, bis sie vor lauter selbst ausgelösten Staubfontänen kaum mehr Luft zum Atmen fand. Das Mauerwerk schien überall gleich massiv, nirgends eine Stelle, die Chancen auf Entkommen versprach, auch die einzige Tür, ein unnachgiebiges stählernes Ungetüm fest verschlossen und auf keinen ihrer handgreiflichen Wutausbrüche reagierend. Sollte sie hier in diesem abgelegenen Verließ verhungern und verdursten?

Sie wusste nicht, wie viel Zeit vergangen war, als sie zum ersten Mal in unmittelbarer Nähe Schritte hörte, sah nur, dass der Raum in tiefer Dunkelheit lag. Auch der Lärm der entfernten Straße schien schwächer als zuvor. So schnell es ging, drückte sie sich von ihrer Unterlage hoch, tastete sich mit weit ausgestreckten Händen in Richtung der Wand. Im selben Moment waren die Schritte vor der Tür angelangt, der Schlüssel drehte sich im Schloss, das stählerne Monstrum schwang quietschend nach innen. Der grelle Strahl der Lampe traf sie mitten ins Gesicht, nahm ihr jede Chance, irgendetwas zu erkennen. Erstarrt verharrte sie mitten in der Bewegung, erinnerte sich an die Szene draußen auf den Äckern, begann ohne jede Überlegung aus Leibeskräften zu schreien. Ihr Herz hämmerte wild, ihre Sinne schienen benebelt, Schweißbäche rannen ihr aus den Achseln. Sie schrie und tobte, nahm überhaupt nicht wahr, dass das Licht plötzlich verlöschte und die Tür in ihre Angeln fiel.

Als sie wieder zu sich kam – Ewigkeiten später, wie ihr schien – war alles stockdunkel. Kein Geräusch, nur ab und an das entfernte Aufheulen der Motoren. Hatte sie geträumt? War sie unter der Folter des Durstes und der Einsamkeit oder als Folge der Gewalttat nicht mehr Herr ihrer Sinne?

Sie hatte Mühe, zur Ruhe zu finden, tastete sich zu ihrer Unterlage zurück. Die Umrisse der beiden großen Pakete unweit der Tür erkannte sie erst, als sie Stunden später wieder die Augen aufschlug. Licht drang aus den Ritzen der Wand, tauchte den Raum in das gewohnte dämmrige Dunkel. Sie benötigte Zeit, sich auf das neue Inventar zu konzentrieren; Durst in einem nie zuvor gekannten Ausmaß raubte ihr fast die Sinne. Ihr Mund war hart, die Zunge starr und nur schwer zu bewegen, ihr ganzer Leib sehnte sich nach Flüssigkeit. Langsam richtete sie sich auf, schleppte sich zur Tür. Sie tastete die Gegenstände vorsichtig mit den Händen ab, merkte, dass es sich um einen großen, mit einem Deckel versehenen Eimer sowie einen Karton voller Lebensmittel, Plastikflaschen und Toilettenpapier handelte. Voller Gier griff sie nach einer der Flaschen, entfernte den Verschluss, trank von dem köstlichen Nass.

Sie erholte sich langsam, öffnete eine der Lebensmittelpackungen nach der anderen, nahm sich, so viel sie wollte, legte sie sorgsam verschlossen wieder zurück. Wer immer sie hier gefangen hielt, er schien sie nicht sterben lassen zu wollen. Sie untersuchte den Raum, lauschte auf fremde Geräusche, aß und trank, verrichtete ihre Notdurft in den Eimer, schob ihn ans andere Ende ihrer unwirtlichen Unterkunft. Irgendwann verwandelte sich der Dämmer in jene undurchdringlich schwarze Nacht, die ihr bereits bekannt war. Sie verharrte auf ihrer Unterlage, wartete auf Schritte – vergeblich. Später versank sie in tiefen Schlaf.

Wie oft der Dämmer mit der Dunkelheit wechselte, wusste sie später nicht mehr zu erinnern. Plötzlich aber war der Gedanke da. Wer immer ihr Peiniger war, er würde wieder erscheinen, sie mit Wasser und Lebensmitteln versorgen, wie in einer der Nächte zuvor. Sie musste die Gelegenheit nutzen, ihn dabei überraschen - das war ihre einzige Chance. War es dem unerbittlichen Eifer und der Strebsamkeit zuzuschreiben, die ihren Charakter seit jeher entscheidend prägten? Sie hatte nur noch ein Ziel, nur noch einen Gedanken. Kaum hatte sich der Dämmer wieder in undurchdringliche Dunkelheit verwandelt, wartete sie auf das entscheidende Geräusch. Ein Vorteil lag auf ihrer Seite: Sie war auf die Begegnung vorbereitet, *er* nicht.

Dennoch glaubte sie, ihr Herz wolle aufhören zu schlagen, als sie die Schritte hörte. Sie zitterte am ganzen Leib, fühlte sich steif und starr, hatte Mühe, sich in Bewegung zu setzen. Sie drückte sich in die Nische unmittelbar neben der Tür, klammerte sich an die Wand, wartete, bis der Schlüssel sich im Schloss drehte. Mit leisem Quietschen schwang das massive Portal ins Innere. Ein gleißender Lichtstrahl huschte über den Boden, fixierte die einem niedrigen Bett ähnliche Ruhestelle, die mit ihren unter einer Decke versteckten leeren Flaschen, Lebensmittelpackungen und Kartonagen einem schlafenden Menschen ähnelte. Ein, zwei Sekunden verharrte der blendend helle Strahl, huschte dann zur Seite, tauchte den Rest des Raumes ins Licht. Sie wusste, dass sie es jetzt riskieren musste, wenn überhaupt, dann in dieser Sekunde.

Der Unbekannte machte einen Schritt nach vorne, als ihr Fuß ihn mit voller Wucht zwischen den Beinen traf. Er schrie vor Schmerz laut auf, taumelte zur Seite, stöhnte. «Verdammt!«, fluchte er.

In diesem Moment erkannte sie ihn. Sie wuchtete die Flasche in die Höhe, traf ihn mitten ins Gesicht. Der Schlag warf ihn zurück, katapultierte ihn aus dem Raum. Gegenstände flogen durch die Luft, prallten auf den Boden. Mit einem Mal war es dunkel. Sie zog die Flasche erneut hoch, warf sie mit aller Kraft in die Richtung, in der sie ihn vermutete, hörte den Aufprall und das laute Knacken. Er schrie wie ein Tier, das dem Schlachter zugeführt wird. Irgendetwas war gebrochen. Sie konnte nichts mehr erkennen, hörte nur sein irrsinniges Schreien, suchte die Tür, warf sie zu. Das Brüllen ging unentwegt weiter. Sie bückte sich, tastete den Boden ab, fühlte die Lampe. Sie nahm sie auf, drückte den Schalter, spürte den großen Riss, der sich quer über das Gerät zog. Nichts tat sich, kein Licht. Sie versuchte es wieder und wieder, vergeblich. Als sie zur Seite trat, stieß sie mit dem Fuß an einen kleinen Gegenstand. Sie tastete danach, spürte sofort, um was es sich handelte. War das die Rettung?

Sie nahm das Handy hoch, suchte im Dunkeln nach der Tastatur, sah, wie das Display aufleuchtete. Es bereitete ihr keine Schwierigkeiten, dass sie die Ziffern nicht erkennen konnte. Sie hörte das laute Schreien hinter der Stahltür, drückte die Eins, noch mal die Eins, dann die Null.

19. Kapitel

Braig hatte sich das Band mit dem Anruf Sabine Layers während der Fahrt nach Reutlingen angehört.

»Leider war nach acht Minuten alles vorbei«, hatte Miriam Deilinger ihm anschließend erklärt, »die Kollegen glauben, der Akku war am Ende.«

»Sie kann nicht überraschend wieder von dem Mann überwältigt worden sein?«

»Sie haben keine Hinweise darauf hören können. Aber möglich ist natürlich alles.«

Er hatte das Gespräch beendet, Neundorfs Nummer eingegeben. »Du bist informiert?«

»Allerdings«, antwortete sie, »Weisshaar rief an. Ich bin unterwegs nach Ludwigsburg.«

»Privat?«

»Du hast Humor. Volker Seibert wird hoffentlich genau so schnell dort sein. Er wird mir die Tür öffnen.«

»Du willst in Bosbachs Büro?«

»Gefahr in Vollzug. Ich habe dem Kerl von Anfang an misstraut. Er hat die Frau garantiert in einem Gebäude versteckt, das zum Verkauf steht. In seinem Internet-Angebot war allerdings nichts aus Reutlingen zu finden. Ich habe es heute Mittag schon studiert. *Immobilien Bosbach. Erlesene Angebote für besondere Menschen.* Ich denke, ich weiß jetzt auch, wieso seine Reifen nicht mit unserem Profil übereinstimmen.«

»Weshalb?« Sie waren beim Kommissariat in der Reutlinger Innenstadt angelangt. Braig bedankte sich bei Theresa, die ihn hergefahren hatte, trat auf die Straße, das Handy am Ohr.

»Ich habe heute Mittag noch bei seiner ehemaligen Frau angerufen. Sie leben seit zwei Jahren getrennt. Einer von Bosbachs Freunden ist Tankstellen-Pächter. Mit Vollservice.«

»Du meinst, er hat ihm die Reifen gewechselt?«

»Benckhard heißt der Typ. Ich war heute Mittag noch bei ihm in Esslingen, habe ihn unter Druck gesetzt. Der wird reden, das dauert nicht mehr lange. Und vergiss nicht die beiden Jungs in Heilbronn, die beobachteten, wie Frau Kindlers Leiche abgelegt wurde. Sie erinnerten sich an einen dicken Daimler. Bosbach fährt S-Klasse.« Sie schwieg einen Moment, fuhr dann fort. »Jetzt muss ich aber aufhören. Ich bin da und Seibert steht auch schon vor der Tür. Bis gleich.«

Braig stellte sich an der Pforte vor, ließ sich den Weg zu Frau Deilingers Büro erklären, folgte den Treppen ins Obergeschoss. Er hatte gerade die letzte Stufe erreicht, als ihm eine junge Frau entgegenkam.

»Deilinger«, sagte sie, streckte ihm die Hand entgegen, »vielen Dank, dass Sie so schnell gekommen sind.«

Er begrüßte sie, eilte mit in ihr Büro, sah einen weiteren Kollegen eifrig in ein Telefongespräch vertieft am Schreibtisch sitzen.

»Berthold Schell«, erklärte Miriam Deilinger, auf den Mann weisend.

»Das Gebäude steht leer?«, fragte Schell gerade.

Er schien keine befriedigende Antwort zu erhalten, hakte mehrfach nach. »Das ist alles völlig uninteressant, wir wollen nur wissen, ob es dort in der Nähe irgendwelche leeren Häuser oder Hallen gibt.«

»Sie haben den Notruf Frau Layers vollständig gehört?«, fragte Miriam Deilinger.

Braig nickte. »Ich fürchte, die Frau ist wirklich in großer Gefahr. Zum Glück ist es ihr gelungen, das Handy dieses

Verbrechers an sich zu reißen. Sie haben die lokale Empfangsstation identifiziert, von der aus ihr Anruf weiter vermittelt wurde?«

Miriam Deilinger nickte. »Sie steht im Industriegebiet nördlich der Innenstadt. In der Nähe einer stark befahrenen Straße, der B 28 und der Bahnlinie nach Metzingen, genau wie sie es beschrieben hat. Mein Kollege versucht herauszufinden, wo es dort leere Gebäude gibt. Eine Einsatzgruppe ist alarmiert. Wir fahren sofort los, wenn wir genauere Hinweise haben.«

Braig wollte gerade fragen, wie weit das fragliche Gelände vom Kommissariat entfernt war, als sein Handy läutete. Er erkannte Neundorfs Nummer, entschuldigte sich, nahm das Gespräch an.

»Ich weiß, wo er die Frau gefangen hält«, schrie seine Kollegin, »es handelt sich um ein aufgelassenes Gewerbeareal am Heilbrunnen.«

»Am Heilbrunnen?«, rief Braig. Er sah die überraschten Blicke der Reutlinger Kollegen, wiederholte laut die Gebäudenummer.

»Er hat hier im Büro ausführliche Pläne von dem Gelände liegen. Fahrt sofort hin.«

Braig bedankte sich für die Information, gab sie Deilinger und Schell bekannt.

»Ich kenne das Gelände«, sagte der Kollege, »wir fahren, ja?« Er griff zum Telefon, gab Straße und Hausnummer durch, bat um sofortigen Einsatz.

Braig folgte den beiden Beamten, spurtete die Treppen hinunter, dann in den Hof des Gebäudes. Sie passierten zwei Polizeifahrzeuge, sprangen zu einem zivilen Kombi, nahmen Platz. »Liegt es weit entfernt?«, fragte er.

Miriam Deilinger steuerte das Auto aus dem Hof, bog in die breite Bismarckstraße ein. »Keine zwei Kilometer«, sagte sie.

Braig hatte Schwierigkeiten, sich im nächtlichen Reutlingen zurechtzufinden. Sie fuhren geradeaus, bogen nach rechts in die Karlstraße ab, folgten ihr stadtauswärts. Als sie im Gewerbegebiet angelangt waren, hatten sie zwei mit lärmenden Sirenen dahinrasende Polizeiwagen hinter sich.

»Gleich sind wir da.«

Braig starrte nach draußen, konnte die schlecht beleuchteten Straßenschilder nicht erkennen.

»Das müsste der Heilbrunnen sein«, erklärte Schell. Er schaute nach den Gebäudenummern, merkte, dass das gesuchte Areal nicht mehr weit entfernt sein konnte. »Noch drei oder vier Gebäude«, meinte er.

Sie fuhren stockend weiter, starrten suchend nach draußen. Braig sah, dass die beiden Polizeifahrzeuge ihnen mit ausgeschalteten Signalhörnern und Warnleuchten unmittelbar folgten. Sein Handy meldete sich. Er sah Neundorfs Nummer, nahm es auf.

»Ich habe sein Geständnis«, sagte sie.

»Wen meinst du?«

»Benckhard«, antwortete sie, »er gibt zu, die Reifen an Bosbachs Wagen am Dienstagabend eigenhändig gewechselt zu haben. Alle vier. Vorerst zwar nur am Telefon, aber der unterschreibt, das garantiere ich. Wir bringen Sie vor Gericht als Mitverantwortlichen an zwei Verbrechen, drohte ich ihm. Mord und versuchter Mord. Da packte er aus. Wie weit seit ihr?«

»Wir sind in der Straße, suchen nur noch die Hausnummer.«

»Ich hoffe nur, dass ihr sie lebend findet. Sie muss Schreckliches mitgemacht haben. Ihrem Notruf zufolge hat sich alles genau so abgespielt, wie du es vermutet hast. Der Kerl war mit seinem Auto unterwegs, ließ den Hund nebenher rennen, als ihm Frau Kindler völlig entnervt entgegen kam. Bosbach nutzte die Gelegenheit und tötete sie. Der muss völlig ausgerastet sein, als er die Frau im Dunkeln entdeckte. Und gerade hatte er alles vollbracht, als plötzlich das zweite Hindernis in den Scheinwerfern seines Karrens auftauchte, das seiner Gier nach dem großen Profit im Weg stand. War sie Zeuge seines Verbrechens geworden? Wahrscheinlich wusste er nicht, was sie mitbekommen hatte. Aber sie sofort zu töten, wagte er nicht, um nicht sofort in Verdacht zu geraten. Deshalb überlegte er sich vorerst eine andere Lösung.«

Er merkte, wie Deilinger bremste, starrte nach draußen. »Katrin, ich glaube, wir sind da«, sagte er, beendete das Gespräch. Sie hatten die Einfahrt eines von einem hohen Maschendrahtzaun umgebenen Geländes erreicht, das mit Ausnahme der von der Straßenbeleuchtung erfassten Bereiche weitgehend im Dunkeln lag. Zwei große mehrstöckige Gebäude waren zu erkennen.

Sie verließen ihren Wagen, winkten den Männern in den Polizeifahrzeugen zu. Keine Minute später hatten sich alle vor der Einfahrt postiert. Sie trugen dunkle Schutzkleidung, waren allesamt bewaffnet.

»Könnte sich jemand um das Tor bemühen?«

Zwei Männer mit Werkzeugkoffern machten sich daran zu schaffen, schoben kurz darauf den schweren Flügel zurück.

»Wir haben zwei Gebäude«, sagte Miriam Deilinger, »teilen wir uns auf?«

Sie betraten das Gelände, liefen in zwei Gruppen auf die verlassen im Dunkeln liegenden Häuser zu. Braig sah, dass es sich um zwei alte Backsteingebäude handelte, die seit längerem ungenutzt waren. Trotz des von einem Zaun geschützten Geländes Schmierereien an den Wänden, obszöne

Bemerkungen, undefinierbare Gemälde; Grasbüschel und stachelige Hecken bis in Kniehöhe. Sie näherten sich der breiten Eingangstür, verharrten für einen Moment unmittelbar davor. Nirgendwo Licht, kein Ton zu hören. Nur die Geräusche von Autos aus dem Hintergrund.

»Wir öffnen«, sagte Miriam Deilinger, wartete, bis zwei der Uniformierten die Tür aus den Angeln gebrochen hatten. Der Schlag hallte laut durch die Nacht. Sie schoben das schwere Portal zur Seite, leuchteten den Weg frei. Ein Treppenhaus mit alten, abgenutzten Steinstufen breitete sich vor ihnen aus. Sie suchten nach einem Lichtschalter, stellten fest, dass kein Strom vorhanden war. Eine breite Tür führte ebenerdig weiter.

Deilinger und Braig ließen dem bewährten Team den Vortritt, warteten, bis die Tür aus dem Weg geräumt war. Vor ihnen lag ein großer verschmutzter Raum, leer, ohne jedes Inventar. Sie leuchteten den Boden und die Wände mit ihren Lampen aus, suchten nach irgendeinem noch so kleinen Hinweis, dass sich hier jemand aufgehalten hatte. Braig wartete an der Schwelle des Raumes, hörte plötzlich den Lärm. Lautes Schreien, ein Schuss, dann das Aufheulen eines Motors, irgendwo draußen. Er kehrte auf der Stelle um, eilte durch das Treppenhaus, sprang ins Freie. Das Auto schoss genau in dem Moment hinter dem anderen Gebäude vor, als er den Vorplatz erreichte. Er hörte die Rufe der Kollegen, die etwa hundert Meter entfernt vor dem Eingang des zweiten Bauwerks in Stellung gingen, sah die dunkle Silhouette des Wagens in seine Richtung rasen. Ohne jede Beleuchtung, quer über das Gelände.

»Der will abhauen«, rief eine Stimme, »zielt auf die Reifen.«

Braig drehte sich zur Seite, versuchte den Eingang wieder zu erreichen, weil das der einzige Ort war, in dem er sich in

Sicherheit wusste, hatte keine Chance. Das Auto jagte mit irrsinniger Geschwindigkeit auf ihn zu, katapultierte ihn in die Luft, raste unbeirrt weiter auf den Ausgang zu. Schüsse peitschten durch die Nacht,

Autoreifen quietschten. Braig spürte entsetzliche Schmerzen, versank in tiefen Dämmer.

20. Kapitel

Was sagen Sie da?«, rief Neundorf laut. Sie wartete seit fast einer halben Stunde auf den Anruf ihres Kollegen, wollte nicht glauben, was die Frau ihr erzählte.

»Es tut mir schrecklich Leid, aber wir können nichts dafür«, wiederholte Miriam Deilinger, »es ist allein die Schuld dieses Bosbach. Ihr Kollege trat genau in dem Moment aus dem Gebäude, als der Mann zu fliehen versuchte. Ohne Licht, völlig im Dunkeln. Ihr Kollege hatte keine Chance. Er konnte zwar noch zurückspringen, wurde aber an der Seite erfasst.«

»Und?«, schrie Neundorf, »was ist mit ihm?«

»Wir riefen sofort den Notarzt«, antwortete Miriam Deilinger, »er wird gerade per Hubschrauber nach Tübingen in die Klinik gebracht.«

»Was sagt der Arzt? Wie steht es um ihn?«

»Wir wissen es nicht. Die werden Sie benachrichtigen, sobald sie etwas sagen können. Wir haben ihnen Ihre Nummer mitgegeben, zumal ich nichts über Angehörige weiß. Würden Sie das bitte übernehmen?«

»Mein Gott, er wird doch davonkommen!«

»Wir hoffen es alle. Von uns konnte niemand eingreifen, es war vollkommen dunkel und ging viel zu schnell. Die Kollegen konnten kaum etwas erkennen, bis ihre Schüsse trafen, war es schon geschehen.« Sie schwieg einen Moment, fügte dann hinzu: »Das ist jetzt Nebensache, aber mitteilen möchte ich es Ihnen dennoch: Wir haben Frau Layer lebend aufgegriffen. Sie war zwar völlig entkräftet und wurde sofort ins Krankenhaus gebracht, ist aber außer Lebensgefahr. Dieser Bosbach hatte sie in einem alten Fabrikationsraum eingeschlossen, fast die ganze Woche lang. Zum Glück kamen wir rechtzeitig, bevor er wieder bei Kräften war und ihr etwas antun konnte. Bosbach selbst haben wir trotz seines Fluchtversuchs erwischt. Er raste zu schnell aus der Einfahrt, schleuderte beim Einscheren in die Straße auf eine Mauer auf der anderen Seite. Seine S-Klasse ist völlig demoliert. Sie sind immer noch dabei, ihn aus dem Wagen zu schweißen.«

KBV-KRIMI

Klaus Wanninger
SCHWABEN-SUMPF
Taschenbuch, 300 Seiten
ISBN 978-3-937001-83-8
9,50 EURO

Stäffele, das sind die romantischen, von Büschen, Bäumen und Balustraden gesäumten Treppenwege in Stuttgart, die aus dem Stadtzentrum in die höher gelegenen Vororte führen.

Ausgerechnet an der Sünderstaffel liegt die Leiche der jungen Jessica Heimpold. Wer trachtete ihr, der Tochter eines erfolgreichen Kaufmanns, nach dem Leben?

Kommissarin Katrin Neundorf stößt im Freundeskreis der jungen Frau auf übel beleumundete Gestalten und sieht sich zudem mit äußerst dubiosen Geschäftspartnern des Vaters der Toten konfrontiert. Schon bald zeigen sich seltsame Verbindungen zu anderen Gewalttaten in Esslingen und Schwäbisch Gmünd …

»SCHWABEN-SUMPF ist spannende Unterhaltung vom Anfang bis zum überaus überraschenden Schluss.« (Backnanger Kreiszeitung)